HEYNE BÜCHER

SCIENCE FICTION

Herausgegeben
von Wolfgang Jeschke

Ein vollständiges Verzeichnis aller
im HEYNE VERLAG erschienenen STAR TREK-Romane
siehe im Anschluß an den Band.

STAR TREK
VOYAGER™

CHRISTIE GOLDEN

DIE ERMORDETE SONNE

Roman

Star Trek®
Voyager™
Band 6

Aus dem Amerikanischen übersetzt
von
ANDREAS BRANDHORST

Deutsche Erstausgabe

WILHELM HEYNE VERLAG
MÜNCHEN

HEYNE SCIENCE FICTION & FANTASY
Band 06/5406

Titel der amerikanischen Originalausgabe
THE MURDERED SUN
Deutsche Übersetzung von
ANDREAS BRANDHORST

Redaktion: Rainer-Michael Rahn

Printed in Germany 1996
Umschlagbild: Pocket Books/Simon & Schuster, New York
Umschlaggestaltung: Atelier Ingrid Schütz, München
Technische Betreuung: M. Spinola
Satz: Schaber Satz- und Datentechnik, Wels
Druck und Bindung: Ebner Ulm

ISBN 3-453-11916-9

Dieses Buch,
mein erster Flug zwischen den Sternen,
widme ich meinem Freund und Kollegen

ROGER MACBRIDE ALLEN.

In der Zeit, die wir uns kennen, hat er mich
oft zum Lachen gebracht und auch nachdenklich gestimmt.
Außerdem gab er mir den Mut zum Fliegen.

1

An Bord des Raumschiffs *Voyager* herrschte nie völlige Stille. Dafür geschah immer zuviel: die Aktivitäten der Besatzungsmitglieder, sowohl während des Dienstes als auch in ihrer freien Zeit; das leise, ständige Summen von Geräten und Aggregaten, die zuverlässig funktionierten. Janeway war mit diesen Geräuschen vertraut. Immerhin hatte sie viele Jahre lang an Bord von Raumschiffen gearbeitet, Zeit genug, um sich den Rang des Captains und das Kommando über dieses Schiff zu verdienen.

Sie drehte sich unter der dunkelblauen Bettdecke auf die andere Seite und versuchte, das subtile Brummen in den Hintergrund ihrer Aufmerksamkeit zu drängen, sich davon gewissermaßen hypnotisieren zu lassen, um endlich zu schlafen. Doch es wollte ihr nicht gelingen. Sie preßte das Gesicht ins Kissen und trachtete danach, sich auch geistig zu entspannen.

Das Chronometer zeigte 02:32 an, doch ihr Bewußtsein wollte einfach nicht zur Ruhe kommen. Immer wieder suchte es nach Dingen, die es ergreifen und an denen es knabbern konnte. Janeway lächelte unwillkürlich bei dieser Vorstellung, fühlte sich dadurch an Molly Malone erinnert. Es war immer wieder geschehen, daß sich der Hund einen von Marks Schuhen schnappte und ihn für ein geeignetes Spielzeug hielt.

Das Lächeln verblaßte. *Ich vermisse dich, Mark.* Jeden Abend, bevor sie zu Bett ging, nahm sie sich vor, auf keinen Fall das von Mark stammende rosarote Satinnachthemd hervorzuholen. Es erinnerte sie viel zu sehr an das, was ihr und der Crew genommen worden war. Sie wollte an ihrer Entschlossenheit festhalten, doch irgend etwas zwang sie, den eigenen Befehl zu mißachten und der Melancholie nachzugeben. Dann streifte sie das Nachthemd über, setzte sich vor den Spiegel, kämmte sich das Haar und betrachtete ein Bild, das den lächelnden Mark und einen Irish Setter zeigte, dem die Zunge aus dem Maul hing.

Tagsüber befaßte sich Janeway mit Dutzenden von mehr oder weniger wichtigen Dingen, und deshalb ertappte sie sich kaum dabei, daß sie an die Heimat dachte. Es gab genug zu tun, genug Dinge, um die sie sich kümmern mußte, die ihr Sorgen bereiteten – immerhin war dies eine der seltsamsten Missionen, die je ein Starfleet-Schiff durchs All geführt hatten. Doch abends und des Nachts ... Wenn sie allein unter der Decke lag, in einem zu großen Bett, krochen Sorgen, Wünsche und Sehnsüchte heran, hielten den dringend benötigten Schlaf von ihr fern.

Janeway schnitt eine Grimasse. *Eine absurde Situation,* dachte sie. *Wenn du nicht schlafen kannst, solltest du aufstehen und irgend etwas unternehmen.*

Sie setzte sich auf, griff nach einer Bürste und begann damit, Ordnung in ihr rotbraunes Haar zu bringen.

»Computer«, sagte sie, »wie ist der Status von Holodeck eins?«

»Holodeck eins wird derzeit nicht benutzt«, erwiderte die weiblich klingende Sprachprozessorstimme des Computers.

»Reserviere es für mich.« Janeway schwang die Beine aus dem Bett. Normalerweise hätte sie das Gespräch mit dem Computer fortgesetzt und ihn angewiesen, ein spezielles Kostüm für sie zu replizieren. Doch in den Monaten, seit die *Voyager* vom Beschützer in diesen Quadranten versetzt worden war, hatte Janeway es sich angewöhnt, jene besonderen Kleidungsstücke aufzubewahren – um den Replikator nicht unnötig zu belasten. Entsprechende Anweisungen hatte sie praktisch sofort erteilt. Glücklicherweise mußte die Energie fürs Holodeck nicht rationiert werden. Sie gönnte den hart arbeitenden Besatzungsmitgliedern angemessene Kleidung für ihre Streifzüge durch holographische Welten, aber unter den gegenwärtigen Umständen blieb ihnen keine andere Wahl, als bereits vorhandene Kostüme zu verwenden.

Dadurch wird der Platz in den Kleiderschränken ziemlich knapp, dachte Janeway amüsiert, als sie den Blick auf ihre eigene Kostümsammlung richtete.

Ein prächtiges Gewand aus der englischen Régence. Ein Musselinkleid aus der Pionierzeit des amerikanischen Westens. Die knappe, provozierende Tracht einer marillianischen Schmuckverkäuferin. Die würdevolle Kleidung einer britischen Gouvernante.

Janeway schüttelte den Kopf. Nichts davon paßte zu ihrer gegenwärtigen Stimmung.

»Ich möchte gegen etwas kämpfen«, verkündete sie.

Die Kommandantin hatte gerade ein geeignetes Kostüm gefunden – solche Sachen hatten orionische Piraten im zweiundzwanzigsten Jahrhundert getragen –, als Tuvoks Stimme aus dem Interkom-Lautsprecher drang.

»Tuvok an Janeway.«

Sie legte das Kostüm in den Schrank zurück. »Hier Janeway.« Ihre Stimme klang energisch. Die vage Niedergeschlagenheit fiel jäh von ihr ab, als ihr Denken und Empfinden zur Pflicht zurückkehrten. »Ich höre, Mr. Tuvok.«

»Bitte entschuldigen Sie, daß ich Sie während Ihrer dienstfreien Zeit störe, Captain, aber wir empfangen Signale, die … recht interessant sind. Vielleicht sollten Sie zur Brücke kommen, um selbst einen Eindruck zu gewinnen.«

Janeway hatte bereits eine Uniform genommen und

legte sie nun aufs Bett. Anschließend hob sie ganz automatisch die Hände zum langen, dichten Haar und steckte es zusammen. In ihrem Gesicht zeigte sich nun kein Selbstmitleid mehr. Aufregung funkelte in den Augen, während sie versuchte, nicht zu sehr zu hoffen.

Sie kannte den Vulkanier Tuvok lange genug, um imstande zu sein, die subtilen Veränderungen in seinem Tonfall zu deuten. Er konnte auf mindestens zehn verschiedene Arten *interessant* sagen. In diesem Fall deutete seine besondere Ausdrucksweise darauf hin, daß im Kontrollraum der *Voyager* eine angenehme Überraschung auf Janeway wartete.

Sie versuchte, ihrer Stimme einen ganz normalen Klang zu verleihen, als sie erwiderte: »Ich bin unterwegs.«

Erheiterung glühte in bernsteinfarbenen Augen. Ein grauer Schwanz zuckte kurz, und es roch nach Moschus. Hinzu kam das leise Geräusch von Pfoten im Gras.

Sie kam erneut zu ihm, an diesem Abend. Chakotays Augen bewegten sich unter den geschlossenen Lidern, als er in der Traumwelt aufstand, um *ihrem* stummen Ruf zu folgen.

Er ließ den Körper auf dem Bett zurück, ermöglichte es dem Leib, auch weiterhin zu ruhen. Wenn sie kam, schien sie seinem physischen Selbst immer erholsamen Schlaf zu schenken.

Chakotay erhob sich, fühlte einen sonnengebräunten muskulösen Körper, der nur den Lendenschurz seiner Vorfahren trug. Voller Respekt und Liebe lächelte er auf den Tiergeist hinab, der ihn erwartete. Es war dunkel in der Traumwelt – nur eine dünne Mondsichel leuchtete über einem dichten Wald –, doch Chakotay kannte diesen Ort gut. Stille Meditationen hatten ihn schon oft hierhergeführt, nicht nur während der Nacht, sondern auch tagsüber. Dieses spezielle Rendezvous fand an einem lauen Sommerabend statt. Chakotay schloß die Augen, atmete tief den Duft von Geißblatt und kühlem Moos ein, nahm auch die Gerüche von vielen unsichtbaren Geschöpfen wahr, die den Traumkosmos mit ihm teilten.

Diese Welt war real, auch wenn sie nur in seinem Geist existierte. Janeway hatte in diesem Zusammenhang nie einen Kommentar abgegeben, aber Chakotay vermutete, daß sie das Konzept der animalischen Schutzgeister und Seelenfreunde nicht ganz verstand. Wer nicht zu Chakotays indianischem Volk gehörte, konnte kaum nachvollziehen, daß Tiergeister zur Wirklichkeit gehörten, obwohl sie individuellen Bewußtseinskernen entstammten. Vermutlich begriff nur Tuvok, daß zwischen diesen beiden Aspekten kein direkter Gegensatz existierte – seit Jahrhunderten erforschten Vulkanier die Geheimnisse des Geistes. Doch Tuvok würde niemals die enorme Freude zugeben, die in einem prickelte, wenn man den Besuch seines derartigen Seelenfreunds empfing.

Verbindungen. Darum ging es in erster Linie. Um Verbindungen mit dem eigenen Selbst, mit seinem Totem, mit dem Volk, mit Freunden, der Welt ... dem Universum.

Doch als Chakotay nun fühlte, wie ihm kühler Nachtwind über die Wangen strich, als er feuchtes Gras unter den Füßen spürte und die gelb glühenden Augen der Seelenfreundin sah ... Da verdrängte er alle Gedanken an Verbindungen und Konzepte.

Er wollte nur laufen. Und deshalb setzte er sich in Bewegung. Chakotays nackte Füße flogen über Gras, Blätter und Steine, ohne daß sich Besorgnis in ihm regte: Er wußte, daß er sich nicht verletzen konnte. Der Schutzgeist, stumm wie ein Schatten, wurde langsamer, paßte seine Geschwindigkeit der des Menschen an. Seite an Seite liefen sie, begleitet von Sternen, die nur am Nachthimmel der Traumwelt glitzerten.

Schweiß und Tau glänzten auf Chakotays Haut. Er atmete schneller, aber die Beine pumpten auch weiterhin. Seine Begleiterin lachte leise, hechelte und lief mit ihm, bis sie schließlich eine Wiese erreichten. Dort verharrte Chakotay, schnappte nach Luft und ließ sich ins herrlich kühle Gras sinken.

Er rollte sich auf den Rücken, und *sie* sprang zu ihm, rollte verspielt hin und her. Chakotay lachte und streckte die Hände nach ihr aus. Im perlmuttenen Schein des Mondes schien ihr Fell von innen heraus zu leuchten, als sie sich in seine Umarmung schmiegte und den Kopf auf Chakotays Brust legte.

Er merkte, daß sie sich nicht völlig entspannte, und nach einigen Sekunden dachte er eine Frage: *Was ist los mit dir?*

Mit mir ist alles in Ordnung, lautete die Antwort. *Allerdings wird es nicht immer Zeit für Heiterkeit und Freude geben, Spielkamerad und Freund.*

Wie meinst du das? Chakotay setzte sich auf und kraulte seine Seelenfreundin hinter den Ohren.

Sie richtete einen weisen Blick auf ihn. *Du bist ein Lehrer. Und gleichzeitig bist du ein Schüler. Du lehrst die Kultur deines Volkes, und das ist nicht schwer. Weitaus schwieriger dürfte es sein, die Kultur eines dir unbekannten Volkes zu lehren.*

Chakotay schüttelte verwirrt den Kopf. *Wie soll ich etwas lehren, über das ich nicht Bescheid weiß?*

Die Seelenfreundin kniff ihre beinsteinfarbenen Augen zusammen, und Chakotay wußte: Sie lachte. *Das ist eine Herausforderung, nicht wahr?*

Er öffnete den Mund, um zu antworten, als ein jähes Pfeifen erklang. Es ertönte nicht im Innern seines Kopfes, sondern drang an die Ohren des realen Körpers.

Die Traumwelt verschwand, löste sich auf wie die Sandbilder der Navajo am Ende des traditionellen Gesangs. Chakotay öffnete die Augen und war hellwach.

»An alle Senioroffiziere«, tönte es aus dem Interkom-Lautsprecher. »Bitte kommen Sie sofort zur Brücke.«

Janeways Stimme. Angespannt. Hoffnungsvoll? Antwort auf diese Frage bekam er erst, wenn er den Kontrollraum erreichte. Der Traum und die geheimnisvollen Worte des Schutzgeistes mußten zunächst warten.

Als sich alle Senioroffiziere im nach wie vor nur matt erhellten Kontrollraum eingefunden hatten, erlebte Janeway ein ungutes Déjà-vu-Gefühl.

Die Monitore von Tuvoks Konsole zeigten eine Subraumanomalie, die sich natürlich nur in den Subraumfrequenzen bemerkbar machte. Es gab alle typischen Anzeichen für ein Wurmloch: Verteron-Ausstoß und Tanali-Sekundärpartikel. So etwas hatte der junge und hoffnungsvolle Fähnrich Harry Kim schon einmal geortet – und jener Zwischenfall hatte mit einer bitteren Enttäuschung geendet.

Janeway begegnete Tuvoks Blick, sah Vorsicht und Zurückhaltung in seinen dunklen Augen. Das bot ihr Hinweis genug. Zu Beginn ihrer Odyssee durch einen unbekannten Teil der Milchstraße hatte sie jede Gelegenheit genutzt, um der Crew Hoffnung zu machen. Das hielt sie inzwischen für einen Fehler. Zu große Hoffnungen führten oft zu Enttäuschungen, und das schadete der Moral.

»Volle Beleuchtung«, wies Janeway den Computer an. Sofort wurde es heller auf der Brücke. An Bord eines Raumschiffs gab es natürlich keine echte Nacht. Der Unterschied zwischen Tag und Nacht war rein künstlicher Natur und diente vor allem dazu, den Bedürfnissen des menschlichen Zeitempfindens gerecht zu werden. Die derzeit im Kontrollraum arbeitenden Besatzungsmitglieder gehörten zur dritten Schicht, und ›Tageslicht‹ erhöhte sicher ihre Aufmerksamkeit.

Chakotay und Paris betraten die Brücke gemeinsam – ein Umstand, den Janeway nicht ohne eine gewisse Genugtuung zur Kenntnis nahm. Der große Indianer und der schlanke, freche Navigator kamen seit einiger Zeit recht gut miteinander aus, so wie es bei zwei Senioroffizieren der Fall sein sollte.

Neugier brannte in blauen und braunen Augen, als die beiden Männer zur Kommandantin sahen. Janeway winkte sie näher und deutete dann auf die Projektionsfelder der wissenschaftlichen Station. Sie beobachtete, wie Chakotay und Paris einen wortlosen Blick wechselten; vermutlich gingen ihnen die gleichen Gedanken durch den Kopf wie zuvor auch ihr.

Harry Kim hatte bereits eine Datenverbindung hergestellt, saß an seiner eigenen Station und wertete Informationen aus. Er gab sich alle Mühe, ruhig und unbeteiligt zu wirken. In seinen Zügen war aber auch tatsächlich die Erinnerung an frühere Enttäuschungen erkennbar.

Die Sensoren zeigten ein Sonnensystem, in dem nicht nur die Anomalie existierte, sondern auch mehrere Planeten. Doch die waren für Janeway von zweitrangiger Bedeutung.

»Wie Sie sehen, deutet alles auf ein Wurmloch hin, meine Herren«, sagte sie. »Aber das hier beunruhigt mich«, fügte sie hinzu und zeigte auf ein Diagramm.

Es handelte sich um das grafisch aufbereitete Ergebnis einer vom Computer durchgeführten Analyse. Danach gab es in dem Sonnensystem vor der *Voyager* starke Gamma- und Röntgenstrahlenaktivität; hinzu kam eine beträchtliche Menge von degenerierter Materie.

Chakotays Gesicht konnte ebenso ausdruckslos sein wie das des Vulkaniers Tuvok, aber diesmal sah Janeway, wie ein Schatten der Sorge auf die Miene des Indianers fiel.

Tom Paris versuchte, intelligent auszusehen und Verwunderung aus seinen Zügen fernzuhalten. Trotzdem gab es einige Hinweise, die Janeway zu dem

Schluß gelangen ließen: Der Navigator verstand nicht alle Situationsaspekte. Nun, er leistete Erstaunliches, wenn es darum ging, ein Raumschiff zu steuern. Aber vielleicht hatte er das wissenschaftliche Studium während seiner Ausbildung an der Starfleet-Akademie vernachlässigt.

»Normalerweise gehen solche Strahlungsmuster nicht von einem Wurmloch los, sondern von einem schwarzen Loch«, erklärte Janeway.

»Die Unterschiede zwischen den energetischen Strukturen der beiden genannten Phänomene sind nicht sehr groß«, stellte Tuvok fest. »Über viele Jahrzehnte hinweg glaubte man, daß ein Wurmloch nicht außerhalb eines schwarzen Lochs existieren kann.«

Paris schnaubte leise. »Mit einem Wurmloch im Innern eines schwarzen Lochs läßt sich nichts anfangen. Es könnte uns vielleicht zum Alpha-Quadranten zurückbringen, aber nur in ziemlich zusammengequetschter Form.«

Janeway trat zum Kommandosessel, setzte sich und schlug die Beine übereinander. »Lieutenant Paris hat recht mit seinem Einwand. Wir sind Singularitäten bereits näher gewesen, als uns lieb war. Mr. Kim, wie weit kämen wir von unserem gegenwärtigen Kurs ab, wenn wir beschlössen, uns der Anomalie zu nähern?«

Kim sah auf die Anzeigen. »Nicht sehr weit, Captain. Wir fliegen fast geradewegs darauf zu.«

Janeway traf eine Entscheidung. »In dem Fall sehen wir uns die Sache aus der Nähe an. Mr. Paris, nehmen Sie alle notwendigen Kurskorrekturen vor.«

Paris saß bereits, und seine Finger huschten mit geübtem Geschick über die Navigationskontrollen. »Kurs korrigiert, Captain.«

Janeway unterdrückte ein Gähnen. »Wir sollten nichts überstürzen. Warp zwei. Mr. Kim, behalten Sie die Indikatoren im Auge. Ich möchte die Anomalie aus sicherer Entfernung sehen.«

»Ja, Ma'am ... Captain«, verbesserte sich Kim rasch.

Janeway brauchte keinen Blick in Richtung des Einsatzoffiziers zu werfen, um zu wissen, daß er errötete. Er wußte genau, daß sie es nicht mochte, ›Ma'am‹ genannt zu werden.

Sie lehnte sich zurück und wartete. Nach einer Weile mußte sie sich erneut bemühen, nicht zu gähnen. Die erste Aufregung war verschwunden, und nun spürte sie das Resultat einer langen schlaflosen Nacht. Sie spielte mit dem Gedanken, Chakotay das Kommando zu übergeben und den Bereitschaftsraum aufzusuchen, um dort eine Tasse Kaffee zu trinken, als Kims Stimme ertönte.

»Captain, die Sensoren erfassen ... Wrackteile.«

»Auf Impulsgeschwindigkeit gehen. Visuelle Anzeige.«

Der Hauptschirm zeigte zunächst nichts anderes als schwarzes All und glühende Sterne.

»Vergrößerung.«

Jetzt gerieten sie in Sicht: die geborstenen Reste von Raumschiffen. Janeway beugte sich vor.

»Das gefällt mir nicht. Nein, ganz und gar nicht.« Sie klopfte auf ihren Insignienkommunikator. »Janeway an Neelix.« Sie wartete einige Sekunden lang, bekam jedoch keine Antwort. »Bitte melden Sie sich, Neelix.«

»Captain ...« Normalerweise klang der Talaxianer immer recht munter, aber diesmal sprach er eher undeutlich – Janeway hatte ihn offenbar gerade aus dem Schlaf gerissen. »Haben Sie eine Ahnung, wie spät es ist?«

Die Kommandantin hörte, wie Tom Paris leise lachte. Sie sah sich außerstande, seine Erheiterung zu teilen. »Es wird *Zeit* für Sie, zur Brücke zu kommen und einige Fragen zu beantworten«, entgegnete sie und hörte, wie Ärger in ihren Worten vibrierte.

Im Hintergrund vernahm Janeway leises Murmeln – Kes, die Neelix aufforderte, sich zu beeilen.

»Na schön«, brummte der Talaxianer. »Ich bin gleich bei Ihnen.«

Janeway erhob sich, stützte die Hände an den Hüften ab und schob das Kinn vor, nahm damit eine trotzige, herausfordernde Haltung ein. Sie trat dem Hauptschirm entgegen, beobachtete nach wie vor die Wracks und Trümmer von Raumschiffen, deren Piloten und Besatzungsmitglieder längst nicht mehr lebten. In der kalten Stille des Alls schwebten sie an der *Voyager* vorbei. Manche kamen dem Starfleet-Schiff so nahe, daß die Schilde reagierten und sie mit sanftem Nachdruck fortstießen.

»Analyse, Mr. Tuvok«, sagte Janeway, ohne den Blick vom großen Projektionsfeld abzuwenden.

»Einige Trümmer befinden sich seit ziemlich langer Zeit dort draußen«, erwiderte der Vulkanier. Sein rationales, von emotionalem Ballast befreites Bewußtsein analysierte fast so schnell wie der Computer. »Je mehr wir uns der Anomalie nähern, desto jünger werden jene Reste. Die Flugbahnen lassen den Schluß zu, daß diese Schiffe in Sektion 4039 vernichtet wurden.«

»Und genau dorthin sind wir unterwegs«, sagte Chakotay leise.

»Ja.« Tuvok wirkte so gelassen, als hätte er gerade eine längere Meditation hinter sich.

Janeway beneidete ihn um seine Fassung. Sie atmete tief durch. »Was ist mit dem technischen Niveau der fremden Schiffe? Und wodurch könnten sie zerstört worden sein?«

»Wenn Sie wissen möchten, ob die *Voyager* den Vorteil der technologischen Überlegenheit hat, so lautet die Antwort: ja. Derzeit bin ich leider nicht in der Lage, Aussagen über Ursachen und Methode der Vernichtung zu treffen. Uns fehlen konkrete Daten.«

»Wir empfangen Kom-Signale, Captain«, meldete Kim. »Sie stammen von einem Objekt, das etwa zwanzigtausend Kilometer von uns entfernt ist.«

»Auf den Schirm.«

Wenige Sekunden später zeigte das zentrale Projektionsfeld eine rautenförmige Bake, die aus nicht glänzendem grauen Material bestand.

»Meine Güte, wo steckt Neelix, wenn man ihn braucht? Ah, da ist er ja!«

Der Talaxianer sah so aus, als sei er gerade erst aufgewacht. Das lange, vor allem aus dem Hinterkopf wachsende Haar, war zerzaust, der Backenbart – Neelix' großer Stolz – nicht gekämmt. Wenigstens trug er angemessene Kleidung.

Neelix blinzelte schläfrig.

»Ja, ja«, grummelte er und wankte zur Kommandantin. »Hier bin ich, stets zu Diensten... Ach du liebe Zeit!«

Er erstarrte förmlich, als er sah, was der Hauptschirm zeigte. Aus einem Reflex heraus riß er die gelben Augen auf, und gleichzeitig klappte die Kinnlade nach unten.

»Öffnen Sie die Grußfrequenzen, Mr. Kim«, sagte Janeway. Hinter ihrer Stirn schrillten ganz persönliche Alarmsirenen. »Hören wir, was uns die Bake mitzuteilen hat.«

Harry kam der Aufforderung sofort nach. Einige Sekunden lang blieb es still, während der Translator eine bisher unbekannte Sprache entschlüsselte. Mit Hilfe komplexer linguistischer Elaborationen erstellte er ein Bezugssystem, das Bedeutungsverknüpfungen weitaus schneller herstellte, als es ein menschliches Gehirn vermochte.

Trotzdem: Die Phase der Stille erschien Janeway ungewöhnlich lange. Sie wartete ungeduldig, und schließlich konnte der Translator eine verständliche Übersetzung liefern.

Worte drangen aus den Lautsprechern der externen Kommunikation. Der Computer gab ihnen einen neutralen Klang, obgleich sich die fremde Stimme aggressiv anhörte; diese hatte mehr Ähnlichkeit mit dem drohenden Knurren eines Tiers als mit den Lauten, die aus einer menschlichen Kehle kamen, und untermalte die übersetzte Mitteilung mit einem rauhen Zischen, das der Phantasie freie Bahn ließ. Janeway stellte sich ein Geschöpf vor, das am liebsten fauchte und brüllte, nicht daran gewöhnt war, Worte ruhig zu sprechen.

»Achtung, fremdes Schiff. Sie sind in akerianisches Hoheitsgebiet vorgestoßen. Ziehen Sie sich unverzüglich zurück. Wir nehmen unbefugtes Eindringen in unseren Raumbereich nicht tatenlos hin und werden Sie vernichten. Achtung, fremdes Schiff. Sie sind in akerianisches Hoheitsgebiet vorgestoßen. Ziehen Sie sich unverzüglich zurück ...«

»Schalten Sie ab, Mr. Kim«, sagte Janeway. »Wir haben genug gehört.«

Die unangenehme Stimme verklang, und Janeway richtete einen durchdringenden Blick auf den Talaxianer. Neelix wich ein wenig vor ihr zurück. »Ich nehme an, Sie kennen diese ... Leute.«

»Nun, äh ...« Die Farbe wich aus den fleckigen Wangen des Talaxianers. »Ich hatte nicht das zweifelhafte Vergnügen, einem Akerianer *persönlich* zu begegnen – wenn Sie das meinen.«

Eine Ader pulsierte in Janeways Schläfe, begleitet von dumpfem Schmerz. Sie bedauerte nun, nicht doch den Bereitschaftsraum aufgesucht und dort einen Kaffee getrunken zu haben, um die Müdigkeit zu vertreiben. Die Kommandantin hörte die Gereiztheit in ihrer Stimme, unternahm jedoch nichts dagegen. »Was wissen Sie über die Fremden? Das Ding da draußen scheint Ihnen bekannt zu sein.« Sie deutete auf das metallene Objekt, das sich langsam in der Dunkelheit des Alls drehte und sicher auch weiterhin seine arrogante Warnung sendete.

»Äh, ja, ja, das stimmt. Solche Kom-Bojen gibt es an den Grenzen des akerianischen Reiches. Captain, ich schlage vor, Sie nehmen die Warnung ernst und verlassen diesen Raumsektor.« Der Talaxianer zögerte kurz. »So schnell wie möglich, wenn's geht.«

»Wir glauben, daß es hier ein Wurmloch gibt«, warf Chakotay ein. »Wir müssen mehr über die Akerianer erfahren, bevor wir den Flug fortsetzen.« Er sah kurz zu Janeway, mit einer stummen Frage auf den Lippen: *Bin ich zu weit gegangen?*

Janeway räumte seine Zweifel mit einem knappen Nicken aus. »Commander Chakotay hat recht.«

Neelix seufzte und nahm im Sessel links von Janeway Platz. Seine Füße erreichten nicht einmal den Boden. »Nun, wie ich schon sagte: Die Akerianer herrschen über ein Sternenreich. Ihre Technik läßt sich mit der unsrigen vergleichen. Allerdings möchte ich noch einmal betonen, daß die *Voyager* das beste Schiff weit und breit ist.«

»Fahren Sie fort«, sagte Janeway kühl. Schmeicheleien prallten jetzt wirkungslos an ihr ab.

Neelix öffnete den Mund und schloß ihn gleich wieder.

»Lassen Sie es mich so ausdrücken«, brachte er schließlich hervor. »Bei den Akerianern handelt es sich um Leute, die man *nicht* verärgern sollte. Jene Warnung, die wir eben hörten... Es ist keine leere Drohung. Sie würden nicht zögern, alle Besatzungsmitglieder der *Voyager* zu töten, um ihre Interessen zu schützen. Und vielleicht glauben sie, daß eine Kaperung dieses Schiffes in ihrem Interesse läge.«

2

Janeway hatte kaum auf die Notwendigkeit einer Besprechung hingewiesen, als die Senioroffiziere auch schon zum Konferenzzimmer eilten. Chakotay ließ sich in einen Sessel sinken und beobachtete, wie seine Kollegen hereinkamen.

Er musterte sie nacheinander, so wie auch Janeway. Jeder Captain, der etwas taugte, interessierte sich für die Stimmungslage seiner Offiziere. Chakotay und Janeway waren die Anführer von zwei Gruppen, die nun eine Crew bildeten. Der Indianer und Maquisard verfügte über eigene Methoden, soweit es den Umgang mit seinen Leuten betraf, und das galt auch für Janeway. Er nutzte praktisch jede Gelegenheit, um ihren Führungsstil besser kennenzulernen, und vermutlich brachte sie ihm ähnliches Interesse entgegen.

Einige der eintretenden Offiziere machten keinen Hehl aus ihren Empfindungen, so wie Kim und manchmal auch Tom Paris. Andere, zum Beispiel Tuvok und auch Chakotay selbst, verbargen ihre Gefühle – wobei es Chakotay nicht an der Fähigkeit mangelte, Emotionen ganz deutlich zu zeigen, wenn er das für angebracht hielt.

Das Konferenzzimmer verfügte über große Fenster, und Chakotay sah nach draußen. Seltsamerweise entstand *ihr* Bild vor seinem inneren Auge. Hatten die sonderbaren Worte des Schutzgeistes vielleicht etwas mit dem aggressiven Volk zu tun, das über diesen Raumsektor herrschte? Während er nach draußen blickte, ins Leere, schwebte ein weiteres Trümmerstück an der *Voyager* vorbei und drehte sich wie in einem makabren Ballett langsam um die eigene Achse.

Die Tür öffnete sich zum letztenmal, und B'Elanna Torres kam herein. Wie üblich traf sie als letzte ein, da sie den langen Weg vom Maschinenraum zurücklegen mußte. Sie begegnete Chakotays Blick, doch ihr Gesicht blieb ausdruckslos. Das klingonische Blut ihrer Mutter gab ihr eine weit übers normale Maß hinausgehende Kraft, aber trotzdem bewegte sie sich mit geschmeidiger Eleganz, als sie Platz nahm, die Hände auf dem Tisch faltete und sich erwartungsvoll an Janeway wandte.

»Die Situation ist folgendermaßen beschaffen«, begann die Kommandantin. »Es gibt Anzeichen für ein Wurmloch in diesem Sektor. Vor kurzer Zeit sind wir einer Warnbake begegnet, die uns eine Botschaft der Akerianer übermittelte. Man fordert uns auf, den akerianischen Raumbereich zu verlassen. Mr. Neelix, bitte sagen Sie uns, was Sie über die Fremden wissen.«

Der Talaxianer schien sich nicht ganz wohl in seiner Haut zu fühlen. Chakotay hatte nur selten direkten Kontakt mit ihm, aber er wußte um Neelix' Bestreben, anderen Leuten zu gefallen. Als selbsternannter ›Moraloffizier‹ legte er großen Wert darauf, die Stimmung bei der Crew zu verbessern. Er verabscheute es, schlechte Nachrichten verbreiten zu müssen, und jetzt suchte er fast verzweifelt nach geeigneten Worten.

»Nun, ich habe schon auf der Brücke gesagt, daß es sich um eine fortgeschrittene Kultur handelt. Die Akerianer haben sich ein Sternenreich geschaffen, das aus mehreren eroberten und … äh, auch ausgeplünderten Welten besteht. Ja, ich fürchte, man kann es nicht anders ausdrücken. Niemand weiß genau, wo sich der Heimatplanet der Akerianer befindet. Das eigene Territorium hat für sie praktisch sakrale Bedeutung – deshalb die Warnbojen.«

»Wie sehen sie aus?« fragte Kim.

Neelix zögerte erneut. »Es sind Zweibeiner, soweit ich weiß. Kräftig und groß.«

»Humanoid?« hakte Paris nach.

Der Talaxianer zuckte mit den Achseln. »Einzelheiten sind nicht bekannt. Eigentlich weiß man von den Akerianern nur, daß sie alles verwüsten. Oh, da fällt mir ein: Sie tragen Masken. Offenbar mögen sie es nicht, ihre Gesichter zu zeigen. Und wahrscheinlich sind sie humanoid, ja.«

»Welches Niveau hat ihre technologische Entwicklung erreicht?« erkundigte sich Torres.

Chakotay spürte einen Hauch von Anteilnahme angesichts von Neelix' zunehmender Unruhe. Wenn B'Elanna Torres Fragen stellte, so klang es nach einem Verhör.

»Die Akerianer haben Warptechnik und Schilde. Darüber hinaus besitzen sie einzigartige Waffen, die sich bei ungeschützten Schiffen und Planeten ziemlich übel auswirken. Und nein, ich habe keine Ahnung, was es mit jenen Waffen auf sich hat«, fügte Neelix rasch hinzu und kam damit weiteren Fragen zuvor. B'Elanna Torres belohnte ihn mit einem finsteren Blick.

Neelix sah zur Kommandantin, und in seinen Augen leuchtete große Besorgnis. »Ich rate Ihnen dringend, die Grenzen des akerianischen Reiches zu respektieren, Captain. Ich weiß nicht, was die Akerianer gegen uns ausrichten können, aber bestimmt sind sie imstande, uns in arge Bedrängnis zu bringen. Können wir nicht aus sicherer Entfernung mehr über das Wurmloch in Erfahrung bringen?«

Janeway drehte den Kopf und blickte zu Kim, der den Kopf schüttelte.

»Unmöglich«, beantwortete der Fähnrich die Frage des Talaxianers. »Wir müssen viel näher heran, um brauchbare Daten zu bekommen. Und um festzustellen, ob sich das Wurmloch im Innern eines schwarzen Lochs befindet oder nicht.«

»Ich möchte noch einmal betonen, daß alle bisher georteten Wrackteile von Raumschiffen stammen, deren technisches Niveau nicht an das der *Voyager* heranreicht.« Tuvok sprach so ruhig, als erörterte er eine eher banale Angelegenheit. Er neigte den Kopf ein wenig zur Seite und musterte die anderen Offiziere. »Daraus lassen sich keine direkten Rückschlüsse auf die Macht der Akerianer ziehen, aber es vermittelt uns eine Vorstellung von den Schiffen, die hier ein solches interstellares Trümmerfeld schufen.«

Janeway lehnte sich zurück und starrte zum Tisch. Chakotay beobachtete sie und überlegte, ob es ihr jetzt ebenso erging wie ihm. Stellte auch sie sich Dutzende von Möglichkeiten einer Konfrontation mit den mysteriösen Akerianern vor?

»Mr. Chakotay?«

Die plötzliche Aufmerksamkeit der Kommandantin zwang den Ersten Offizier, seine Gedanken neu zu ordnen. Er faßte sich rasch. »Ich schätze, uns bleibt nichts anderes übrig, als ein Risiko einzugehen – wie das praktisch ständig der Fall ist, solange wir uns hier im Delta-Quadranten befinden. Wir bekommen es immer wieder mit dem Unbekannten zu tun, können uns dabei nur auf uns selbst und unser Schiff verlassen.«

Chakotay beugte sich vor und sah Janeway in die Augen. Seine Worte galten allen Anwesenden. »Ich bin dafür, den Flug fortzusetzen, natürlich mit der gebotenen Vorsicht. Das Wurmloch – oder das schwarze Loch, was auch immer – befindet sich in einem Sonnensystem mit acht Planeten. Die Koordinaten der akerianischen Heimatwelt kennt Neelix leider nicht. Nun, vielleicht sind die Akerianer auf einem jener acht Planeten zu Hause. Ich schlage vor, mit geringer Geschwindigkeit zu fliegen und dabei kontinuierlich eine Grußbotschaft zu senden. Wenn wir die Fremden davon überzeugen können, daß wir mit friedlichen

Absichten kommen ... Möglicherweise verzichten sie dann auf einen Angriff. Wir sollten ihnen keine Gelegenheit geben, eine Bedrohung in uns zu sehen.«

Aus den Augenwinkeln hatte Chakotay Neelix beobachtet, der während seiner Ausführungen immer unruhiger wurde. Jetzt konnte sich der Talaxianer nicht mehr zurückhalten. »Für das Reich spielt es keine Rolle, ob wir ein bekowianischer Toth-Fresser mit sechs Zentimeter langen Reißzähnen oder ein kleiner, harmloser Käfer sind – die Akerianer werden uns auf jeden Fall für eine Bedrohung halten und entsprechend reagieren!«

»Und wie sieht die Reaktion aus?« Tom Paris wirkte völlig unschuldig, doch in seinen Mundwinkeln bemerkte Chakotay ein verräterisches Zucken.

»*Ich* möchte das nicht herausfinden, nein, danke.«

Janeway seufzte. »Mr. Kim hat uns eben darauf hingewiesen, daß wir von hier aus nicht mehr über das Wurmloch herausfinden können. Das stimmt doch, oder?«

Kim nickte. »Ja, Captain.«

»Und Tuvok glaubt, daß wir selbst dann einigermaßen sicher sind, wenn die Akerianer auftauchen.«

»Berichtigung«, sagte der Vulkanier. »Wir haben keinen Grund zu der Annahme, daß wir bei einer solchen Konfrontation in große Schwierigkeiten geraten. Allerdings bergen Begegnungen mit fremden Völkern immer ein gewisses Gefahrenpotential.«

Chakotay lächelte fast. Er hatte gelernt, Tuvok zu respektieren, während er als Starfleet-Agent an Bord von Chakotays Maquis-Schiff arbeitete. Als Tuvok später seine wahre Identität zu erkennen gab, änderte sich dadurch nichts an dem Respekt.

»Nun, mir scheint, wir sollten den Flug tatsächlich fortsetzen, mit aller Vorsicht«, sagte Janeway. »Irgendwelche Einwände? Abgesehen von Ihnen, Neelix.«

Chakotay sah sich am Tisch um. Alle schwiegen.

»Also gut.« Ein warmes Lächeln vertrieb die Kühle aus Janeways Gesicht, schien die ganze Miene zu erhellen. »Vielleicht bietet sich uns hier eine echte Chance. Ob Akerianer oder nicht: Wenn es in dem Sonnensystem ein Wurmloch gibt, so finden wir mehr darüber hinaus. Alle Stationen besetzen. Alarmstufe Gelb.«

Es war immer leicht, tapfer zu klingen und tapfer zu erscheinen, fand Janeway. Man formuliere die richtigen Worte. Man halte den Kopf so. Man benutze die Körpersprache, um die gewünschte Botschaft zu vermitteln. Doch sich tapfer zu *fühlen*... Das stand auf einem ganz anderen Blatt. Als Janeway mit den Senioroffizieren zur Brücke zurückkehrte und dort im Kommandosessel Platz nahm, schickte sie ein stummes Gebet an alle Götter, die vielleicht zuhörten: *Bitte sorgt dafür, daß ich die richtige Entscheidung getroffen habe.*

Nicht zum erstenmal seit dem Transfer zum Delta-Quadranten spürte Janeway derartigen Zweifel in sich keimen. Glücklicherweise hatte sie bisher fast immer richtig entschieden.

»Warp zwei, Mr. Paris«, ordnete sie an. »Mr. Kim, treffen Sie Vorbereitungen für die Aufzeichnung einer Mitteilung.«

»Aye, Captain«, bestätigten beide junge Männer und führten die Anweisungen aus.

»Bereitschaft, Captain«, meldete Kim einige Sekunden später.

Janeway stand nicht auf, straffte jedoch die Schultern. »Hier spricht Captain Kathryn Janeway vom Föderationsschiff *Voyager*. An alle akerianischen Schiffe in diesem Raumbereich. Wir kommen in Frieden...« *Für die ganze Menschheit,* fügte sie in Gedanken hinzu. Stolz erfüllte sie, als sie sich an diese Worte entsann, die noch heute die Oberfläche des Mondes zierten. »... und sind niemandem in diesem Sektor feindlich gesinnt. Bitte antworten Sie. Wir wünschen einen Dialog mit Ihnen.« Sie gab Kim ein Zeichen, der daraufhin kurz nickte.

»Mitteilung aufgezeichnet, Captain.«

»Senden Sie die Botschaft alle zwei Minuten. Nutzen Sie dabei die ganze Bandbreite der Grußfrequenzen.«

Janeway stand auf, seufzte leise und wandte sich an den Ersten Offizier. »Sie haben das Kommando, Mr. Chakotay. Geben Sie mir Bescheid, wenn wir uns dem Wurmloch bis auf visuelle Reichweite genähert haben. Ich bin im Bereitschaftsraum.« Ein Lächeln huschte über ihre Lippen. »Und dort wird mir heißer Kaffee Gesellschaft leisten.«

Auch Blätterteig-Gebäck stand auf Janeways Wunschliste ganz oben, doch sie begnügte sich mit einer Tasse schwarzem Kaffee. Sie schnupperte daran und genoß den herrlichen Duft. Ab und zu mußte man sich ein wenig Luxus leisten können – das förderte die Moral.

Janeway trank einen Schluck und setzte sich an den Schreibtisch. Dort öffnete sie das elektronische Logbuch, gab einen kurzen Bericht und fügte Bilder der bisher georteten Wrackteile hinzu. Eine spätere Analyse mochte sich als nützlich erweisen.

Sie hatte die erste Tasse geleert und überlegte, ob sie sich eine zweite genehmigen sollte, als der Türmelder summte.

»Herein«, sagte sie.

Das Schott öffnete sich mit einem leisen Zischen, und Tuvok trat einen Schritt vor. Er hatte die Hände auf den Rücken gelegt, und sein ausdrucksloses Gesicht verriet nichts. Nur ein kurzes Zögern wies Janeway auf mögliche Probleme hin.

»Wir sind jetzt in der Nähe der … Konkavität, Captain.«

Konkavität? dachte Janeway. *Warum eine so allgemeine*

Bezeichnung? Warum nicht ›Wurmloch‹ oder ›schwarzes Loch‹?

Für eine zweite Tasse Kaffee war jetzt keine Zeit mehr; Adrenalin stellte die benötigte Energie zur Verfügung. Die Kommandantin klopfte auf ihren Insignienkommunikator.

»Janeway an Neelix. Ich brauche Sie im Kontrollraum, und zwar sofort.«

Als sie die Brücke betrat, fiel ihr sofort auf, daß alle Offiziere schwiegen und zum Hauptschirm starrten, auch Chakotay und Tuvok, die schon viele wundersame und faszinierende Dinge gesehen hatten. Nur eine Sekunde später blieb sie abrupt stehen – die ehrfurchtgebietende Darstellung im großen Projektionsfeld ließ sie geradezu erstarren.

Die Anomalie – beziehungsweise die Konkavität, um Tuvoks neutrale und wissenschaftlich korrekte Bezeichnung zu verwenden – war gewaltig. Auf den ersten Blick betrachtet, schien es sich tatsächlich um ein schwarzes Loch zu handeln, aber ein so großes sah Janeway jetzt zum erstenmal. Es beanspruchte fast die Hälfte des Hauptschirms: ein riesiger Schlund aus sternenloser Nacht, umgeben von der purpurn, rot, blau und gelb glühenden Materie der wogenden Akkretionsscheibe. Gelegentlich schossen geysirartige Gas- und Plasmastrahlen aus dem Phänomen hervor.

Eine zu Anthropomorphisierungen neigende Phantasie hätte das Etwas vielleicht mit einem Ungeheuer verglichen, das sich von einem wabernden Energiestrom ernährte, der es mit dem Zentralgestirn des Sonnensystems verband. Was die Sonne betraf: Sie schien das letzte Stadium des stellaren Lebenszyklus erreicht zu haben, wirkte angeschwollen und aufgebläht. Ein orangefarbener und rötlicher Glanz ging von ihr aus, wodurch sie fast wie ein roter Riese anmutete. Ihre acht planetaren Trabanten erschienen im Vergleich zu der sterbenden Sonne winzig und völlig schutzlos.

Janeway hielt den Anblick für außerordentlich beeindruckend, aber nach wenigen Sekunden konzentrierte sie sich auf die praktischen Aspekte der Situation.

»Entfernung von der Akkretionsscheibe?« fragte sie, ohne den Blick vom Hauptschirm abzuwenden.

»Derzeit sind wir null Komma acht Lichtjahre von der Konkavität entfernt«, sagte Tuvok, der die Anzeigen der wissenschaftlichen Station im Auge behielt.

»Dann hoffe ich, daß ich hier eine Vergrößerung betrachte.«

»Aye, Captain. Vergrößerungsstufe vier.«

»Wie stark ist das Gravitationsfeld, dem wir hier ausgesetzt sind?«

»Erstaunlich gering, wenn man die Größe der Anomalie berücksichtigt«, erläuterte Tuvok. Er ahnte die nächste Frage der Kommandantin und fügte hinzu: »Wir könnten noch näher heran, ohne etwas zu riskieren.«

Dünne Falten bildeten sich in der Stirn des Vulkaniers, und Janeway wußte, daß ihn etwas beunruhigte. Sie wartete, doch er bot ihr keine weiteren Informationen an. Tuvok spekulierte nie, wenn er es vermeiden konnte. Seine Situationsbewertungen basierten immer auf Fakten. Wenn er jetzt schwieg, so bedeutete das: Für eindeutige Schlußfolgerungen standen ihm noch nicht genug Informationen zur Verfügung.

Janeway hielt es für besser, ihn nicht zu drängen. Er gab bestimmt Auskunft, wenn er den richtigen Zeitpunkt gekommen sah. Sie nahm im Kommandosessel Platz und sah erneut zum Hauptschirm.

»Na schön. Näher heran, Mr. Paris. Bleiben Sie bei Warp zwei, bis wir das Sonnensystem erreichen. Reduzieren Sie unsere Geschwindigkeit dann auf halbe Impulskraft. Fähnrich Kim, überwachen Sie die von der Anomalie verursachten Gravitationsfelder. Ich möchte hier nicht plötzlich festsitzen.«

Das große Schiff glitt weiter durchs All, und mit schrumpfender Entfernung dehnte sich der dunkle Schlund auf dem Schirm. Es zischte leise, und Janeway sah zur Tür, als Neelix hereinkam. Er sah etwas besser aus als bei seinem letzten Abstecher in den Kontrollraum, wirkte jedoch nicht glücklicher.

Die Kommandantin deutete auf den Sessel neben ihr, und der Talaxianer setzte sich.

»Kennen Sie diesen Raumbereich?« fragte sie.

»Nein. Allerdings bietet er ein ziemliches Spektakel.«

Janeway sah zu den kleinen Planeten, die eigentlich gar nicht so klein waren: Jeder von ihnen erreichte mindestens die Ausmaße der Erde. Aber vor dem Hintergrund der gierigen Schwärze, die der roten Sonne den Tod brachte, schienen sie kaum mehr zu sein als Staubkörner.

»Deutet irgend etwas auf die Präsenz von Akerianern hin, Mr. Kim?«

»Negativ, Captain. Die Sensoren erfassen keine anderen Raumschiffe in dem Sonnensystem. Allerdings orten wir noch immer ziemlich viele Wracks.«

»Scannen Sie die Planeten. Könnte einer von ihnen die akerianische Heimatwelt sein?« Janeway hoffte, daß es kein höher entwickeltes Leben auf jenen Planeten gab. Nach allem, was sie bisher gehört hatte, schienen die Akerianer eine Quittung für Arroganz und Aggressivität verdient zu haben, aber selbst wenn dies ihr Heimatsystem war: Sie besaßen die technischen Mittel, um in ein anderes, sicheres System ›umzuziehen‹.

Kim sah auf die Kontrollen. »Negativ, Captain. Das Resultat des Scans läßt die Existenz von hochentwickelten Gesellschaften vermuten. Aber es gibt keine Anzeichen für die von Neelix vermutete Evolutionsstufe.«

Mitgefühl regte sich in Janeway. Sie verabscheute solche Situationen. Selbst wenn man über moderne

Technik verfügte und die Launenhaftigkeit des Universums kannte: Wer zwischen den Sternen reiste, wußte um die Möglichkeit, so gewaltigen Naturkatastrophen zum Opfer zu fallen. Aber wenn man mit einem Raumschiff unterwegs war, konnte man wenigstens versuchen, dem Verderben zu entkommen. Die Bewohner eines Planeten hingegen standen dem Unheil völlig hilflos gegenüber.

Ein anderer Gedanke spendete Janeway Trost. Es dauerte eine Weile, bis Sonnen starben, bis sie ihr Leben mit einer fatalen Explosion beendeten. »Mr. Kim, bitte nehmen Sie eine Analyse vor. Wenn man den gegenwärtigen technischen Entwicklungsstand der von Ihnen erwähnten Zivilisationen zugrunde legt – können die Fremden mit Warptriebwerken ausgestattete Raumschiffe bauen, bevor ihre Heimat unbewohnbar wird?«

Kim wirkte sehr nachdenklich, als er Schaltflächen berührte und anschließend den Blick auf die Datenkolonnen richtete, die der Computer auf dem Monitor erschienen ließ.

»Nun, die Sonne stirbt erst in einigen Millionen Jahren, aber das Leben auf den Planeten endet schon viel früher. Das technische Niveau entspricht etwa dem auf der Erde zu Beginn des einundzwanzigsten Jahrhunderts. Es gibt bereits ein komplexes Satelliten-Kommunikationssystem. Vermutlich weiß man um die Existenz von anderem Leben im All.«

Kim sah auf und begegnete Janeways fragendem Blick. Anteilnahme zeigte sich in den Zügen des jungen Mannes. »Wenn die Fremden mit einem anderen Volk in Verbindung stehen und dadurch die Möglichkeit haben, ihre technologische Weiterentwicklung zu beschleunigen ... In dem Fall können sie ihr Sonnensystem vielleicht verlassen, bevor es zu spät ist. Ich fürchte, aus eigener Kraft schaffen sie es nicht, Captain. Sie haben höchstens noch hundert Jahre.«

»Dem muß ich widersprechen, Captain«, sagte Tuvok.

Hoffnung erfaßte Janeway. »Bleibt mehr Zeit?«

»Leider nein.« Es ertönte weder Enttäuschung noch Mitleid in der Stimme des Vulkaniers. Er beschränkte sich einfach nur darauf, Fakten zu nennen. »Die Sensoren haben inzwischen zusätzliche Daten geliefert, und eine erste Auswertung weist darauf hin, daß die Sonne nicht das ist, was sie zu sein scheint.«

»Können Sie Einzelheiten nennen?« fragte Janeway und versuchte, ebenso kühl und ruhig zu sprechen wie Tuvok.

»Das Zentralgestirn dieses Sonnensystems sieht wie ein roter Riese aus, und es weist fast alle typischen Merkmale auf. Die Größe stimmt. Im Kern wird Helium verbrannt. Und so weiter. Nach fast allen gängigen Maßstäben kann diese Sonne als roter Riese bezeichnet werden.«

»Bitte kommen Sie zur Sache, Mr. Tuvok«, sagte Chakotay. Eine gewisse Anspannung erklang in seiner Stimme, und Janeway sah zu dem Ersten Offizier. Die Situation belastete ihn sicher noch mehr, denn er brachte jeder beliebigen Form von Leben einen Respekt entgegen, der an Ehrfurcht grenzte. Die Angehörigen seines Volkes lernten schon früh, die Lebenskraft in allen Wesen zu würdigen und zu ehren. Der bevorstehende Tod von vier Planeten, auf denen es von Leben wimmelte, mußte schrecklich für ihn sein. Deshalb hatte er Tuvok gegenüber die Geduld verloren.

»Das versuche ich, Commander«, erwiderte der Vulkanier. »Nun, das wichtigste Definitionsmerkmal eines roten Riesen besteht in seinem Alter. Die hiesige Sonne hat ganz offensichtlich das Ende ihres stellaren Lebens erreicht, aber nach den Sensordaten ist sie nur vier Komma zwei Milliarden Jahre alt und damit jünger als zum Beispiel die Sonne der Erde. Mit anderen Worten:

Das Zentralgestirn dieses Sonnensystems sollte erst die Hälfte seiner normalen Existenzphase hinter sich haben.«

Chakotay runzelte die Stirn. »Das verstehe ich nicht.«

»Die Konkavität sorgt für ein beschleunigtes Altern der Sonne«, erklärte Tuvok. »Nach ihrem Alter dürfte sie eigentlich kein roter Riese sein, aber sie ist es. Woraus folgt: Eine externe Kraft wirkt auf den Stern ein und veranlaßt ihn dazu, vorzeitig zu altern. Es ist so, als würde der junge Mr. Kim innerhalb weniger Stunden zu einem Greis werden.«

Janeway wandte den Blick vom dunklen Gesicht des Vulkaniers ab und sah wieder zum großen Hauptschirm. Die Vorstellung von einem gierigen Ungeheuer erschien ihr nun nicht mehr so grotesk wie noch vor wenigen Minuten.

»Ich weiß, daß schwarze Löcher manchmal Wasserstoff aus nahen Sonnen saugen«, sagte Tom Paris, der jetzt ungewöhnlich ernst klang. »Aber bei solchen Gelegenheiten habe ich immer nur eine dünne Spirale aus Wasserstoff beobachtet, die im Loch verschwindet. Hier ist es kein Rinnsal, sondern ein wahrer *Strom*.«

Er hatte recht. Das in den aufgerissenen ›Rachen‹ der Konkavität strömende Wasserstoffband war so breit wie die Sonne selbst. Die Anomalie ›ernährte‹ sich nicht nur von der Energie des Zentralgestirns – es fraß sich regelrecht damit voll.

»Sie gaben eben zu verstehen, daß den Planeten nicht einmal mehr hundert Jahre bleiben«, sagte Chakotay. »Können Sie genauere Angaben machen?«

»Ja«, bestätigte der Vulkanier. »Wenn die Sonne auch weiterhin so schnell altert wie bisher, und wenn technische Hilfe ausbleibt, dann wird das Leben dieses Sonnensystems in vierundzwanzig Komma drei Jahren ausgelöscht.«

»Ein Vierteljahrhundert, und dann das unwiderrufliche Ende«, kommentierte Tom Paris bedrückt. Janeway schloß kurz die Augen. Im Grunde genommen hatte Tuvok gerade ein Todesurteil ausgesprochen. Die Bewohner der betroffenen Planeten hatten nur dann eine Überlebenschance, wenn es ihnen gelang, ihre Welten rechtzeitig zu evakuieren.

»Von wie vielen Personen sprechen wir hier, Fähnrich Kim?« fragte die Kommandantin.

»Es sind über zwei Milliarden, Captain«, erwiderte der junge Mann leise.

Bestimmte Gedanken formten sich hinter Janeways Stirn. *Wir könnten es schaffen.* Ja, die *Voyager* verfügte über alle notwendigen Mittel ...

Janeway rief sich innerlich zur Ordnung. *Nein, auf keinen Fall. Wir dürfen uns nicht in die Angelegenheiten eines anderen Volkes einmischen.* In diesem Sonnensystem fand eine Naturkatastrophe statt. In die natürliche Entwicklung einer Präwarp-Gesellschaft einzugreifen ... So etwas verletzte die Erste Direktive und verstieß gegen das höchste Ideal der Föderation. Janeway konnte nur hoffen, daß die Bewohner dieses Sonnensystems gute Freunde mit Warpschiffen hatten, die eine Evakuierung im großen Maßstab durchführen konnten.

Sie holte tief Luft. »Konzentrieren wir uns auf die Konkavität. Empfangen wir noch immer Verteron-Emissionen?«

»Ja, Captain«, sagte Kim. »Es spricht nach wie vor alles für die Existenz eines Wurmlochs im System. Aber wenn es sich im Innern des schwarzen Lochs befindet, so ist es unerreichbar für uns. Die Gravitationsgradienten wären zu stark.«

»Oh, wirklich schade«, meinte Neelix und lächelte. »Dann bleibt uns wohl keine andere Wahl, als umzukehren und diesen Raumbereich zu verlassen, nicht wahr, Captain?«

»Neelix ...« Janeway seufzte. »Bitte überlassen Sie

solche Entscheidungen mir.« Der Talaxianer wirkte keineswegs beleidigt, als er sich setzte. »Mr. Tuvok, Sie erwähnten vorhin ein erstaunlich schwaches Gravitationsfeld. Was hat es damit auf sich?«

»Die Sache ist rätselhaft, Captain. Die von der Konkavität ausgehende und für uns spürbare Gravitation beträgt nur ein Siebtel der theoretischen Soll-Stärke. Dadurch können wir die Intensität der Gravitationsfelder im Innern der Anomalie ziemlich genau abschätzen, was mich zu folgendem Hinweis veranlaßt: Unsere Schilde dürften stabil genug sein, um uns auch im Innern der Konkavität zu schützen.«

Die Aufregung im Kontrollraum wuchs, und Janeway versuchte, sich nicht davon anstecken zu lassen. Sie besann sich auf den Kern der jüngsten Informationen.

»Ein Siebtel der theoretischen Soll-Stärke«, wiederholte sie. »Also weitaus weniger, als man aufgrund der Größe der Anomalie erwartet. Mit der Sonne verhält es sich ähnlich: Sie erscheint viel älter, als sie es eigentlich sein sollte. Gibt es eine Verbindung zwischen diesen beiden Phänomenen?«

»Es wird seltsamer und immer seltsamer«, murmelte Paris. »Sagte Alice, als sie in den Kaninchenbau fiel.«

Die scherzhafte Bemerkung entfaltete bei Janeway eine unerwartete Wirkung. Die Kommandantin spürte, wie sich in ihrem Innern etwas versteifte. »Hier stimmt was nicht, Mr. Tuvok. In diesem Sonnensystem geschehen Dinge, die keinen Sinn ergeben.«

Neelix öffnete den Mund, um Janeway erneut aufzufordern, das stellare Territorium des akerianischen Reiches zu verlassen. Doch ein scharfer Blick von Chakotay entmutigte ihn so sehr, daß er den Mund wieder schloß.

»In der Tat, Captain«, bestätigte Tuvok. Der Vulkanier hätte es natürlich nicht zugegeben; Janeway wußte, daß er so unlogische Angelegenheiten als sehr ärgerlich empfand. »Die Entfernung zwischen Sonne und Konkavität beträgt fast fünf Billionen Kilometer, rund ein halbes Lichtjahr also. Mit der festgestellten Gravitation sollte die Anomalie überhaupt nicht imstande sein, dem Zentralgestirn auch nur ein wenig Wasserstoff zu entreißen, und schon gleich gar nicht in einem solchen Ausmaß.«

»Fassen wir noch einmal alles zusammen.« Janeway spürte, wie auch in ihr Ärger zu brodeln begann. »Wir haben einen roten Riesen, der nur durch beschleunigtes Altern zu einem roten Riesen wurde und sich eigentlich in einer früheren Phase seines stellaren Lebens befinden müßte. Wir haben eine Konkavität, deren Schwerkraft bemerkenswert gering ist, wenn man sie in bezug zur Größe der Anomalie setzt. Und wir haben Wasserstoff, der in unerklärlich großen Mengen über eine unerklärlich große Entfernung angezogen wird. Stimmt das soweit, Tuvok?«

»Es ist im großen und ganzen richtig, Captain.«

Janeway bereute es, auf eine zweite Tasse Kaffee verzichtet zu haben.

»Captain!« entfuhr es Kim. »Wir empfangen Kom-Signale vom sonnenfernsten Planeten.«

Janeway erhob sich und stemmte die Hände an die Hüften. »Vielleicht bekommen wir gleich Antworten auf einige unserer Fragen. Auf den Schirm, Mr. Kim.«

Im zentralen Projektionsfeld erschien ein Wesen, das zu den faszinierendsten Geschöpfen gehörte, die Janeway jemals gesehen hatte – und sie kannte mehr als hundert verschiedene Spezies. Der erste Eindruck entsprach dem eines Drachen aus terranischen Legenden, doch wenn man genauer hinsah, so fielen Unterschiede auf.

Die Größe des Wesens konnte Janeway nicht abschätzen. Sie bekam es nicht ganz zu sehen, da es auf einem Stuhl saß, der sowohl aus Stein als auch aus Kunststoff bestand. Die Haltung deutete auf eine zweibeinige Struktur hin, und von der Taille aufwärts gab es humanoide Elemente: einen Rumpf, zwei Arme und einen Kopf.

Aber was für Arme: Dicke Muskelstränge wölbten sich in ihnen, und sie endeten in klauenartigen Fingern. Und was für ein Kopf.

Er erinnerte an den einer Schlange, war jedoch ein ganzes Stück größer und lief nach vorn hin spitz zu. Sorge leuchtete in sanft blickenden Augen. Janeway hielt vergeblich nach erkennbaren Zähnen Ausschau. Ein langer, offenbar sehr flexibler Hals folgte dem Kopf und stellte die Verbindung zu verblüffend menschlich wirkenden Schultern her. Etwa in Höhe der Kehle glänzte ein silbriger, kristallartiger Anhänger. Weißes Haar umschmiegte den Schädel und reichte bis über die Schultern hinweg. Weicher, gesprenkelter Pelz bedeckte die Haut, hinderte das Wesen jedoch nicht daran, weite, umhangartige Kleidung zu tragen.

Die Stimme klang nach der einer Frau, und der Translator übersetzte sofort.

»Wir haben Ihre Nachricht empfangen, Captain Janeway. Nach Ihren Auskünften und unseren Informationen sind Sie den Akerianern unbekannt. Können wir hoffen, daß Sie uns helfen wollen?«

3

Chakotay riß die Augen auf und starrte. Das war natürlich unhöflich, und sein Vater wäre von diesem Verhalten sehr enttäuscht gewesen, aber er konnte einfach nicht anders. Tief im Innern des Ersten Offiziers hallten die Worte der Seelenfreundin wider, und er bekam plötzlich eine Gänsehaut.

Andere Leute hätten das Wesen – die *Person* – vielleicht deshalb angestarrt, weil es eine sonderbare Mischung von Reptil und Säugetier darstellte, weil es auf menschliche Augen zwar bizarr, aber nicht unattraktiv wirkte. Für Chakotays Reaktion gab es einen anderen Grund. Sein verblüffter Blick galt dem weißen Haar des Geschöpfs – weißem Haar, das mit Federn und Perlen geschmückt war. Eine derartige Zierde erschien ihm geradezu gespenstisch vertraut. Er betrachtete die Muster auf der Kleidung sowie die harmonische Gemeinschaft von Künstlichem und Natürlichem in dem, was vom Ambiente zu erkennen war.

Wenn das Wesen auf dem Schirm ein Mensch gewesen wäre, hätte Chakotay es mit ›Großmutter‹ angesprochen. *Vermeide den Fehler, menschliche Eigenschaften auf fremde Geschöpfe zu übertragen,* warnte er sich. *Dadurch kam es zu einigen besonders schlimmen Zwischenfällen in der Föderationsgeschichte. Finde zunächst mehr über die Fremden heraus; lern sie besser kennen. Dieses Individuum mag Würde und Haltung einer Großmutter haben, was aber noch lange nicht bedeutet, daß es alt und weise ist.*

Janeway sprach nun, und Chakotay erholte sich von seiner Überraschung.

»In unserer Mitteilung haben wir darauf hingewiesen, daß wir in Frieden kommen. Wir sind keine Freunde der Akerianer, aber wir sind auch nicht ihre Feinde. Wie heißt Ihr Volk? Und wie lautet Ihr Name? Wie soll ich Sie ansprechen?«

»Man nennt mich Nata. Ich bin eine Viha, eine der Ältesten meines Volkes.«

So viel zu falschen Annahmen, dachte Chakotay, und seine Verwunderung wuchs.

»Wir sind die Verunier«, fuhr Viha Nata fort. »Wir leben auf Veruna Vier.« Sie kniff die großen, sanft strahlenden Augen zusammen und neigte den Kopf zur Seite. Dadurch geriet das lange weiße Haar in wallende Bewegung, was Federn und Perlen tanzen ließ. »Captain Janeway von der Föderation, habe ich Ihr Wort, daß Sie nicht im Auftrag des akerianischen Reiches kommen, um die Angriffe auf uns fortzusetzen?«

»Ja, Sie haben mein Wort, Viha Nata.«

Die Verunierin schien sich ein wenig zu entspannen. »Wir legen großen Wert auf Ehre, obwohl uns die gegenwärtige Situation manchmal zwingt, unsere eigenen Grundsätze zu verletzen. Wir akzeptieren Ihr Wort und gehen davon aus, daß bei Ihnen das Ehrenvolle die gleiche Rolle spielt wie bei uns.«

Chakotays innere Unruhe nahm immer mehr zu. Für gewöhnlich gelang es ihm, seine Gefühle gut zu verbergen, aber er bemerkte nun, wie Janeway ihm einen kurzen Blick zuwarf und dann wieder zum Bildschirm sah. Der Erste Offizier nahm sich vor, möglichst bald mit der Kommandantin zu reden und ihr seine Reaktion zu erklären. Wie dumm von ihm zu glauben, daß er seine Empfindungen vor ihr verheimlichen konnte. Janeway war viel zu aufmerksam, und inzwischen kannte sie ihn recht gut.

»Ihr Vertrauen bedeutet uns viel«, sagte sie jetzt. »Nun, ich möchte ganz offen sein und keine falschen Hoffnungen in Ihnen wecken: Wir sind nicht gekommen, um Ihnen zu helfen. Uns geht es vielmehr um die Erforschung der Konkavität in Ihrem Sonnensystem. Wissen Sie davon? Können Sie uns mehr darüber mitteilen?«

Viha Nata schloß wie schmerzerfüllt die Augen und öffnete sie dann wieder. »Wie sollte es uns möglich sein, nichts von dem Sonnenfresser zu wissen? Wir sehen ihn ständig: eine braune und purpurne Wunde an unserem Himmel. Ihr Schiff zeichnet sich durch ein technisches Niveau aus, wie wir es noch bei keinem anderen Raumer in diesem System beobachtet haben. Wahrscheinlich kennen Sie die wissenschaftliche Natur des Sonnenfressers weitaus besser als wir.«

Janeway stand nun, und ihr Blick bohrte sich in die Augen der Viha. »Wir haben die vielen Wracks und Trümmer geortet. Vermutlich sind Sie nicht dafür verantwortlich, wenn ich das Wesen der Verunier richtig einschätze.«

Etwas Einzigartiges geschah: Natas große Augen glänzten plötzlich feucht. *Tränen!* fuhr es Chakotay durch den Sinn. *Sie können weinen!*

»Wir haben jene Schiffe nicht angegriffen«, sagte die Viha. »Und doch tragen wir in gewisser Weise die Verantwortung für ihre Vernichtung. Einige von ihnen kamen wie Sie hierher, aus Gründen, die nichts mit unserem Konflikt zu tun haben. Andere trafen mit der Absicht ein, gegen die Akerianer zu kämpfen – meistens aus eigenem Interesse, einige wenige für uns. Ihr Tod lastet schwer auf unserem Gewissen. Wir trauern um sie.« Mit dem Rücken der Klauenhand rieb sich Nata die Tränen aus den Augen. »Wenn Sie noch länger hierbleiben, in einem Raumgebiet, das die unheilvollen Akerianer als Teil ihres Reiches erachten, so riskieren Sie sowohl Ihr Leben als auch das Ihrer Crew.«

»Wir sind Reisende aus einem fernen Sektor der Galaxis«, erwiderte Janeway. »Gegen unseren Willen brachte man uns hierher, und jetzt suchen wir nach einem Weg zurück in unsere Heimat. Wir haben Grund zu der Annahme, daß sich in der Konkavität ein Wurmloch befindet. Vielleicht gibt es uns die Möglichkeit, in den uns vertrauten Bereich der Galaxis zurückzukehren.«

Natas Augen wurden größer. »Ein Wurmloch?« wiederholte sie mit offensichtlicher Verwunderung. »Im Weltraum gibt es keine Würmer, Captain.«

Das Mißverständnis entlockte Chakotay ein Lächeln. Der automatische Translator funktionierte perfekt – vielleicht sogar zu perfekt. In diesem Fall hatte er wörtlich übersetzt und nicht die wissenschaftliche Bedeutung des Begriffs vermittelt.

»Bitte entschuldigen Sie die nicht exakte Übertragung des Wortes in Ihre Sprache«, sagte Janeway. »Wir benutzen diesen Ausdruck, um eine Art Tunnel im Weltraum zu beschreiben, eine Verbindung zwischen zwei normalerweise weit entfernten Sektoren der Galaxis.«

»Oh«, erwiderte Viha Nata, und sie nickte kurz. »Jetzt verstehe ich. Das Phänomen ist mir bekannt. Allerdings weiß ich nicht, ob sich ein solches Wurmloch im Innern des Sonnenfressers befindet.«

Janeway trat näher an den Hauptschirm heran. »Bitte berichten Sie uns, was Ihre Wissenschaftler über die Kon ... über den Sonnenfresser herausfinden konnten. Entsprechende Informationen wären uns eine große Hilfe.«

Unbehagen schien die Viha zu erfassen. »Captain, ich möchte noch einmal betonen, daß Sie durch Ihre Präsenz in diesem Raumbereich ein großes Risiko eingehen. Und vielleicht unterschätzen Sie auch die uns Veruniern drohende Gefahr.«

Nata zögerte kurz.

»Hier auf Veruna ist die Zeit sehr kostbar. Uns bleibt nicht mehr viel. Aber wenn ich Ihre Fragen beantworte und Ihnen die Situation erkläre... Vielleicht sind Sie dann bereit, uns zu helfen.«

Inzwischen galt die Aufmerksamkeit aller Anwesenden der Viha. Sie und ihre melodischen Ausführungen waren weitaus interessanter als Computergrafiken und die seltsamen, widersprüchlichen Ergebnisse von Datenauswertungen. Tuvok bildete die einzige Ausnahme, stellte Chakotay fest. Doch selbst der dunkelhäutige Vulkanier blickte dann und wann von den Anzeigen seiner Station auf, um Nata zu mustern. Wie dem auch sei: Bestimmt hörte und analysierte er jedes einzelne Wort jenes Wesens, das Merkmale von Reptil und Säugetier in sich vereinte.

»Der Sonnenfresser erschien vor einigen Jahrtausenden. Damals stellte er eine harmlose Anomalie dar – so heißt es jedenfalls in den Überlieferungen. Was die Akerianer betrifft...« Unüberhörbare Verachtung erklang in Natas Stimme, als sie den Namen des Feindes nannte. »Sie kamen kurze Zeit später, wie ein Schatten, der dem Körper folgt. In technischer Hinsicht waren sie damals höher entwickelt als wir, und das sind sie noch immer. Wir konnten uns nicht wehren, als sie kamen und unsere Artgenossen entführten. Sie... verschwanden einfach mit ihnen!«

»Transportertechnik«, sagte Paris.

Janeway nickte zustimmend, und ihr Blick blieb auf die Verunierin gerichtet.

»Sie verschleppten jeweils fünf oder sechs von uns. Den Grund dafür kennen wir nicht.« Erneut glänzten Tränen in den großen Augen der Viha – verunische Emotionen konnten offenbar sehr intensiv sein. Nata senkte den Kopf und tastete nach dem Anhänger am Hals, als erhoffte sie sich Trost davon.

»Nie sahen wir einen Entführten wieder. Zu solchen Zwischenfällen kommt es auch heute noch. Als wir vor einigen Perioden begannen, Widerstand zu leisten, griffen die Akerianer unseren Planeten an. Ihre Waffen bewirken erdbebenartige Katastrophen mit schrecklichen Folgen. Vor einigen Monaten wurde eine unserer Brutgruben von einer Lawine zerstört. Können Sie sich einen Feind vorstellen, der so herzlos und grausam ist, daß er *Brutgruben* vernichtet?«

Nata schüttelte fassungslos und kummervoll den Kopf.

»Die Zeit verstrich«, fuhr sie fort. »Wir gewöhnten uns daran, die akerianischen Aggressoren an unserem Himmel zu sehen. Mit Hilfe der Teleskope brachten wir in Erfahrung, daß eine Verbindung zwischen den Akerianern und dem Loch im All existiert. Sie fliegen nach Belieben hinein und heraus, scheinen dort drin zu Hause zu sein.«

Die Verunierin sprach in einem rhythmischen Tonfall, der fast einem Gesang gleichkam. Chakotay begriff sofort, daß es sich um ein Volk mit einer ausgeprägten Tradition mündlicher Überlieferungen handelte. Sicherlich kannten die Verunier schriftliche Aufzeichnungen, aber das Historische wurde vor allem durch verbale Kommunikation lebendig erhalten.

Natas Sprachmelodie übte eine fast hypnotische Wirkung auf Chakotay aus. Es dauerte einige Sekunden, bis er im Dunst der Benommenheit einen wichtigen Hinweis erkannte: Akerianische Raumschiffe flogen in die Konkavität hinein und verließen sie auch wieder.

Der Erste Offizier wandte sich an Janeway und sah das brennende Interesse in ihren Augen. Doch Takt und Höflichkeit setzten sich durch. Die Kommandantin wartete geduldig darauf, daß Nata ihren Bericht beendete.

»Vor dreihundert Perioden wurde das Loch im Himmel böse und verwandelte sich in den Sonnenfresser. Wir wissen nicht genau, wieviel Zeit uns noch bleibt. Unsere Tage auf Veruna sind gezählt, und wir glauben, daß die Akerianer dafür verantwortlich sind.«

»Haben Sie versucht, mit den Akerianern zu verhandeln?« fragte Janeway. Sie legte die Hände auf den Rücken, schritt langsam auf und ab.

Natas Antwort bestand aus einem empörten Fauchen, das sich offenbar nicht übersetzen ließ.

»Sie kennen das Wort *Verhandlungen* überhaupt nicht!« zischte sie. Zorn veränderte den Gesichtsausdruck der Viha, und sie knurrte. Chakotay glaubte, spitze gelbweiße Zähne zu erkennen. »Wie kann man mit Leuten verhandeln, die ihre Gesichter hinter Masken verbergen? Die kommen, um Erwachsene zu verschleppen und Kinder zu töten?

Nein, Captain, vor zwanzig Perioden mußten wir uns der bitteren Erkenntnis stellen, daß unsere einzige Chance im Kampf besteht. Wir griffen auf das Erbe der Ahnen zurück, auf ihr Wissen und ihre Technik. Hinzu kamen Informationen, die wir aufgrund von Wrackteilen und dergleichen über die Akerianer gewannen. Inzwischen haben wir gelernt, Raumschiffe zu bauen, um in die Finsternis des Alls vorzustoßen. Wir stehlen akerianisches Wissen, so wie der Feind unsere Zukunft stiehlt. Unsere Waffen und Schiffe sind der akerianischen Technologie nicht ebenbürtig, aber wir lehnen es ab, uns tatenlos zu fügen. Wir kämpfen, auch wenn wir nicht gewinnen können.«

Nata stand nun, und ihre Hände ruhten flach auf einem Tisch. Chakotay sah einen größtenteils humanoiden Körper, der an den Hüften breiter wurde, dort in muskulöse Oberschenkel und Beine überging. In Gedanken fügte er dem Bild der Verunierin einen langen Reptilienschwanz hinzu. Die Wirklichkeit korrigierte seine Phantasie fast sofort. Ein pferdeartiger Schweif geriet kurz in Sicht und verschwand dann wieder hinter der Viha.

Nata schnaubte und setzte sich wieder.

»Bitte verzeihen Sie meinen Gefühlsausbruch. Ich gehöre zu den Oberhäuptern meines Volkes und hüte das Wissen der Ahnen. Als Viha ist es meine Pflicht,

Veruna und die Bewohner unserer Welt zu schützen. Es ist schrecklich zu beobachten, wie sich fruchtbares Land in Wüste verwandelt, verbrannt von einer Sonne, die keinen Anteil an unserem Schicksal nimmt, die Pflanzen und Tiere zu Tausenden sterben läßt. Und es ist noch schrecklicher zu wissen, daß meinem Volk in wenigen Generationen der endgültige Untergang droht.«

Chakotays Herz schlug schneller, als er diese Worte vernahm. In physischer Hinsicht unterschieden sich die Verunier sehr von ihm, aber sie kamen dem indianischen Verständnis vom Wesen der Welt näher als viele Menschen. Alles in ihm drängte danach, Nata und ihren Artgenossen zu helfen. Das verunische Volk starb, und seine Heimatwelt ging mit ihm zugrunde. Wenn Chakotays Vermutungen zutrafen, wenn die Verunier daran glaubten, daß alles – Erde, Himmel, Sterne und Wolken – einen ›Geist‹ hatte … Dann sahen sie sich die ganze Zeit über von sinnlosem und unverständlichem Tod umgeben.

Der Erste Offizier empfand diese Vorstellung fast als unerträglich.

Er drehte den Kopf und sah zu Janeway, die Worte *Wir müssen ihnen helfen!* auf den Lippen. Aber er brachte es nicht fertig, sie auszusprechen. Die Erste Direktive verbot ein Eingreifen. Und ob es ihm paßte oder nicht: Er mußte die Starfleet-Vorschriften beachten.

Er verfluchte sie stumm.

Janeways Gesicht brachte Mitgefühl zum Ausdruck, und subtile Anzeichen deuteten darauf hin, daß in ihr ein ähnlicher Konflikt stattfand. Chakotay wußte, daß es der Kommandantin nie an Anteilnahme mangelte, aber ihr waren noch mehr die Hände gebunden.

»Captain Janeway vom Raumschiff *Voyager*«, sagte Nata und beendete damit die Stille. »Ich bitte Sie inständig, auf die Stimme Ihres Herzens zu hören. Helfen Sie uns im Kampf gegen die Abscheulichkeit und das Grauen. Ihr Schiff ist zu Dingen imstande, die wir nie vollbringen könnten. Mit Ihrer Hilfe könnten wir uns endlich wirkungsvoll zur Wehr setzen.«

Janeways Stimme klang kummervoll, als sie erwiderte: »Ihre Ausführungen haben mich keineswegs ungerührt gelassen, Viha Nata. Aber wir dürfen uns nicht an Ihrem Kampf beteiligen. Wenn wir unseren Raumbereich verlassen, müssen wir uns an Vorschriften halten, die Einmischungen in die Angelegenheiten fremder Kulturen verbieten. Der Versuch, Ihnen zu helfen, könnte alles noch viel schlimmer machen.«

Die Viha schien nicht überzeugt zu sein. »Wie kann die Situation für uns noch schlimmer werden, als sie es bereits ist?« fragte sie nicht ohne einen gewissen Sarkasmus.

Das ist unmöglich, dachte Chakotay. Verzweiflung regte sich in ihm. *Aber trotzdem gibt es keine Möglichkeit für uns, den Veruniern zu helfen.*

Janeway rang mit sich selbst und suchte nach den richtigen Worten für eine Antwort, die Nata in jedem Fall enttäuschen mußte. Die schmerzliche Notwendigkeit, die Bitte um Hilfe erneut abzulehnen, blieb ihr erspart, als ein rhythmisches Piepen von der Kom-Station her erklang. Im gleichen Augenblick sprang die Viha auf.

»Sie sind zurück!« entfuhr es ihr, streckte die Hand aus und berührte ein Schaltelement, woraufhin ihr Bild vom Hauptschirm verschwand.

»Captain!« rief Kim. »Ein Raumschiff verläßt die Konkavität!«

»Auf den Schirm«, erwiderte Janeway sofort.

Ein kleines Schiff kam aus dem schwarzen Schlund der Anomalie. Es wirkte häßlich – im Vergleich dazu schienen die ersten bemannten Raumschiffe der Menschheit Musterbeispiele für Eleganz gewesen zu sein. Es stellte ein mitleiderweckendes Durcheinander aus Konstruktionsstilen und -materialien dar. Chakotay vermutete, daß es von Leuten gebaut worden war, die nicht über eigene Ressourcen verfügten und ständig improvisieren mußten – ein Szenario, das Erinnerungen an seine Zeit beim Maquis weckte.

Nun, eins mußte man dem kleinen Raumer lassen: Er war schnell.

Doch offenbar nicht schnell genug – ein zweites Schiff folgte dem ersten. Es war groß, wenn auch nicht so groß wie die *Voyager,* und es vermittelte sofort den Eindruck von grimmiger Aggressivität. Wie mühelos verkürzte es den Abstand zum ersten, fliehenden Schiff.

»Das ist ein akerianischer Kreuzer«, sagte Neelix düster.

»Schilde hoch!« befahl Janeway. »Alarmstufe Rot!«

Von einem Augenblick zum anderen wurde es dunkler auf der Brücke. Rotes Licht pulsierte.

Chakotay beobachtete das große Schiff, seine kantige Form, die aus blaugrauem Metall bestehende Außenhülle. Es glühte rot innerhalb der vier zylindrischen Triebwerke, die etwa fünfzig Prozent der gesamten Masse bildeten. Der Kreuzer änderte mehrmals den Kurs, um dem kleineren Schiff auch weiterhin zu folgen, und dadurch bekam Chakotay Gelegenheit, alle wichtigen Konstruktionsmerkmale zu betrachten. Vorn bemerkte er sechs runde Komponenten, deren Zweck dem Ersten Offizier rätselhaft blieb. Sie glänzten schwarz und wirkten fast wie Chitin, erschienen dadurch wie dunkle Insekten. In ihrer Mitte, unter einer halbtransparenten Kuppel, pulsierten vier rote Energieeinheiten.

Das kleine Scoutschiff – Chakotay vermutete, daß es von Veruna stammte – floh vor dieser unheilvollen Erscheinung und verhielt sich wie ein Hase, der versuchte, einer Hundemeute zu entkommen. Immer wieder kippte es zur einen oder anderen Seite, um den Verfolger abzuschütteln.

Plötzlich *zitterte* das All vor dem akerianischen Kreuzer, und der wuchtige Hieb einer unsichtbaren Faust ließ den kleineren Raumer erbeben.

»Was war das denn?« platzte es aus Janeway heraus.

Tuvoks Blick klebte an den Anzeigen seiner Konsole fest. »Von dem akerianischen Kreuzer ging gerade ein intensiver Gravitonstrom aus, der zu einer lokal begrenzten Verzerrung der Raumzeit führte. Die Verzerrungszone wiederum fokussierte eine außerordentlich starke Gravitationswelle, die das kleinere Schiff traf und die Kapazität seiner Schilde um siebenundzwanzig Prozent reduzierte.«

Neelix schnippte aufgeregt mit den Fingern. »Das ist die Waffe, von der ich Ihnen erzählt habe! Mir war nur bekannt, daß sie starke Erschütterungen hervorruft.«

»Wie könnte sie sich auf unsere Deflektoren auswirken?« fragte Janeway.

Der Vulkanier betätigte mehrere Schaltflächen und schüttelte dann den Kopf. »Das läßt sich nicht feststellen. Die von dem fremden Waffensystem geschaffene Störungszone beeinträchtigt die Sondierungssignale unserer Sensoren.«

»Captain ...« Chakotays Stimme veranlaßte Janeway, sich zu ihm umzudrehen. »Wir bekommen noch mehr Probleme.«

Ein weiteres Schiff glitt aus der Konkavität, wie ein Spiegelbild des ersten akerianischen Kreuzers. Es schloß zu ihm auf, und anschließend führten beide Schiffe ein Manöver durch, das nur eins zum Ziel haben konnte: Die Akerianer wollten den verunischen Scout in die Zange nehmen.

Chakotay wandte sich an Kim. »Wie viele Lebensformen befinden sich an Bord des kleinen Schiffes?«

Der junge Mann schüttelte den Kopf. »Schwer zu sagen, Sir. Tuvok hat recht: Die hohe Gravitonaktivität stört unsere Sensoren. Ich beginne mit einem Kompensationsversuch.« Seine Finger flogen über die Kontrollen. »Die Crew des Scoutschiffs scheint aus sechs Personen zu bestehen. Aber das ist nur eine Schätzung. Es könnten auch mehr sein.«

In Chakotay verkrampfte sich etwas. Vor nicht allzu langer Zeit hatte er sich in einer ähnlichen Situation befunden: an Bord eines kleinen Schiffes, auf der Flucht vor einem weit überlegenen Feind. Und hier gab es keine Badlands, die vielleicht Zuflucht boten.

»Das Triebwerk des Scouts ist überlastet«, meldete Kim. Seine Stimme klang nun deutlich besorgt. »Wenn ihnen weiterhin soviel abverlangt wird, ist ein Kollaps unvermeidlich …«

Der zweite Kreuzer feuerte. Wieder waberte das All zwischen dem akerianischen Schiff und dem Scout. Doch diesmal reagierte der verunische Pilot schnell genug. Der kleine Raumer wandte sich abrupt nach Backbord und entging dadurch der fokussierten Gravitationswelle.

»Das Schiff mag primitiv sein«, murmelte Paris voller Anerkennung. »Aber ganz offensichtlich sitzt dort jemand an den Navigationskontrollen, der sein Handwerk versteht.«

»Captain …«, preßte Kim hervor. »Ich empfange Kom-Signale, die das kleine Schiff zum Planeten sendet.«

»Hören wir uns die Mitteilung an«, sagte Janeway. »Lautsprecher ein.«

Die angespannte und furchterfüllte Stimme eines Mannes ertönte. »… erfolgreich gewesen, Viha. Ich übermittle Ihnen jetzt Information, die den akerianischen Stützpunkt betreffen. Ich … ich bezweifle, ob wir in der Lage sind, den Bericht persönlich zu überbringen.«

»Stützpunkt?« wiederholte Paris. »Die Akerianer haben eine Basis in der Konkavität?«

»Empfangen Sie die Daten, Fähnrich?« fragte Janeway und sah zu Kim.

»Sie werden aufgezeichnet«, erwiderte der junge Mann.

Der erste akerianische Kreuzer feuerte noch einmal. Das Scoutschiff wurde zwar nicht direkt getroffen, aber es geriet in den peripheren Bereich der Gravitationswelle.

»Die Kapazität der Schilde ist jetzt um zweiunddreißig Prozent reduziert«, meldete Tuvok.

»Das reicht«, sagte Janeway. »Fähnrich, stellen Sie eine Kom-Verbindung zu den Akerianern her.« Sie wartete, bis Kim nickte, fuhr dann fort: »Achtung! An die akerianischen Schiffe! Wir beabsichtigen nicht, uns in Ihre Angelegenheiten einzumischen, aber wir sehen uns außerstande, eine derartige Gewaltanwendung einfach hinzunehmen. Beenden Sie den Angriff. Ich wiederhole: Beenden Sie den Angriff.«

Einige Sekunden vergingen. »Keine Antwort, Captain«, sagte Kim.

Janeway preßte wortlos die Lippen zusammen.

Der erste akerianische Kreuzer eröffnete noch einmal das Feuer, und diesmal gelang ihm ein Volltreffer.

»Die Kapazität der verunischen Schilde ist um zweiundsiebzig Prozent reduziert«, warnte Tuvok.

Der Erste Offizier hielt es nicht länger aus und klopfte auf seinen Insignienkommunikator. »Chakotay an Transporterraum. Richten Sie den Transferfokus auf die Lebensformen an Bord des kleinen Schiffes und ...«

»Schenken Sie der Anweisung keine Beachtung«, unterbrach Janeway den Commander. Sie kniff die Augen zusammen.

»Captain, die Akerianer ignorieren Ihren Appell!« explodierte Chakotay. »Und wenn wir nicht sofort etwas unternehmen, sterben die Leute an Bord des Scoutschiffes. Einen weiteren Treffer überstehen sie nicht.« Er wußte, daß seine Stimme zornig klang, aber es war ihm gleichgültig. Das emotionale Chaos in ihm brauchte dringend ein Ventil.

Janeway zögerte – und deutete dann ein Nicken an. »Brücke an Transporterraum. Beamen Sie die Besatzung des Scouts an Bord.«

»Es gelingt mir nicht, den Transferfokus auszurichten«, tönte die Stimme des Transportertechnikers aus den Lautsprechern der internen Kommunikation. »Die Raumzeit-Verzerrungen in der Nähe des Schiffes...«

Die Akerianer hatten die *Voyager* nicht beachtet und sich inzwischen in eine perfekte Position gebracht: Der Scout befand sich direkt zwischen ihnen. Die Verunier wollten ein weiteres Ausweichmanöver durchführen, aber dazu war es zu spät – ihre Feinde setzten einmal mehr die Gravitationswaffe ein.

Für das Scoutschiff gab es nicht die geringste Chance. Die Verunier an Bord sprachen noch immer mit der Viha, und ihnen blieb nicht einmal genug Zeit, um entsetzt zu schreien. Für diese eine Gnade dankte der Erste Offizier dem Schicksal.

Der kleine Raumer zerplatzte, und seine Trümmer gesellten sich den vielen anderen Wrackteilen hinzu, die in der Umlaufbahn von Veruna Vier schwebten. Nie zuvor hatte sich Chakotay so hilflos gefühlt. Sechs Personen waren gerade gestorben, umgebracht von einem gnadenlosen Feind.

Jetzt konnte kein Zweifel mehr daran bestehen, warum sich so viele Trümmer im Orbit einer Welt mit friedlichen Bewohnern befanden. Der Arm des akerianischen Reiches war lang...

Chakotay sah noch immer zum Hauptschirm und beobachtete nun, wie sich die beiden akerianischen Kreuzer der *Voyager* zuwandten.

4

Ein flaues Gefühl breitete sich in Janeways Magengrube aus, schuf dort gräßliche Leere. Sie kannte dieses Übelkeit verursachende Empfinden. Erneut war sie Zeuge der Auslöschung von Leben geworden. Ein- oder zweimal hatte sie den Sterbenden sogar in die Augen gesehen, als sie die Waffe abfeuerte, die ihnen den Tod brachte. In den meisten Fällen – so wie hier – hatte sie beobachtet, wie ein Raumschiff explodierte. Durch die Wiederholung solcher Szenen wurde es nicht einfacher, damit fertig zu werden. Erst recht dann nicht, wenn folgende Gedanken damit verbunden waren: *Ist es meine Schuld? Hätte ich die Besatzung des Scouts mit einer schnelleren Reaktion retten können?*

Janeway begriff, daß sie sich den Luxus von Schuldgefühlen nicht leisten konnte. Die beiden akerianischen Schiffe, die sich nun der *Voyager* näherten, erforderten ihre ganze Aufmerksamkeit.

»Öffnen Sie die Grußfre...«, begann sie, doch der akerianische Kommandant kam ihr zuvor. Das Bild auf dem Hauptschirm wechselte plötzlich und zeigte ein fremdes Geschöpf. Es trug eine große Maske, die bis zu den Schultern reichte und nicht den geringsten Hinweis auf das bot, was sich hinter ihr verbarg. Oben zeigten sich spitz zulaufende metallene Hörner, wodurch fast der Eindruck einer Zeremonienmaske entstand. Die Hörner wirkten zerkratzt – jemand oder etwas hatte Furchen in ihnen hinterlassen. Janeway fühlte sich an die alte irdische Tradition von Rüstungen für den Kampf erinnert. Die Akerianer trugen nicht nur Masken, sondern schützten auch andere Teile ihres Körpers. Die meisten Schutzkomponenten wiesen keine Verzierungen irgendeiner Art auf, abgesehen von den Schulterpartien: Dort zeigten sich schwingenartige Erweiterungen.

Auch die Maske war ohne besondere Merkmale, sah man einmal von horizontalen Schlitzen dort ab, wo sich vermutlich Augen und Mund befanden.

»Achtung, an Viha Nata, die Bewohner von Veruna Vier und das fremde Schiff, das in unseren Raumbereich eingedrungen ist.«

Für die Übersetzung wählte der automatische Translator die Stimme eines Mannes. Im Hintergrund vernahm Janeway ein kehliges Grollen, das einen auffallenden Kontrast zum melodischen Schnurren der Viha bildete.

»Hier spricht Linneas, Erster Krieger des Reichsexplorationskorps, Kommandant des akerianischen Kreuzers *Sieg*. Verunier: Eure fortgesetzte Rebellion gegen die Macht des akerianischen Reiches wird allmählich lästig. Wir sind nachsichtig und milde gewesen, aber jetzt hat unsere Geduld ein Ende. Schließt Frieden mit euren Göttern und bereitet euch darauf vor, das gleiche Schicksal zu erleiden wie euer Scoutschiff. Ihr seid zu weit gegangen. Die Strafe besteht in der Vernichtung eures Volkes.

An die Fremden: Sie haben unsere Warnung mißachtet und für jene Partei ergriffen, die es wagten, unsere Herrschaft in Frage zu stellen. Darüber hinaus sind Sie so dreist gewesen, einen offenen Dialog mit unseren Feinden zu führen. Ich biete Ihnen eine letzte Chance, umzukehren und unser stellares Territorium zu verlassen. Wenn Sie sich weigern, werden wir auch Ihnen den Tod bringen.«

»Akustische Verbindung unterbrechen«, wies Janeway Fähnrich Kim an, der ihrer Aufforderung sofort nachkam. Als sie sicher sein konnte, daß die Akerianer nichts mehr hörten, fügte sie hinzu: »Wenn jemand etwas sagen möchte, so hat er nun Gelegenheit dazu.«

»Captain«, begann Neelix sofort, »vielleicht schützen uns die Schilde. Vielleicht auch nicht. Ich schlage vor, daß wir die Chance nutzen, die uns Linneas einräumt. Verschwinden wir von hier.«

Janeway schüttelte den Kopf. »Ausgeschlossen. Wir sind hierhergekommen, um die Konkavität zu untersuchen, und ich bin nicht bereit, bei den ersten Anzeichen von Schwierigkeiten kehrtzumachen. Immerhin wissen wir jetzt, daß akerianische Raumschiffe ganz nach Belieben in die Anomalie hineinfliegen und sie auch wieder verlassen können. Mr. Tuvok, welche konkrete Gefahr droht dem Planeten? Ist der arrogante Kerl wirklich imstande, alle Verunier zu töten?«

»Das bezweifle ich«, antwortete Tuvok. »Aber er dürfte in der Lage sein, erhebliche Verwüstungen auf der Oberfläche des Planeten anzurichten. Viha Nata erwähnte die Fähigkeit der Akerianer, Erdbeben auszulösen. Nach dem, was wir bisher über die akerianische Technik wissen, scheint das durchaus möglich zu sein. Wir hörten auch von der Vernichtung einer ›Brutgrube‹ durch ein solches Beben. Wenn die Verunier – wie ich vermute – Eier legende Geschöpfe sind, so könnte die systematische Zerstörung der Brutgruben und somit der Eier dazu führen, daß sich mittelfristig die Anzahl der lebenden Verunier stark verringert.«

Janeways Gedanken rasten. Sie fühlte die Blicke der Senioroffiziere auf sich ruhen und wußte, was sie von ihr erwarteten. Neelix hätte sich am liebsten sofort aus dem Staub gemacht. Andere wollten den sanft erscheinenden Veruniern gegen die aggressiven Akerianer helfen. Wieder andere sahen in dem ›Sonnenfresser‹ einen möglichen Weg nach Hause. Vor ihrem inneren Auge beobachtete Janeway noch einmal, wie das kleine Scoutschiff den Gravitationswaffen der Akerianer zum Opfer fiel und zerbarst. Sie hatte nicht schnell genug gehandelt, um das Leben der sechs Besatzungsmitglieder zu retten. Doch vielleicht reichte die Zeit noch aus, die Verunier auf dem Planeten vor einer Katastrophe zu bewahren.

»Akustische Verbindung wiederherstellen«, sagte sie, straffte die Schultern und wandte sich dem Akerianer zu. »Commander Linneas, hier spricht Captain Kathryn Janeway vom Raumschiff *Voyager*. Zwar liegt es mir fern, mich in Ihre Angelegenheiten einzumischen, aber ich kann auf keinen Fall tatenlos zusehen, wie Völkermord verübt wird. Ich biete mich hiermit als Vermittler an, der beiden Seiten gegenüber einen neutralen Standpunkt vertritt. Vielleicht können wir den Konflikt irgendwie beile …«

»Captain Janeway, Sie und Ihre *Voyager* befinden sich in einem Kriegsgebiet, und hier kann es nur einen Sieger geben: das akerianische Reich.« Linneas Stimme war so kalt und ausdruckslos wie seine Maske. »Ich habe Ihnen die Chance zum Rückzug geboten – eine Chance, die Sie nicht nutzen wollten. Daher werden Sie jetzt als Feinde der Kaiserin Riva und des akerianischen Reiches klassifiziert. Wir erklären Ihnen hiermit den Krieg und fordern Sie zur unverzüglichen Kapitulation auf.«

Zorn erwachte in Janeway. Dieses Geschöpf hatte gerade den Angriff auf einen wehrlosen Planeten angeordnet, und jetzt bedrohte es auch sie.

»Sie möchten gern mein Schiff übernehmen, nicht wahr?« fragte sie und sprach ganz ruhig. »Ich fürchte, da muß ich Sie enttäuschen.«

»Nun gut. Dann tragen Sie die Konsequenzen.« Linneas' Abbild verschwand aus dem Projektionsfeld.

Der Angriff erfolgte nur wenige Sekunden später. Das Schiff des akerianischen Kommandanten, die *Sieg*, schleuderte der *Voyager* eine Gravitationswelle entgegen. Das andere Schiff – der Computer identifizierte es als *Eroberung* – nahm den Planeten unter Beschuß.

»Auf Erschütterungen vorbereiten!« rief Janeway. Sie wußte nicht, wie sehr sich die Verzerrungszone auf die *Voyager* auswirken würde. Voller Anspannung biß sie die Zähne zusammen, und ihre Hände schlossen sich fester um die Armlehnen des Kommandosessels.

Die *Voyager* erzitterte kurz, und das war alles. Erleichtert ließ Janeway den angehaltenen Atem entweichen.

»Lieutenant Paris, behalten Sie den Planeten im Auge. Mr. Tuvok, Ihre Analyse.«

»Die akerianische Waffe ist kinetischer und gravimetrischer Natur«, erklärte der Vulkanier. »Die Funktionsweise unserer Schilde basiert auf den gleichen gravimetrischen Prinzipien wie das akerianische Waffensystem. In beiden Fällen werden stark fokussierte Raumzeit-Verzerrungen in Kombination mit lokalisierter Gravitonenergie verwendet. Die von der Gravitationswelle ausgeübte kinetische Kraft wurde von den Deflektoren wirkungsvoll abgelenkt. Sie floß auf die gleiche Weise über die Schilde hinweg wie Wasser über die Schale eines Eis.«

»Wer sagt, daß man Feuer nicht mit Feuer bekämpfen kann?« erwiderte Janeway und lächelte. »Könnten die Schilde instabil werden, wenn die Akerianer Gravitationswellen mit höherer Energiestärke einsetzen?«

»Das bezweifle ich. Die Deflektoren würden sie auch dann kompensieren. Die Akerianer sind nicht in der Lage, uns in echte Gefahr zu bringen. Es sei denn, sie verfügen auch über andere Waffen, zum Beispiel Phaser.«

Die letzten Worte richtete Tuvok an Neelix und wölbte fragend eine Braue.

»Von anderen Waffen habe ich nie etwas gehört«, sagte der Talaxianer. »Bisher genügten ihnen die ›Gravitationswellen‹, wie Sie es nennen.«

»Na schön.« Janeway beugte sich im Kommandosessel vor. Sie brauchten keine weiteren Angriffe der *Sieg* zu fürchten, doch ein Problem blieb: Die *Eroberung* feuerte noch immer auf den Planeten – es war deutlich am ›Zittern‹ des Raums vor dem Schiff zu erkennen.

Wir sind nicht mehr in Gefahr, dachte Janeway. *Und vielleicht können wir die Verunier vor noch mehr Unheil bewahren.*

»Bericht, Mr. Paris.«

Tom Paris wirkte ungewöhnlich ernst. »Der Planet ist mehrmals getroffen worden. In mindestens drei Regionen kam es zu Erdbeben in einer Stärke von bis zu vier Komma zwei auf der Richter-Skala.«

»Veruna Vier sendet einen Notruf«, meldete Kim. »Soll ich einen externen Kom-Kanal öffnen?«

Janeway schüttelte den Kopf. »Ich weiß auch so, worum es in dem Notruf geht. Und ich bemühe mich bereits, Hilfe zu leisten. Versuchen Sie, eine Verbindung zur *Eroberung* herzustellen.«

Kim betätigte die Kontrollen. »Die *Eroberung* reagiert nicht.«

Janeway stand auf und trat zum Hauptschirm. »Mr. Chakotay, feuern Sie einen Warnschuß vor den Bug. Vielleicht sind die Akerianer dann bereit, uns Aufmerksamkeit zu schenken.«

»Aye, Captain«, erwiderte der Erste Offizier. Rote Phaserenergie irrlichterte vor dem akerianischen Kreuzer.

»Noch einmal«, sagte Janeway. »Und bitte etwas näher.«

Wieder entluden sich die Phaserkanonen der *Voyager*. Ein Strahl zuckte dicht an den sonderbaren runden Komponenten vorbei, die vorn am Kreuzer wie insektoide Augen wirkten.

»Die *Eroberung* feuert jetzt nicht mehr auf Veruna Vier«, verkündete Tuvok.

»Versuchen Sie noch einmal, einen Kontakt herzustellen«, sagte Janeway und verschränkte die Arme.

»Keine Antwort«, sagte Kim.

»Verdammt!« fluchte Janeway halblaut. »Was für ein Spiel treiben die Akerianer?«

»Vielleicht glauben sie, daß wir es nicht ernst meinen«, spekulierte Paris. »Wir haben sie noch nicht direkt angegriffen. Manchmal verstehen solche Leute nur die Sprache der Gewalt.«

»Ein interessanter Hinweis, Mr. Paris«, kommentierte Janeway. »Aber ich lehne es ab, auf ein Schiff zu feuern, das keine echte Gefahr für uns darstellt. Zu einem fairen Kampf bin ich bereit, aber bisher haben mich die Akerianer nur verärgert.«

Sie wollte sich gerade umdrehen und zum Kommandosessel zurückkehren, als die *Sieg* noch etwas näher kam. Sofort wandte sich Janeway wieder dem Hauptschirm zu.

»Was hast du vor, Linneas?« murmelte sie.

Die Antwort auf ihre rhetorische Frage bestand aus einer Bewegung: Von einem Augenblick zum anderen lösten sich die sechs runden Komponenten vom Bug der *Sieg* und flogen der *Voyager* entgegen. Janeway konnte nun deutlich erkennen, daß es sich um Kapseln handelte.

»Captain, es haben sich gerade sechs kleine Kapseln von der *Sieg* gelöst ...«, begann Tuvok.

»Ja, ich sehe sie. Befinden sich Lebensformen an Bord?« Janeway fragte sich, ob die akerianische Kultur das Kamikaze-Konzept kannte.

»Das läßt sich nicht feststellen. Die Gravitonaktivität ...«

»Stört die Sondierungssignale unserer Sensoren, ich weiß.« Die Kommandantin klopfte auf ihren Insignienkommunikator. »Janeway an Maschinenraum.«

»Hier Torres«, meldete sich die Chefingenieurin.

»Ich brauche alle verfügbare Energie für die Schilde.

Und rekonfigurieren Sie die Sensoren so, daß sie trotz der Störungen zuverlässige Daten liefern. Ohne die Sensoren sind wir blind. Verstanden?«

»Die Schilde haben volle Kapazität, Captain. Und ich beauftrage sofort jemanden, sich um die Sensoren zu kümmern.«

»Es muß möglichst schnell gehen. Janeway Ende.«

Die kleinen Kapseln kamen immer näher. »Feuern Sie einen Warnschuß ab, Commander.«

Ein Phaserstrahl gleißte an den runden Objekten vorbei. Sie reagierten darauf ebensowenig wie die beiden akerianischen Kreuzer. Mit grimmiger Zufriedenheit nahm Janeway zur Kenntnis, daß die *Eroberung* nicht mehr auf den Planeten feuerte. Offenbar wollte man dort das Ergebnis des jüngsten Angriffs abwarten – wenn es wirklich ein Angriff war.

Janeway wollte die Kapseln nicht unter Beschuß nehmen, ohne ganz sicher zu sein, daß sich keine Lebensformen an Bord befanden – vermutlich genügte eine Phaserentladung, um sie zu zerstören. Einmal mehr fragte sie sich, was sich Linneas von dem Start dieser seltsamen Objekte versprach.

Die Kommandantin haßte das Warten.

Und die Kapseln näherten sich auch weiterhin.

»Fünfhundert Kilometer«, meldete Tuvok. »Der Abstand verringert sich.«

»Das ist nahe genug, was auch immer es damit auf sich hat. Paris, bringen Sie uns fort von den Flugkörpern.«

Der Navigator berührte einige Schaltflächen, und die *Voyager* neigte sich nach Backbord, wich den Kapseln aus.

»Ich verstehe das nicht«, sagte Paris. »Die Akerianer wissen, wie stabil unsere Schilde sind. Ihnen muß doch klar sein, daß die Kapseln einfach von den Deflektoren abprallen.«

»Hoffentlich behalten Sie recht, Lieutenant. Funktionieren die Sensoren inzwischen besser, Fähnrich Kim?«

»Noch nicht, Captain.«

Die Kapseln blieben in Bewegung und formten ein Sechseck. Der Weltraum zwischen ihnen *erzitterte,* als sie eine Gravitonverbindung untereinander herstellten. *Weshalb?* überlegte Janeway.

»Die Kapseln emittieren jetzt eine Art Traktorstrahl, Captain«, berichtete Tuvok. »Intensität unbekannt. Er zielt auf unsere Schilde, genauer gesagt: auf den rückwärtigen Bereich des Diskussegments.«

»Behalten wir sie im Auge«, sagte Janeway. Das Bild auf dem Hauptschirm wechselte und zeigte den betreffenden Bereich. Es blitzte blau, und dann geschah nichts.

»Schütteln Sie die Kapseln ab, Lieutenant«, wies Janeway den Navigator an.

Paris steuerte das Schiff nach ›unten‹, und die runden Objekte folgten ihm so, als sei der Traktorstrahl eine unzerreißbare Leine. Er erhöhte die Schubkraft, doch der erhoffte Erfolg blieb aus.

Janeways Besorgnis wuchs, als sich das von den Kapseln gebildete Sechseck den Schilden näherte. Das blaue Blitzen wiederholte sich, als die Kapseln die Deflektoren berührten und dort verharrten.

Das gefällt mir nicht, dachte die Kommandantin voller Unbehagen. »Fähnrich Kim, ich muß unbedingt wissen, ob sich Lebensformen in den Objekten aufhalten.«

Der junge Mann blieb bewundernswert ruhig und klang nur ein wenig nervös, als er erwiderte: »Wer auch immer im Maschinenraum daran arbeitet – er leistet gute Arbeit. Wir bekomme präzisere Daten. Ich glaube ... *Captain!*« entfuhr es Kim erschrocken. »Die Kapseln ... Sie *fressen* unsere Schilde!«

»Fähnrich Kim wählt zwar eine sehr farbige Ausdrucksweise, aber er hat im wesentlichen recht, Captain«, kommentierte Tuvok. »Die Objekte sind in die Deflektoren eingedrungen und schaffen eine Strukturlücke, indem sie das Gravitonfeld abdrängen.«

Janeway beobachtete die sechs Kapseln, während sie dem Vulkanier zuhörte. Ihre Aktivitäten blieben unsichtbar, aber sie zweifelte natürlich nicht an Tuvoks und Kims Worten.

»Wie groß ist die Öffnung?«

»Zwölf Meter … achtzehn … vierundzwanzig«, antwortete Kim. Seine Stimme vibrierte verräterisch, und er versuchte, sie unter Kontrolle zu halten.

»Die Phaser vorbereiten«, sagte Janeway. »Ich weiß nicht, was …«

Genau in diesem Augenblick setzte die *Sieg* eine Gravitationswelle ein. Janeway beobachtete, wie es in der Schwärze des Alls waberte, und plötzlich begriff sie, was es mit den Kapseln auf sich hatte.

»Auf Erschütterungen vorbereiten!« rief sie.

Der Hammer eines Titanen schien die *Voyager* zu treffen. Janeway wurde zur Seite geschleudert, und sie zwang sich, die Muskeln zu entspannen, nicht gegen den unvermeidlichen Aufprall anzukämpfen, sondern ihn abzufedern, wie sie es vor vielen Jahren an der Starfleet-Akademie gelernt hatte. Trotzdem gab etwas in ihrer Schulter nach, als sie auf den Boden stieß, und heißer Schmerz zuckte durch den Arm.

Das Licht im Kontrollraum flackerte, glühte dann wieder normal.

Janeway stand auf und sah sich um. Tuvoks Kopf hatte eine Kollision mit der Konsole hinter sich, und grünes Blut tropfte aus der Nase des Vulkaniers. Andere Brückenoffiziere hatten blaue Flecken und Hautabschürfungen davongetragen, doch niemand schien ernsthaft verletzt zu sein.

»Schadensberichte treffen ein«, brachte Kim hervor. Er schluckte. »Vierundzwanzig Personen sind leicht verletzt, sechs schwer. Schäden auf den Decks vier bis sechs, Sektionen zehn bis dreizehn. Auf Deck sieben sind die Feldgeneratoren für Strukturintegrität ausgefallen. Im Bereich von Deck zweiunddreißig wird auf die Reservesysteme umgeschaltet. Das Warptriebwerk ist deaktiviert.«

»Die Lücke in den Schilden wird größer, Captain.« Tuvoks Stimme klang nicht ganz so klar und deutlich wie sonst – sicher eine Folge seiner Verletzung –, aber der Vulkanier wirkte auch jetzt völlig gelassen. *Seine Ruhe ist unerschütterlich,* dachte Janeway.

»Die *Eroberung* eröffnet wieder das Feuer auf den Planeten«, meldete Paris. »Und die *Sieg* bereitet sich darauf vor, uns erneut anzugreifen.«

»Hart nach Backbord«, ordnete Janeway an. Sie tastete kurz nach der verletzten Schulter, ließ die Hand dann wieder sinken und biß die Zähne zusammen. Sie mußte irgendwie mit den Schmerzen fertig werden, bis sie Gelegenheit bekam, sich in der Krankenstation behandeln zu lassen. Auf die Crew wirkte es demoralisierend zu sehen, wie der Captain litt.

Sie sank in den Kommandosessel und bereitete sich auf neuen Schmerz vor, als Paris die *Voyager* abrupt nach Backbord zwang. Die zweite von der *Sieg* abgefeuerte Gravitationswelle wurde von den Schilden abgelenkt, und das Schiff erbebte nur ganz kurz.

»Die Sensorerfassung hat ergeben, daß sich keine Lebensformen in den Kapseln befinden, Captain«, verkündete Kim mit unüberhörbarem Triumph.

»Ausgezeichnet.« Janeway beugte sich vor, und in ihren Augen leuchtete es auf. »Pusten wir die Dinger weg.«

Sie erlaubte sich einen kurzen Anflug von unwürdiger Freude, als sie vor ihrem inneren Auge sah, wie die leeren Kapseln in einem Phaserblitz explodierten. Es geschah ihnen ganz recht – immerhin waren sie für die Verwundbarkeit der *Voyager* verantwortlich.

Die erste platzte so auseinander, wie es sich Janeway

vorgestellt hatte. Doch dann passierte etwas Schreckliches und Unerwartetes.

Die nächste Kapsel zerstörte sich selbst, und dadurch kam es zu einer weitaus stärkeren Explosion. Trümmer aus schwarzem Metall sausten Geschossen gleich umher. Wieder beobachtete Janeway das seltsame Zittern in der Leere des Alls, und sie begriff nun, daß man ihnen eine Falle gestellt hatte – eine Falle, die mit der Zerstörung der ersten Kapsel zuschnappte. Die dritte explodierte nun, gefolgt von der vierten, fünften und sechsten. Jede Detonation sorgte für starke Graviton-Emissionen, die eine Ausdehnung der Strukturlücke in den Schilden bewirkten.

Inzwischen war das Loch geradezu riesig, und dadurch verlor die *Voyager* ihren Schutz, wurde zu einer hilflosen Zielscheibe. Die *Sieg* manövrierte und trachtete danach, sich in eine günstige Schußposition zu bringen.

»Die Kapseln waren mit Bomben ausgestattet!« rief Janeway. »Sie *sollten* explodieren und unsere Schilde dadurch weiter schwächen! Ausweichmanöver, Mr. Paris Ich gebe Ihnen freie Hand – sorgen Sie nur dafür, daß die *Sieg* keinen weiteren Treffer erzielt. Die Akerianer wissen jetzt, wo wir verwundbar geworden sind.«

»Aye, Captain«, bestätigte der Navigator, und sofort kippte die *Voyager*. Paris wußte, wir brenzlig die Situation geworden war, und deshalb verzichtete er auf elegantes Steuern. Statt dessen nahm er immer wieder abrupte Richtungswechsel vor. »Die *Eroberung* feuert noch immer auf den Planeten.«

Neuerliche Pein durchflutete Janeway, als sie sich bewegte. Sie kämpfte dagegen an. Von solchen Dingen durfte sie sich jetzt nicht ablenken lassen. Die Akerianer hatten ihnen einen Kampf aufgezwungen, der Janeways ganze Aufmerksamkeit verlangte.

»Wir greifen an«, sagte sie. »Feuer frei auf beide Kreuzer.«

Paris Finger tanzten über die Kontrollen des Navigationspults hinweg, und wie ein Raubtier sprang die *Voyager* der *Eroberung* entgegen. Janeway beglückwünschte den Lieutenant stumm – er wußte genau, worauf es ankam. Beide akerianischen Schiffe boten ein Ziel, aber die auf den Planeten feuernde *Eroberung* gefährdete das Leben von wehrlosen Veruniern. Dadurch bekam der Angriff auf sie höhere Priorität.

Tuvok setzte die Phaserkanonen ein. Rote Energiestrahlen tasteten durchs All und trafen die *Eroberung* dicht hinter den schwarzen Bugkapseln. Die akerianischen Schilde hielten.

»Noch einmal«, sagte Janeway, und Tuvok kam der Aufforderung nach. Diesmal durchschlug die destruktive Energie den Schutzschirm und richtete Schäden an. Eine Explosion erschütterte die *Eroberung,* und sie neigte sich weit zur Seite.

Die *Voyager* schlingerte, als sie von einer Gravitationswelle getroffen wurde. Der akerianische Kreuzer *Sieg* näherte sich in einem weiten Bogen und visierte die ungeschützte Stelle hinter dem Diskussegment an.

Aus einem Reflex heraus hob Janeway die Hand, um ihren Insignienkommunikator zu aktivieren. Dabei vergaß sie die verletzte Schulter und schnitt eine kurze Grimasse.

»Brücke an Maschinenraum. Wann können wir die Strukturlücke in den Schilden schließen?« Sie vermied es, eine noch viel wichtigere Frage zu stellen: *Können die Schilde überhaupt repariert werden?*

Überrascht hörte sie die tiefe Stimme von Lieutenant Carey. »Das dauert eine Weile, Captain. Die Gravitonpolaritätsgeneratoren sind beschädigt worden, und außerdem ist ein Subraum-Verzerrungsfeldverstärker im Millicochrane-Bereich ausgefallen. Torres und einige Techniker versuchen eine Reparatur. Aber selbst wenn sie sofort mit den Instandsetzungsarbeiten beginnen können: Vor einer Stunde bekommen wir keine volle Schildkapazität ...«

Der Hauptschirm zeigte die unheilvollen Konturen der *Sieg*.

»Phaser abfeuern!« befahl Janeway. Wieder leuchteten Strahlbahnen im All und zerstoben an den akerianischen Deflektoren. Die Kommandantin brauchte ihre Anweisung nicht zu wiederholen – Tuvok sorgte für eine erneute Entladung der Phaserbänke. Diesmal wurden die Schilde durchschlagen, so wie zuvor bei der *Eroberung*. Der Kreuzer driftete nach Backbord, und Janeway widerstand der Versuchung, noch einmal den Feuerbefehl zu erteilen. Sie wollte das Schiff nicht vernichten; es genügte ihr, wenn es keine Gefahr mehr darstellte.

»Captain, die *Eroberung* hat wieder den Planeten unter Beschuß genommen«, sagte Paris.

»Carey, richten Sie B'Elanna aus, daß sie mit Warpgeschwindigkeit an der Wiederherstellung voller Schildkapazität arbeiten soll. Tuvok, feuern Sie auf die *Eroberung*. Die Akerianer scheinen ziemlich stur zu sein.«

»Ja«, pflichtete ihr Neelix bei. »Es heißt von ihnen, daß sie sich nie ergeben und nie fliehen.«

Wie beruhigend, dachte Janeway, schwieg jedoch. Der Schmerz in ihrer Schulter brannte immer heißer. Wenn sie die Verletzung nicht bald behandeln ließ, mußte sie damit rechnen, sich nicht mehr richtig konzentrieren zu können. Sie verbannte die Pein in einen fernen Winkel ihres Selbst und beobachtete, wie Tuvok die Phaserkanonen abfeuerte. Die Strahlblitze trafen den bereits beschädigten Bereich des Kreuzers und bewirkten dort weitere Explosionen. Die *Eroberung* driftete zur Seite, hing nun – in bezug auf die *Voyager* – schief im All. Das Glühen in den zylindrischen Triebwerken verblaßte.

Janeway preßte kurz die Lippen zusammen. »Anzahl der Lebensformen an Bord?«

»Die genaue Anzahl läßt sich nicht feststellen, aber es dürften ziemlich viele ... Captain!« Kim sah auf. »Die *Sieg* hat ihre Schilde gesenkt, und unsere Sensoren orten einen Transporterstrahl. Ich vermute, daß die Überlebenden der *Eroberung* an Bord des anderen akerianischen Kreuzers gebeamt werden.« Eine Sekunde später: »Die *Sieg* hat ihre Schilde wieder aktiviert.«

»Öffnen Sie einen externen Kom-Kanal, Mr. Kim.« Janeway lehnte sich im Kommandosessel zurück, und ihr Blick galt den Darstellungen des Hauptschirms. »Vielleicht sind die Akerianer jetzt bereit, mit uns zu reden.«

Es schien sich tatsächlich um Leute zu handeln, die nicht flohen und nie kapitulierten. Die Reaktion auf den Kommunikationsversuch bestand aus einer neuen Gravitationssalve.

Janeway sah das Wabern in der Leere und wußte sofort Bescheid. »Ausweichmanöver!«

Paris war noch vor dieser Anweisung aktiv geworden, und die *Voyager* wandte sich jäh nach Steuerbord. Schneller hätte der Navigator kaum reagieren können – aber es genügte nicht. Die Restenergie der Gravitationswelle traf das von den Kapseln geschaffene Loch in den Schilden, und das ganze Schiff schüttelte sich. Das Bild vor Janeways Augen verschwamm, als die heftigen Erschütterungen den Schmerz in ihrer Schulter vervielfachten. Sie bot ihre ganze mentale Kraft auf, um nicht das Bewußtsein zu verlieren.

»Schadensberichte treffen aus allen Abteilungen ein«, sagte Kim. »Der Maschinenraum meldet ein Kühlmittelleck im primären Warpkern. Außerdem verlieren wir Plasma durch die Sicherheitsventile der Backbordgondel.«

Janeway sah zum Hauptschirm, doch ihre Befürchtungen eines neuen Angriffs erfüllten sich nicht. Ganz im Gegenteil: Der akerianische Kreuzer beschleunigte und entfernte sich von der *Voyager*. Allerdings leitete er nicht sofort den Warptransfer ein.

Will Linneas im Sonnenfresser Zuflucht suchen? überlegte Janeway. Das schien nicht der Fall zu sein, denn die *Sieg* flog in eine ganz andere Richtung.

»Natürlich«, murmelte die Kommandantin und setzte ihren Gedankengang laut fort. »Der Kreuzer kann nicht in die Konkavität zurückkehren. Wir haben seine Deflektoren beschäftigt, und ohne voll funktionsfähige Schilde müssen die Akerianer damit rechnen, von den starken Gravitationsfeldern im Innern der Anomalie zerquetscht zu werden.«

Sie atmete tief durch und wünschte sich derzeit nichts sehnlicher, als die Krankenstation aufsuchen zu können. Aber noch wurde sie auf der Brücke gebraucht.

»Alarmstufe Rot beenden.« Das rote Pulsieren hörte übergangslos auf, und die Leuchtkörper in der Decke des Kontrollraums glühten heller. »Versuchen Sie, eine Kom-Verbindung zum Planeten herzustellen, Mr. Kim.«

Der junge Mann bediente die Kommunikationskontrollen. »Keine Antwort, Captain.«

»Versuchen Sie es auch weiterhin.«

»Torres an Brücke.«

»Hier Janeway. Wie sieht's bei Ihnen aus, B'Elanna?«

»Das Kühlmittelleck ist abgedichtet, aber das Warptriebwerk muß noch einige Stunden lang abgeschaltet bleiben.« Deutlicher Ärger ertönte in Torres' Stimme. Janeway lächelte unwillkürlich. Wenn es um ihre Maschinen ging, nahm B'Elanna alles persönlich. »Lieutenant Carey kümmert sich darum. Meine Leute und ich nehmen uns die Subraum-Verzerrungsfeldverstärker vor. Innerhalb von achtzig Minuten sollte es uns möglich sein, wieder volles Schildpotential zu liefern.«

»Hervorragend, Torres. Gute Arbeit. Janeway an Krankenstation.«

»Hier Krankenstation«, meldete sich der verärgert klingende Arzt. »Es befinden sich siebenundzwanzig Personen hier, Captain, und einige von ihnen sind schwer verletzt. Kes hat alle Hände voll zu tun, und das gilt auch für mich. Wenn ich also fragen dürfte, was ...«

»Ich erkläre es Ihnen gleich, wenn ich bei Ihnen eintreffe«, sagte Janeway. »Es gibt also keine Todesopfer zu beklagen?«

»Nur meine Nerven sind hinüber«, erwiderte der holographische Arzt.

Die Kommandantin schmunzelte. »Doktor, ich verspreche Ihnen ...«

»Captain!« Fähnrich Kim sah von den Kontrollen seiner Konsole auf. »Veruna Vier setzt sich mit uns in Verbindung.«

Erleichterung vertrieb die Sorge aus Janeways Gesicht. »Auf den Schirm.«

Die anmutige Miene der Viha Nata erschien wieder im zentralen Projektionsfeld, diesmal umgeben von Schutt und Trümmern. Schmutz klebte an ihrer Kleidung, die hier und dort zerrissen zu sein schien. Hinter ihr entfalteten andere Verunier hektische Aktivität. Janeway beobachtete, wie man reglose Körper forttrug. Sie hörte schluchzende Stimmen, auch furchterfüllte Schreie.

»Captain Janeway ...«, sagte die Viha kummervoll. »Wir danken Ihnen sehr. Wir wissen, daß Sie versucht haben, uns zu verteidigen – sogar mit Erfolg. Wenn die Akerianer unseren Planeten auch weiterhin angegriffen hätten, so wären wir vermutlich alle ums Leben gekommen. Wir stehen in Ihrer Schuld.«

»Es freut mich, daß Sie wohlauf sind, Viha«, entgegnete Janeway. »Bitte teilen Sie uns mit ...« *Was denn?* dachte Janeway mit für sie untypischer Bitterkeit. *Wie viele Verunier starben? Wieviel von Ihrer Zivilisation in Schutt und Asche liegt?* »... zu welchen Schäden es auf Veruna Vier kam.«

»Genaue Zahlen liegen noch nicht vor, aber eines steht schon jetzt fest: Tausende kamen ums Leben. Außerdem wurden zwei Brutgruben mit Dutzenden von ungeschlüpften Jungen vernichtet.« Nata unterbrach sich und trachtete vergeblich danach, die Fassung zu wahren. Tränen schimmerten in ihren großen Augen und hinterließen feuchte Spuren auf dem Wangenpelz. »Zu den Opfern zählen auch zwei meiner Töchter und mein Lebensgefährte, mit dem ich zwanzig Perioden lang verbunden war.«

»Es tut mir sehr leid, Viha«, hauchte Janeway. Die Worte klangen leer, und sie hoffte, daß Nata ihre Bedeutung verstand. »Wir können Ihnen am besten helfen, wenn wir die Situation in bezug auf die beiden akerianischen Kreuzer verstehen. Der erste treibt antriebslos im All. Der zweite ist geflohen, aber erstaunlicherweise nicht in den Sonnenfresser. Wissen Sie, wohin die *Sieg* verschwunden sein könnte?«

Die Viha wirkte so kummervoll und verzweifelt, daß alles in Janeway danach drängte, sie zu trösten. Die Kälte des Grauens tastete nach ihr, als sie versuchte, sich in Natas Lage zu versetzen: Freunde und Kameraden tot, zu Tausenden, der Ehemann und die Kinder ums Leben gekommen, irgendwo. Und die Pflicht hinderte sie daran, nach ihren Leichen zu suchen, sich ganz der Trauer um ihren Verlust hinzugeben.

Mit einer Kraft, wie sie dem Oberhaupt eines Volkes gebührte, faßte sich die Viha und antwortete.

»Dieses Sonnensystem ist nicht die Heimat der Akerianer. Sie sind hier fremd. Sie verfügen über einen Stützpunkt im Sonnenfresser, doch ihre Heimatwelt befindet sich in einem anderen System, das einige Lichtjahre von hier entfernt ist. Wo genau, wissen wir leider nicht, denn die Lichtgeschwindigkeit stellt noch immer eine unüberwindliche Barriere für uns dar. Ich nehme an, Linneas fliegt zu jenem Planeten, um die *Sieg* reparieren zu lassen.«

Janeway nickte langsam.

»Nach dem, was wir bisher über den Sonnenfresser in Erfahrung bringen konnten, sind die Akerianer nicht in der Lage gewesen, mit ihrer Basis in der Anomalie zu kommunizieren.«

Hoffnung leuchtete im müden, erschöpften Gesicht der Viha auf.

»Bis zur Rückkehr des Kreuzers vergehen sicher Stunden, wenn nicht sogar Tage«, sagte Nata. »Ich möchte Ihnen noch einmal danken, Captain Janeway. Sie haben Zeit für uns gewonnen. Und in unserer Situation wird Zeit immer kostbarer.«

Janeway dachte an das sterbende Zentralgestirn, an eine Sonne, die ihren Lebenssaft – Wasserstoff – an einen gräßlichen kosmischen Vampir verlor.

Die Zeit für Natas Volk wurde nicht nur immer kostbarer, sondern auch immer knapper.

5

Als Janeway die Krankenstation betrat, stellte sie sofort fest, daß der Arzt nicht übertrieben hatte. In der kleinen medizinischen Abteilung wimmelte es von Patienten. Den Schwerverletzten standen die drei Liegen und das Biobett zur Verfügung. Einige andere saßen auf Stühlen im Büro des Doktors. Viele Männer und Frauen, die bluteten und alles andere als banale Verletzungen davongetragen hatten, mußten auf dem Boden sitzen oder sogar stehen. Die Kommandantin dachte zunächst daran, sich in Geduld zu fassen und zu warten, bis sie an die Reihe kam. Wenn die Krise tatsächlich vorüber gewesen wäre, hätte sie sich vermutlich für diese Option entschieden. Aber der *Voyager* drohte noch immer Gefahr, wenn auch keine unmittelbare. Janeway erwies der Crew einen besseren Dienst, wenn sie ihre Schulter behandeln ließ und nicht mehr riskierte, durch eine plötzliche Bewegung so intensive Schmerzen auszulösen, daß sie das Bewußtsein verlor.

»Captain!« Kes' melodische Stimme klang besorgt. Die junge Ocampa näherte sich der Kommandantin rasch. Blut bildete hier und dort Flecken an dem lindgrünen Kittel, doch in den Augen der jungen Frau flackerte keine Unsicherheit. Sie konnte mit einer solchen Situation fertig werden. »Was ist passiert?«

»Ich bin auf der Brücke gefallen«, erklärte Janeway. »Dabei gab irgend etwas in der Schulter nach. Ich weiß nicht, wie schlimm es ist.«

Kes strich mit kühlen, sanften Fingern über den

Arm, doch inzwischen war der Schmerz so stark geworden, daß Janeway schnaufend nach Luft schnappte. Die Ocampa lächelte mitfühlend und deutete zu einem noch belegten Bett.

Der holographische Arzt führte dort gerade eine Untersuchung durch, strich mit einem handlichen Scanner über das Bein des Patienten und hielt den Blick auf die Anzeigen des medizinischen Tricorders gerichtet. Er sah nicht auf, wußte aber um die Präsenz der Kommandantin.

»Und da ist sie höchstpersönlich, Captain Rauh-und-grob«, sagte er scharf. »In welches neue und aufregende Abenteuer haben Sie uns diesmal verwickelt?«

Nach den langen Minuten der Anspannung im Kontrollraum brachte der Sarkasmus des Doktors einen erfrischenden Hauch von Normalität. Andere Personen mochten Anstoß nehmen an seiner manchmal recht bissigen Art, aber für Janeways Ohren kamen seine Worte Musik gleich. Seit das verunische Scoutschiff aus der Konkavität gekommen war, trug sie einen Knoten in ihrem Bauch, der sich nun langsam löste.

»Ich habe beschlossen, freundliche Dinosaurier gegen gesichtslose Fremde zu verteidigen, die in einem riesigen schwarzen Loch leben«, erwiderte sie spitz.

Der Arzt sah sie kurz an und blickte dann wieder auf seinen Tricorder. »Ich hätte es besser wissen sollen«, seufzte er. »Mit Ihnen ist alles in Ordnung«, teilte er dem jungen Mann auf der Behandlungsliege brüsk mit. »Sie können zu Ihrer Arbeit zurückkehren.«

Der Mann stand auf und eilte fort. Ein zweiter Kampf im All schien ihm lieber zu sein als die Aussicht, noch länger in der Krankenstation zu bleiben und die Schroffheit des Arztes auch weiterhin ertragen zu müssen.

Kes verabschiedete sich mit einem Lächeln – die anderen Patienten brauchten ihre Hilfe. Janeway blieb allein beim Holo-Doktor zurück und ließ sich aufs Bett sinken. »Ich bin im Kontrollraum gestürzt und habe mir dabei die rechte Schulter verletzt.«

Der Arzt nickte geistesabwesend. Seine Instrumente summten leiser, als er den Scanner auf Schulter und Arm richtete. »Bänderrisse und eine haarfeine Fraktur im Oberarmknochen. Nichts Ernstes.« Er griff nach einem Gerät, aktivierte es und bestrahlte den betroffenen Bereich mit rotem Licht.

Sofort spürte Janeway, wie die Schmerzen nachließen.

»Bei zwei Patienten kann ich mir die Verletzungen nicht erklären«, sagte der Doktor und deutete zu den anderen Betten. »Die beiden Personen erlitten innere Quetschungen, bluteten außerdem aus Ohren, Mund und Nase. Doch nichts deutet darauf hin, daß sie direkter kinetischer Energie ausgesetzt gewesen sind. In was für einen Kampf sind wir da geraten?«

»Die *Voyager* wurde von starken Gravitationswellen getroffen. Zu den für Sie unerklärlichen Verletzungen kam es aufgrund einer lokalen Intensivierung der Schwerkraft, von einem *g* auf drei oder vier. Todesopfer gibt es nicht, oder?«

»Nein. Es mangelt nicht an Schmerzen und gebrochenen Knochen, aber das kommt bald wieder in Ordnung.«

»Mein Hinweis auf die Dinosaurier war kein Scherz«, sagte Janeway und sah dem Arzt bei der Arbeit zu. »Zumindest nicht ganz. Wir sind auf zweibeinige Echsenwesen gestoßen, die von einem gnadenlosen Feind bedroht werden. Bei dem Versuch, sie zu verteidigen, beschoß man uns mit der Gravitationswaffe.« Ein Schatten fiel auf Janeways Züge, als sie sich an Viha Nata und die Lage auf dem Planeten erinnerte. »Jenes Volk hat gerade eine schreckliche Tragödie erlebt, und ich möchte ihm helfen, soweit es in unseren Möglichkeiten liegt. Ich weiß natürlich, daß unsere Vorräte nicht unbegrenzt sind, aber wenn die Akerianer keine Gefahr mehr darstellen … Vielleicht könnten wir den Echsenwesen medizinische Hilfe anbieten.«

Der Arzt schnaubte leise. »Jetzt soll ich also auch noch Kindermädchen für Drachen spielen, wie? Nun, es dürfte zumindest eine interessante Abwechslung sein.«

Die Pein existierte inzwischen nur noch in Janeways Erinnerung. Sie rieb die Schulter vorsichtig und bewegte sie versuchsweise.

»So gut wie neu. Danke, Doktor.«

Sie rutschte vom Bett herunter und überließ dieses einer blassen jungen Frau, die eine häßliche Platzwunde im Gesicht davongetragen hatte. In der Krankenstation mochten sich noch so viele Personen aufhalten: Sie alle wurden behandelt, und bestimmt dauerte es nicht lange, bis sie sich erholt hatten. Für die armen Bewohner von Veruna Vier sah die Sache ganz anders aus, dachte Janeway, als sie den Turbolift betrat.

Tom Paris' Augen waren gerötet und brannten. Er fühlte sich erschöpft, wie auch die anderen Anwesenden. Müde seufzte er und rieb sich die Augen, in der Hoffnung, dadurch die Schlieren vor ihnen zu vertreiben.

Inzwischen kenne ich dieses Konferenzzimmer besser als mein eigenes Quartier, dachte er und unterdrückte ein Gähnen. Er zwang sich, gerade zu sitzen, die Schultern straff zu halten. Auf diese Weise fiel es leichter, wach zu bleiben.

»Statusbericht«, sagte Janeway. Sie wirkte so wach und aufmerksam wie immer. Paris fragte sich, wie sie das fertigbrachte. »B'Elanna, wie sieht's im Maschinenraum aus?«

Torres verzog das Gesicht, wodurch ihre Züge viel klingonischer wirkten als sonst. »Leider nicht so gut, wie ich es mir wünsche. Aber die Lage könnte schlimmer sein. Zuerst die guten Nachrichten: Es ist uns gelungen, die Gravitonpolaritätsgeneratoren zu reparieren. Innerhalb der nächsten Stunde müßte es möglich sein, volle Schildkapazität wiederherzustellen. Und nun zu den schlechten Nachrichten. Auf überlichtschnelle Flugmanöver müssen wir in der nächsten Zeit verzichten. Für die Reparatur des Warptriebwerks sind mindestens sechs weitere Stunden erforderlich. Was die Strukturschäden auf den Decks zehn bis dreizehn betrifft: Meine Leute arbeiten daran.«

Janeway nickte erleichtert. »Die Schilde sind im Augenblick wichtiger als alles andere. Das Warptriebwerk brauchen wir derzeit nicht. Sechs Stunden sollten genügen. Ich bin gerade in der Krankenstation gewesen, kenne also die dortige Situation. Der Arzt hat die medizinischen Probleme gut im Griff und sie sicher bald gelöst. Wir hatten ziemlich viel Glück.« Ihre Züge verhärteten sich. »Wir müssen dafür sorgen, daß sich so etwas nicht wiederholen kann.«

Die Kommandantin beugte sich vor und faltete die Hände auf dem Tisch. »Ich möchte Viha Nata an unserer Besprechung beteiligen. Vielleicht kann sie uns mehr über die Konkavität beziehungsweise den Sonnenfresser erzählen. Und natürlich auch über die Akerianer. Irgendwelche Einwände?«

Sie sah die Offiziere der Reihe nach an. Paris glaubte, daß ihr Blick auf ihm etwas länger verweilte als auf den anderen. Zum Glück gehörte kein Telepath zu den Anwesenden. Nata und ihr Volk taten ihm natürlich leid, völlig klar. Doch wenn er sich den schlangenartigen Kopf vorstellte, das sich nach vorn hin verjüngende Gesicht … Dann schauderte er innerlich. Er hatte Reptilien nie gemocht, ob sie nun gingen, krochen, umherglitten oder aufrecht standen, Kleidung trugen und sprachen. Trotzdem schwieg er nun. Wenn Captain Janeway mit diesen – konnte man sie wirklich ›Leute‹ oder gar *Personen* nennen? – Wesen reden wollte, so stand es ihm nicht zu, sich dagegen auszusprechen. Immerhin stellten die Verunier keine Gefahr für die *Voyager* und ihre Besatzung dar.

»Wollen Sie die Viha an Bord beamen, Captain?« In Tuvoks Frage kam eine Spur von Mißbilligung zum Ausdruck.

»Natürlich nicht. Es liegt mir fern, die verunische Kultur einem noch stärkeren Einfluß durch uns auszusetzen. Nein, ich dachte an eine Kom-Verbindung. Die Brücke hat Nata bereits gesehen. Dieses Konferenzzimmer verrät kaum mehr über uns und unsere Technik.«

Tuvok neigte zustimmend den Kopf. »Dann sehe ich keinen Grund, auf ihre Teilnahme an unseren Gesprächen zu verzichten.«

Die anderen erhoben keine Einwände. Paris bemerkte, daß sich Chakotay sogar auf den Kontakt mit der Viha zu freuen schien.

Janeway beugte sich vor und aktivierte den Bildschirm auf dem Tisch.

Das Gesicht der Verunierin erschien im Projektionsfeld: große gelbe Augen, ein nach vorn gewölbter, schnauzenartiger Mund, ein seltsam anmutender Schopf aus weißem Haar. Paris glaubte, seine Abneigung gut zu verbergen. Er achtete darauf, sich nicht durch sein Mienenspiel zu verraten, als Nata zu sprechen begann.

»Ich danke Ihnen dafür, daß Sie mich an Ihren Beratungen beteiligen, Captain. Und ich bin bereit, Ihnen jede mir mögliche Unterstützung zu gewähren.«

»Hält Sie dies nicht von dringenderen Angelegenheiten ab, Viha?« fragte Janeway.

Nata schüttelte den Kopf. »Ich bin nur eine Person. Hier auf Veruna Vier werden jetzt viele Hände gebraucht. Ich kann meinem Volk den besten Dienst erweisen, indem ich das Wissen in diesem alten Kopf mit jenen teile, die so tapfer für uns gegen die Akerianer gekämpft haben.«

Janeway öffnete den Mund, um zu widersprechen,

entschied dann aber, die letzte Bemerkung einfach hinzunehmen. »Ich möchte Ihnen meine Offiziere vorstellen: der Erste Offizier Commander Chakotay; Chefingenieur B'Elanna Torres; Sicherheitsoffizier Lieutenant Tuvok; Einsatzoffizier Fähnrich Harry Kim; und hier links von mir Lieutenant Tom Paris.«

Die Kommandantin beugte sich vor und wirkte sehr ernst. »Sie wiesen darauf hin, daß die Akerianer einen Stützpunkt im Sonnenfresser haben. Wissen Sie, ob Ihre Gegner von dort aus andere Orte erreichen können? Handelt es sich vielleicht um eine Art Tunnel?«

Die Viha schüttelte erneut den Kopf. »Wir wissen nur, daß die Akerianer in den Sonnenfresser hineinfliegen und aus ihm herauskommen. Unsere fünf Kundschafter, die ihr Leben für uns opferten, scheinen bei ihrer fatalen Mission viel herausgefunden zu haben. Unglücklicherweise gingen die von ihnen ermittelten Informationen kurz nach der Übertragung verloren. Uns blieb leider nicht genug Zeit, sie auszuwerten.«

»Dann habe ich eine Überraschung für Sie, Viha«, sagte Janeway. »*Wir* haben die Daten ebenfalls empfangen und aufgezeichnet. Nach dieser Besprechung übertragen wir sie. Eine kurze Zusammenfassung dürfte zunächst genügen, Mr. Kim.«

Der junge Mann saß kerzengerade und blickte gelegentlich auf seinen Datenblock. »Das Scoutschiff transferierte sowohl Audio- als auch Videodaten, aber Interferenzen sorgten für teilweise sehr starke Störungen.«

Kim streckte die Hand aus und berührte eine Schaltfläche, woraufhin das Bild der Viha aus dem Projektionsfeld verschwand. Dafür erschien dort ein sonderbares rechteckiges Objekt, das dem Zerrbild eines Planeten ähnelte.

»Visuelle Daten vom Eintritt in die Konkavität existieren nicht. Vielleicht war die Sensorerfassung zu sehr gestört, um entsprechende Aufzeichnungen anzufertigen. Das ... *Loch* ist gewaltig. Es enthält nicht nur einen Stützpunkt, sondern eine ganze *Welt*.«

Paris pfiff leise durch die Zähne.

»Der Gravitationsdruck des Lochs ist stark genug, um Licht zu beugen, wie man hier sehen kann – alle Bilder erscheinen verzerrt. Aus diesem Grund vermute ich, daß die Konkavität kein gewöhnliches Wurmloch darstellt, sondern wesentlich komplexer beschaffen ist. Normaler Raum weist keine derartigen Verzerrungen auf, und bei einem echten schwarzen Loch gäbe es überhaupt kein Licht. Deutlich sind Ruinen zu erkennen, offenbar die Relikte einer uralten Zivilisation.«

Kim vergrößerte das Bild, beugte sich vor und deutete auf einige faltenartige Formationen auf dem Planeten. Daneben zeigten sich kuppelförmige Gebilde. »Das hier sind von den Akerianern errichtete Gebäude.« Düster fügte er hinzu: »Für die Unterbringung verunischer Sklaven.«

»Sklaven?« wiederholte B'Elanna. »Warum sollten auf einer solchen Welt Sklaven eingesetzt werden?«

»Um Informationen zu gewinnen«, überlegte Janeway laut. »Unter den speziellen Gravitationsbedingungen dürften Ausgrabungsarbeiten auf dem Planeten sehr schwierig, mühsam und gefährlich sein. Habe ich recht, Mr. Kim?«

Der Fähnrich nickte. »Darauf wiesen die drei geretteten Verunier hin.«

»Wie viele Sklaven gibt es auf dem Planeten?« fragte Chakotay.

Kim zuckte mit den Achseln. »Die von den Kundschaftern geretteten Sklaven wußten nicht, wie viele verschleppte Artgenossen auf dem Planeten zurückblieben. Nun, kurz nach der Rettung löste das Scoutschiff vermutlich einen Sensoralarm aus – die *Sieg* und die *Eroberung* erschienen. Das kleine Schiff floh, und den Rest kennen wir.«

Er schaltete um, und das Gesicht der Viha kehrte ins Projektionsfeld zurück.

»Die Frage, ob sich ein Wurmloch in der Konkavität befindet, bleibt unbeantwortet«, sagte Chakotay.

Tuvok wölbte eine Braue. »Es ist kein Wurmloch erwähnt worden, und das deutet darauf hin, daß auch keines existiert.«

»Nicht unbedingt«, widersprach Paris und beugte sich vor. »Wir wissen bereits, daß die Gravitonaktivität der Anomalie selbst über eine große Entfernung hinweg Sensorerfassungen beeinträchtigt. Im Innern der Konkavität sind die Störungen sicher noch weitaus stärker. Vielleicht erwähnten die Kundschafter deshalb kein Wurmloch, weil sie aufgrund der Interferenzen einfach nicht imstande waren, es zu orten.«

»Oder sie hielten es nicht für wichtig«, warf Chakotay ein.

»Das stimmt, Commander«, bestätigte die Viha. »Unsere Leute brachen auf, um Informationen über den Stützpunkt und die Akerianer zu sammeln, um Daten zu gewinnen, die uns beim Kampf helfen. Und um die Verschleppten zu befreien. Wurmlöcher und dergleichen spielen keine Rolle für uns. Wir müssen in erster Linie an unser Überleben denken.«

Paris nickte in Gedanken. Natas Worte ergaben durchaus einen Sinn, wenn man die Sache aus der verunischen Perspektive sah.

Janeway seufzte, und einige Sekunden lang trommelten ihre Finger auf den Tisch. »Unter anderen Umständen würde ich eine Sonde schicken. Aber ihre Sensoren wären ebenso gestört wie unsere.«

»Und wir müßten damit rechnen, daß sie von den enormen gravimetrischen Kräften zerquetscht wird«, fügte Torres hinzu.

Janeway brummte zustimmend.

»Aus den Aufzeichnungen geht hervor, daß weder die *Sieg* noch die *Eroberung* auf das Scoutschiff feuerten«, meinte Kim. »Der akerianische Angriff begann erst nach der Rückkehr in den Normalraum.«

»War Ihr Schiff mit irgendwelchen Waffen ausgerüstet, Viha Nata?« erkundigte sich Janeway und sah zum Bildschirm in der Tischmitte.

»Ja«, antwortete die Verunierin. »Unsere Waffen können sich bestimmt nicht mit Ihren messen, aber auch wir verstehen es, die Kraft der roten Blitze zu nutzen.«

»Sie verfügen über eine Technik, mit der sich Energie fokussieren läßt?« platzte es aus Paris heraus, bevor er die Worte zurückhalten konnte.

»Ja, Lieutenant Par-is.« Der automatische Translator gab der Viha eine neue, artifizielle Stimme, aber im Hintergrund hörte Paris, wie Nata bei der Aussprache seines Namens kurz zögerte. »Das Wissen darum gehört zum Erbe der Ahnen. Wir haben viel von dem vergessen, was sie uns einst hinterließen. Weil wir es nicht brauchten. Bis die Akerianer kamen und der Sonnenfresser wuchs«, fügte die Verunierin traurig hinzu.

»Die Akerianer haben mit ihren Gravitationswellen eine sehr wirkungsvolle Waffe«, stellte Tuvok fest. »Und auch das kleine Scoutschiff war nicht völlig wehrlos. Trotzdem hüteten sich beide Seiten davor, ihre Waffensysteme im Sonnenfresser einzusetzen. Das könnte darauf hindeuten, daß im Innern der Anomalie energetische Manipulationen gefährlich sind. Vermutlich gilt das nicht nur für Waffen, sondern auch für Transporter.«

Janeway nickte. »Mr. Kims Ausführungen scheinen Ihre Theorie zu erhärten, Mr. Tuvok.«

»Wir wissen auch noch etwas anderes«, sagte Chakotay. »Sowohl die beiden akerianischen Kreuzer als auch das kleine verunische Scoutschiff verfügten über ausreichend stabile Schilde, um der starken Gravitation im Innern des Sonnenfressers standzuhalten.« Er wandte sich dem Bildschirm zu. »Viha Nata, Sie haben eben betont, daß es Ihnen auch darum geht, die Verschleppten zu befreien.«

»Ja, Commander. Die Rettung unserer Artgenossen ist sehr wichtig.« Bei diesen Worten erklang energische Schärfe in Natas Worten, und sie kniff die Augen zusammen – ein Zeichen von Entschlossenheit.

»Darf ich etwas vorschlagen, Captain?« fragte der Erste Offizier. Und als Janeway nickte: »Viha, im Innern des Sonnenfressers hätten Ihre Leute keinen Angriff zu befürchten, oder?«

»Nein«, erwiderte Nata unsicher. Wie alle anderen fragte sie sich, auf was Chakotay hinauswollte.

»Gefahr droht erst, wenn Sie den Sonnenfresser verlassen, wenn die akerianischen Kreuzer dadurch Gelegenheit erhalten, das Feuer auf ihre Schiffe zu eröffnen.«

»Ich verstehe«, sagte Janeway. »Ihre Idee besteht darin, den verunischen Raumern Schutz zu gewähren, wenn sie in den Sonnenfresser hineinfliegen, um die Verschleppten zu befreien.«

»Ja«, entgegnete Chakotay. »Einer von uns sollte die Verunier begleiten, um herauszufinden, ob die Verteron-Emissionen tatsächlich von einem Wurmloch stammen.«

Paris spürte, wie sich Hoffnung in ihm regte. Und nicht nur in ihm. Er sah sie auch in den Mienen der anderen Offiziere am Tisch. Die Körpersprache wies ebenfalls darauf hin: ihre Schultern strafften sich, und sie hoben den Kopf. Er fragte sich plötzlich, ob er wirklich heimkehren wollte. Woraus bestand sein Zuhause? Aus einem Gefängnis in Neuseeland?

Die Viha schüttelte den Kopf. »Ein guter Plan. Aber leider hatten wir nur ein Schiff mit ausreichend starken Schilden, um nicht im Rachen des Sonnenfressers zermalmt zu werden: den Scout.«

»Sie haben keine anderen Raumschiffe mit Deflektoren?« Kim war so enttäuscht, daß die Frage fast wie ein Vorwurf klang.

»Wir beherrschen die Schildtechnik erst seit kurzer Zeit«, erklärte Nata. »Seit wir Gelegenheit erhielten, ein akerianisches Wrack zu untersuchen. Die Zeit genügte nicht, um auch andere Schiffe damit auszurüsten. Wir wußten nicht einmal, ob die Schilde beim Scout funktionieren würden.«

»Ich fürchte, damit müssen wir diese Idee zu den Akten legen«, kommentierte Paris niedergeschlagen.

»Nicht unbedingt«, sagte Janeway nachdenklich. »*Wir* könnten in den Sonnenfresser hineinfliegen und uns dort umsehen.«

»Das halte ich nicht für besonders klug«, wandte Tuvok ein. »In dem Stützpunkt gibt es sicher weitere akerianische Schiffe, und wir müssen davon ausgehen, daß sie unsere Präsenz als Bedrohung interpretieren.«

»Da bin ich ganz Ihrer Meinung!« pflichtete Neelix dem Vulkanier bei. »Wir sollten die *Voyager* keinen Risiken aussetzen. Und in der Konkavität geriete sie bestimmt in Gefahr.«

»Sie sind immer so sicher«, erwiderte Paris. »Sie haben auch behauptet, daß die Akerianer nie kapitulieren und nie fliehen.«

Neelix ließ sich davon nicht beeindrucken. »Ich bin sehr glücklich darüber, mich geirrt zu haben. Ja, sehr glücklich.«

»Spielt es überhaupt eine Rolle?« ließ sich Kim vernehmen. »Ich meine, wenn es da drin wirklich ein Wurmloch gibt – und darauf deutet alles hin –, so fliegen wir einfach hindurch.«

Tuvok sah den jungen Fähnrich an. »Ich muß Sie sicher nicht extra an folgendes erinnern: Die Wahrscheinlichkeit dafür, daß ein eventuell in der Konkavität vorhandenes Wurmloch zum Alpha-Quadranten führt, beträgt nur fünfundzwanzig Prozent.«

Kim senkte den Kopf und errötete. Paris fühlte mit dem jungen Mann. Harry war ein prima Kerl. Manchmal neigte er dazu, es mit seinem Eifer ein wenig zu übertreiben, aber sein Enthusiasmus hatte Paris schon oft aus der Patsche geholfen. Es gefiel ihm nicht zu beobachten, wie Kim eins auf den Deckel bekam, auch wenn die Worte von einem Vulkanier stammten und sicher nicht beleidigen sollten.

»Selbst ein Transfer zum Beta-Quadranten würde unsere Reisezeit erheblich verkürzen«, verteidigte Paris seinen Freund. »Die Aussichten stehen also fifty-fifty.«

»Und selbst wenn in der Anomalie kein Wurmloch existiert…«, sagte Chakotay. »Wir wissen in jedem Fall, daß wir uns auf sehr wirkungsvolle Weise gegen die Akerianer zur Wehr setzen können – solange wir vermeiden, daß die Kapseln eine Verbindung zu unseren Schilden herstellen. Ich bin dafür, in die Konkavität hineinzufliegen.«

Die anderen Offiziere schienen seine Meinung zu teilen. Tuvok hob beide Brauen, nickte und fügte sich dem Willen der Mehrheit. Nur Neelix schnitt eine kummervolle Miene.

»Captain…«, erklang die Stimme der Viha. »Da Sie beschlossen haben, in den Sonnenfresser vorzustoßen… Dürfen wir Sie bitten, den Versuch zu unternehmen, die Verschleppten zu befreien?«

Janeway vollführte eine entschuldigende Geste. »Sie haben mein ganzes Mitgefühl, Viha, aber eine direkte Intervention unsererseits müßten die Akerianer als kriegerischen Akt interpretieren. So sehr ich es auch bedauere: Wir dürfen keine Partei ergreifen.«

Nata ließ den Kopf hängen, und diesmal regte sich sogar in Paris ein Hauch von Mitleid.

»Wir könnten einige verunische Einheiten mit unseren Schilden schützen, Captain«, schlug Chakotay vor. »Wir würden sie vor den gravimetrischen Kräften im

Innern der Anomalie abschirmen, ohne uns direkt an der Rettungsmission zu beteiligen.«

Janeway dachte darüber nach. »Wenn wir unsere Deflektoren ausdehnen, um auch einigen verunischen Schiffen Schutz zu gewähren – B'Elanna, käme es dadurch zu einer kritischen Belastung der Schilde?«

Die klingonische Chefingenieurin schüttelte den Kopf. »Nein, Captain. Bei voller Kapazität haben wir dadurch nichts zu befürchten.«

Janeway hob den Kopf und musterte die Offiziere der Reihe nach. »Ich möchte den Verunierin helfen, wenn uns das möglich ist«, sagte sie. »Eine Abschirmung durch unsere Deflektoren könnte sie in die Lage versetzen, unschuldige Personen zu retten, ohne die Sicherheit der *Voyager* zu gefährden und unsere Mission in Hinsicht auf die Erforschung der Konkavität zu torpedieren. Was meinen Sie?«

»Wenn es ein Wurmloch in der Anomalie gibt, so kehren wir vielleicht nicht zurück, Captain.«

Janeways Züge verhärteten sich kurz. »Es kostet uns nur ein wenig Zeit, die Verunier in den Normalraum zu begleiten und zu gewährleisten, daß sie sicher nach Veruna Vier heimkehren können. Anschließend fliegen wir erneut in den Sonnenfresser, um uns durchs – bisher noch immer hypothetische Wurmloch – zu transferieren.«

»Captain ...« Chakotay klang bedrückt. »Durch den Transfer liefern wir die Verunier dem Zorn der Akerianer aus. Wollen Sie die Verschleppten erst retten, um sie dann dem Tod zu überlassen?«

Viha Nata kam einer Antwort Janeways zuvor. »Commander Chakotay, wir erwarten nicht von Ihnen, daß Sie unseren Kampf für uns führen – auch wenn Sie ihn gewinnen könnten, wozu wir nicht imstande sind. Es ist nicht Ihre Sonne, die stirbt. Es sind nicht Ihre Kinder, die noch in den Brutgruben umkommen werden. Es ist nicht Ihr Planet, der immer mehr nach Fäulnis stinkt, weil die Temperatur mit jeder verstreichenden Stunde steigt. Sie haben den Feind bereits vertrieben, was selbst die Optimistischsten unter uns nicht für möglich hielten. Bestimmt kehren die Akerianer zurück. Zweifellos werden sie versuchen, uns alle zu töten. Und selbst wenn ihnen das nicht gelingt: Nur noch einige wenige Generationen von uns können auf dieser untergehenden Welt überleben.

Die Frage lautet nicht, *ob* wir sterben. Es geht nur noch um das Wann und Wie. Wir bitten Sie um die Möglichkeit, ehrenvoll zu sterben, zusammen mit den Verschleppten, mit jenen, die einen festen Platz in unseren Herzen haben. Es ist besser, frei in den Tod zu gehen, nicht als Sklave. Das genügt uns. Mehr erhoffen wir uns nicht von Ihnen.«

Paris fragte sich, ob diese Worte Schuldgefühle wecken oder ihnen vorbeugen sollten. Was auch immer der Fall sein mochte: Er spürte erhebliche Gewissensbisse. Nun, es geschah nicht zum erstenmal. Während seiner recht bewegten beruflichen Laufbahn hatte er immer wieder auf diese Weise empfunden.

Er sah sich unauffällig um und versuchte, einen Eindruck von den Reaktionen der anderen Offiziere zu bekommen. Kim wirkte wie ein Häufchen Elend. Mit Ausnahme von Tuvok offenbarten alle mehr oder weniger ausgeprägte Anzeichen von Unbehagen.

Janeway beendete die unangenehme Stille. »Dann sind wir uns also einig. Nun gut, Viha Nata, wir eskortieren Ihre Raumschiffe in den Sonnenfresser. Kommen wir jetzt zu anderen Angelegenheiten. Zunächst einmal: Ich möchte mich an Bord des akerianischen Schiffes beamen und versuchen, Daten aus dem dortigen Computer zu gewinnen. Sie begleiten mich, Mr. Kim.«

»Bitte um Erlaubnis, mich der Einsatzgruppe anschließen zu dürfen«, sagte Torres. Begeisterung leuchtete in ihren dunklen Augen. Sie war immer dann glücklich, wenn sie sich mit Technik befassen durfte – damit kam sie besser zurecht als mit anderen Personen. Für B'Elanna gab es nichts Aufregenderes als die Möglichkeit, die Triebwerke eines fremden Raumschiffs zu untersuchen.

»Einverstanden«, erwiderte Janeway. »Aber kehren Sie so schnell wie möglich zur *Voyager* zurück. Sie werden hier gebraucht, um die Schäden zu reparieren und das volle Funktionspotential aller Bordsysteme wiederherzustellen. Wenn das erledigt ist, schicke ich Sie auf den Planeten, mit dem Auftrag, sich die verunischen Schiffe anzusehen. Vielleicht können wir ihr Leistungsvermögen ein wenig verbessern, für den Flug in die Konkavität.«

Sowohl B'Elanna als auch Nata wirkten angenehm überrascht. »Danke, Captain! Wir würden uns sehr über Torres' Hilfe freuen.«

»Ich möchte, daß Sie B'Elanna begleiten, Lieutenant.«

Paris brauchte einige Sekunden, um zu begreifen, daß er gemeint war. »Ich, Captain?«

Ein dünnes Lächeln umspielte Janeways Lippen. »Ja, Lieutenant. Sie sollen sich die verunischen Schiffe ansehen und feststellen, wozu sie fähig sind. Sprechen Sie mit den Piloten. Machen Sie sich mit allem vertraut. Wenn wir in den Sonnenfresser fliegen, sollen Sie das Shuttle steuern, das die Führung übernimmt.«

Mit den Piloten reden. Sich mit allem vertraut machen. Oh, großartig.

Er verbarg seine Gefühle nicht ganz so gut, wie er glaubte. Falten bildeten sich in Janeways Stirn. »Gibt es dabei irgendein Problem, Lieutenant?«

»Nein, nein«, entgegnete er hastig. »Ganz und gar nicht.«

»Gut. Kommen wir nun zu …«

»Captain«, warf Chakotay ein, »ich würde Torres und Paris gern begleiten, wenn Sie gestatten.«

Janeway musterte den Ersten Offizier erstaunt. »Ich benötige Sie hier, Mr. Chakotay.«

»Ich ...« Der Indianer zögerte und sah zu dem Echsenwesen auf dem Bildschirm. »Es gibt viele Aspekte der verunischen Kultur, die mich faszinieren. Ich möchte mehr darüber herausfinden.«

Janeway seufzte. »Wir befinden uns in einer ziemlich schwierigen, sogar gefährlichen Situation. Ich verstehe, daß Sie die verunische Kultur als faszinierend empfinden, aber ...«

»Sie weist starke Parallelen zu meiner eigenen auf, Captain. Dadurch bin ich vielleicht imstande, wertvolle Informationen zu bekommen – indem ich genau die richtigen Fragen stelle.« Chakotay zögerte kurz und legte sich die Worte zurecht. »Viha Nata, gehe ich recht in der Annahme, daß es bei Ihrem Volk die Tradition der mündlichen Überlieferung gibt? Das Andenken an die Vergangenheit wird bewahrt, indem man sich Geschichten über sie erzählt, nicht wahr?«

Die Verunierin nickte. »Das stimmt, Commander. Natürlich kennen wir auch andere Aufzeichnungen, aber das Weitergeben von Geschichten spielt in unserer Kultur tatsächlich eine zentrale Rolle.«

Chakotay richtete einen triumphierenden Blick auf Janeway und ging noch einen Schritt weiter. »Sie personifizieren die Konkavität und nennen sie Sonnenfresser. Aber Sie wissen sicher, daß die Anomalie nicht lebt, oder?«

»Selbstverständlich. Aber selbst unbelebte Dinge verfügen über einen Geist, der Respekt verdient.«

»Captain, viele Stämme der nordamerikanischen Ureinwohner teilen diese Einstellung. Ich weiß, daß Sonnen gewaltige Gaskugeln sind, in denen nukleare Kernfusion stattfindet. Aber ich halte es auch für möglich, daß sie über Seelen verfügen. Ich *denke* wie die Verunier, und das kann nur ein Vorteil sein. Wenn wir ihre Geschichten und Mythen analysieren …«

»Dann entdecken wir vielleicht konkrete Anhaltspunkte, die uns helfen, unsere gegenwärtigen Probleme zu lösen«, sagte Janeway und ließ sich von Chakotays Interesse anstecken. »Na schön, Commander. Schließen Sie sich Torres und Paris an. Beginnen wir nun damit, unseren Plan in die Tat umzusetzen. Mr. Tuvok, Sie haben das Kommando. Fähnrich Kim, stellen Sie Viha Nata die vom zerstörten Scoutschiff übermittelten Daten zur Verfügung. Alle anderen kehren an ihre Stationen zurück.«

Das Bild der Verunierin verschwand vom Schirm. Die Offiziere standen auf und sprachen leise miteinander. Paris verharrte am Tisch; er hing seinen Gedanken nach, wollte mit niemandem reden.

Doch er konnte sich den Wunsch, allein zu bleiben, nicht erfüllen: Im Korridor wartete Janeway auf den Navigator und begleitete ihn zum Turbolift.

»Transporterraum zwei«, wies sie den Computer der Transportkapsel an.

Paris stand steif und gerade, die Hände auf den Rücken gelegt.

»Irgend etwas belastet Sie, Tom. Was ist los? Finden Sie die Verunier abscheulich?«

»Ist das so offensichtlich?«

Janeway lächelte sanft. »Wenn man weiß, wonach es Ausschau zu halten gilt.«

Paris zuckte mit den Schultern. Die Sache war ihm plötzlich sehr peinlich. »Ich lasse mich davon nicht bei der Wahrnehmung meiner Pflichten behindern – falls es Ihnen darum geht.«

»Ich weiß, daß ich mich auf Sie verlassen kann. Sie sind ein guter Offizier. Nun, es ist nicht ungewöhnlich, mit Unbehagen auf fremde Geschöpfe zu reagieren, insbesondere dann, wenn sie nicht unseren Vorstellungen von Ästhetik entsprechen. Früher oder später kommen Sie darüber hinweg.«

»Ich weiß, wie dumm es ist. Aber … die Verunier erscheinen mir wie zu groß geratene Eidechsen.«

Diesmal lächelte Janeway auf eine sehr hintergründige Art. »Ja, und zufälligerweise mag ich Eidechsen.«

6

Harry Kim haßte den Schutzanzug. – Er wußte natürlich, daß er vor allem dazu diente, ihm Sicherheit zu gewähren. Ihm war auch klar, daß er weitaus mehr Flexibilität und Bewegungsfreiheit bot als die unförmigen ›Raumanzüge‹ vor einigen Jahrhunderten. Darüber hinaus konnte kein Zweifel an der Notwendigkeit eines solchen Schutzanzugs bestehen – die von den *Voyager*-Sensoren ermittelten Ambientedaten der *Eroberung* wiesen deutlich darauf hin.

Doch das alles bedeutete nicht, daß er sich darüber freuen mußte, solche Kleidung zu tragen. Er kam sich eingeengt vor, wie gefangen. In der normalen Schwerkraft an Bord der *Voyager* fühlten sich die Gravitationsstiefel schrecklich an. Ein kurzer Blick zu B'Elanna Torres teilte ihm mit, daß sie von dem Schutzanzug kaum mehr hielt als er. Aber nur damit konnten sie an Bord des akerianischen Kreuzers überleben.

Kim war nicht mehr der unerfahrene und über alles staunende Grünschnabel wie damals, als er zum erstenmal die *Voyager* betreten hatte. Trotzdem: Es gelang ihm nicht, sich ein Beispiel an der ruhigen Gelassenheit von Captain Janeway und des Sicherheitswächters zu nehmen. Sie kannten sich mit solchen Situationen aus. Es ging um den Transfer an Bord eines fremden Raumschiffs, dessen Lebenserhaltungssysteme nicht mehr funktionierten. Sie hofften, dort Computer zu finden und ihnen Daten entlocken zu können.

Aufregung vibrierte in Harry Kim.

Vier Personen traten ein wenig schwerfällig auf die Transferplattform. Der Sicherheitswächter überprüfte seinen Phaser und hielt ihn schußbereit. Janeway, Torres und Kim schalteten die Lampen an den Handgelenken ein.

Kims Herz schlug schneller, als Janeway die entscheidende Anweisung erteilte: »Energie!«

Einen Sekundenbruchteil später standen sie auf der Brücke der *Eroberung*, und Harry Kim war sofort dankbar für die getroffenen Sicherheitsvorkehrungen. Das akerianische Schiff stellte tatsächlich nur noch ein Wrack dar. Hier und dort flackerten Kontrollampen. Der Fähnrich bewegte die Lampe am Handgelenk, und ihr Lichtstrahl wanderte durch einen geradezu riesigen Raum mit schwarzen, praktisch wirkenden Einrichtungsgegenständen und Konsolen. Von der anmutigen Eleganz der *Voyager* fehlte hier jede Spur. Die Brücke der *Eroberung* kündete von schmuckloser, kalter Effizienz, so wie auch die äußere Form des Schiffes.

Doch die *Voyager* hatte jener Effizienz ein Ende bereitet. Qualm wallte in dichten Schwaden. Kabelstränge neigten sich hin und her, wie die Tentakel von Seeanemonen. Doch es gab auch verblüffende Schönheit: Als sich Kim umdrehte, erwartete ihn ein schier atemberaubendes Panorama des Weltraums. Die bugwärtige Wand des Kontrollraums, mehr als zehn Meter hoch und noch ein ganzes Stück breiter, erwies sich als transparent und gewährte den Blick ins All. Die dadurch geschaffene Ästhetik bildete einen seltsamen Kontrast zur düsteren Schlichtheit, durch die sich hier alles andere auszeichnete.

Die Kommandantin klopfte auf ihren Insignienkommunikator. »Janeway an *Voyager*. Ich bestätige den Retransfer. Wir sind im Kontrollraum der *Eroberung*.«

»Wir behalten von hier aus alles im Auge, Captain«, erwiderte Tuvok.

Kim kniff die Augen zusammen und beobachtete einen großen Tropfen, der vor ihm in der Schwerelosigkeit schwebte. Die Flüssigkeit erschien ihm sehr dunkel. Der Fähnrich runzelte neugierig die Stirn, streckte die Hand aus und berührte den Tropfen, der daraufhin sofort auseinanderplatzte. Jedes ›Fragment‹ formte eine kleinere Kugel, und alle glitten in unterschiedliche Richtungen davon.

»Hier scheint es irgendwo ein Leck zu geben, Captain«, sagte Kim. *Handelt es sich vielleicht um Kühlflüssigkeit?*

Janeway wandte sich um, als sie seine Stimme hörte. Durch das transparente Helmvisier konnte Kim deutlich ihr Gesicht erkennen und beobachtete, wie ihr Blick etwas galt, das sich über und hinter ihm befand.

Etwas berührte ihn an der linken Schulter. Er wollte sich mit einem Ruck umdrehen, doch in der Nullschwerkraft gerieten seine Bewegungen träge und unbeholfen.

Plötzlich sah er sich einer Leiche gegenüber – nur wenige Zentimeter trennten ihn von der Maske vor dem Gesicht des Toten.

Kim schnappte nach Luft und zuckte instinktiv zurück. Dadurch geriet er aus dem Gleichgewicht, und eine halbe Ewigkeit lang ruderte er mit den Armen. Dann spürte er Janeways ruhige Hand am Ellenbogen. Anteilnahme und Verständnis zeigten sich in ihren Zügen. Kim wußte, was das eigene Gesicht zum Ausdruck brachte: Verblüffung und Entsetzen. Er hatte schon des öfteren Leichen gesehen, doch hier an Bord des akerianischen Kreuzers erschien alles irreal, wie Szenen aus einem Alptraum.

Eine zweite Erkenntnis betraf den Tropfen und brachte Übelkeit. Die Flüssigkeit, die Kim berührt hatte, stammte nicht etwa aus einem Kühlmittelleck. Bei den kleinen Tropfen, die hier und dort durch den großen Kontrollraum schwebten, handelte es sich vielmehr um akerianisches Blut.

Einige Sekunden lang atmete der junge Fähnrich zu schnell. Dann spürte er den von Janeways Hand ausgeübten Druck, beruhigte sich wieder und nickte. »Es ist alles in Ordnung mit mir.«

Sie nickte ebenfalls. »Ich halte es für durchaus sinnvoll, daß Sie dies hier sehen, Harry.« Kummer begleitete die Worte. »Das sind die wahren Folgen eines Kampfes«, sagte Janeway, deutete dabei auf den Toten und die geborstenen Schaltpulte.

Torres hatte die Zeit genutzt, um einige Geräte zu untersuchen. Sie wandte sich jetzt der Kommandantin zu.

»Die Akerianer haben uns angegriffen. Sie sind in der Krankenstation gewesen und wissen daher, wie es dort zuging. Wenn wir uns nicht zur Wehr gesetzt hätten, wäre es kaum bei Verletzungen geblieben.«

»Ich wollte nicht sagen, daß wir uns falsch verhalten haben.« Janeway zögerte und sah sich erneut auf der akerianischen Brücke um. »Uns blieb keine Wahl. Aber wir dürfen nie vergessen, daß jede Aktion etwas bewirkt. Wir sind für das hier verantwortlich, ob es uns paßt oder nicht.«

Kim schluckte. Er brachte es jetzt fertig, den Blick auf die Leiche gerichtet zu halten, war jedoch dankbar dafür, daß die Miene des Toten hinter einer Maske verborgen blieb. Derzeit stand ihm ganz und gar nicht der Sinn danach, in trübe, anklagend starrende Augen zu sehen.

Der Akerianer trug eine Art Rüstung und gehörte ganz offensichtlich zu einem Volk von Zweibeinern. Anordnung und Proportionen von Armen und Beinen waren ähnlich beschaffen wie bei Menschen. Doch die Ausmaße der Maske deuteten auf einen sehr großen Kopf hin. Als Kind hatte Kim großen Gefallen an Geschichten über die griechischen Götter gefunden. Der vor ihm schwebende Tote erinnerte ihn an die Legende vom Minotaurus – ein Mischwesen mit dem Körper eines Menschen und dem Kopf eines Stiers. Vielleicht lag es nur an den Ausmaßen der Maske und ihren metallenen Hörnern, aber als das Vorstellungsbild erst einmal vor dem inneren Auge entstanden war, ließ es sich nicht mehr vertreiben.

»Ich registriere energetische Emissionen, Captain«, sagte B'Elanna und bewies einmal mehr kühle Tüchtigkeit. Kim beneidete sie um ihre ruhige Zielstrebigkeit. »Der Ursprung scheint sich unter und hinter der Brücke zu befinden. Bitte um Erlaubnis, der Sache auf den Grund zu gehen.«

»Erlaubnis erteilt. Nehmen Sie Lieutenant Frazier mit. Und erstatten Sie Bericht, wenn Sie festgestellt haben, was es mit den Emissionen auf sich hat. Passen Sie unterwegs gut auf. Dieses Schiff wurde nicht für Humanoiden erbaut.«

Torres nickte bestätigend. Sie und der große Sicherheitswächter stapften zum rückwärtigen Teil der Brücke, näherten sich einem steil abfallenden Bereich. Einige Sprossen und Stangen boten dort Halt.

Kim klappte seinen Tricorder auf, betrachtete die Anzeigen und nahm erfreut zur Kenntnis, daß das Computersystem der *Eroberung* zumindest noch teilweise funktionierte. Er schauderte innerlich, als er daran dachte, einen ihm völlig fremden Computer zu rebooten. Die Konsole vorn rechts schien kaum beschädigt zu sein – nach wie vor glühten einige Displays.

Dumpfer Schmerz pochte hinter der Stirn des Fähnrichs, und er kannte auch den Grund. Das ständig flackernde Licht gab den Augen keine Möglichkeit, sich an eine bestimmte Helligkeit zu gewöhnen.

Nach der Rückkehr zur Voyager *hast du Zeit genug, den Arzt zu konsultieren. Doch zuerst ruft die Pflicht, Harry.*

Kim trat vor, sah von den Anzeigen des Tricorders zur Konsole und glaubte immer mehr, daß sie eine echte Chance darstellte. Er nahm in einem Sessel Platz, der fürs menschliche Gesäß viel zu breit war.

Während seiner Ausbildung hatte Harry Kim zu den besten Kadetten an der Starfleet-Akademie gehört. Dort hatte man ihm beigebracht, daß es bei der Tätigkeit des Einsatzoffiziers darum ging, alle Systeme miteinander zu verbinden, aus den einzelnen Teilen ein harmonisches Ganzes zu schaffen. In gewisser Weise hielt er sich für eine Art technischen Diplomaten. Seine Aufgabe bestand darin, einen Ausgleich zwischen allen beteiligten Komponenten zu schaffen und Gegensätze zu überwinden, das Gemeinsame in den Vordergrund zu stellen und Ziele anzustreben, die allen Teilen zum Vorteil gereichten.

In dieser Hinsicht schien Kim echtes Talent aufzuweisen. Als Kadett hatte er Gelegenheit gefunden, mit vielen fremden Computersystemen zu arbeiten. Nach der siebten oder achten Konfrontation dieser Art gelangte er zu dem Schluß, daß einige Dinge tatsächlich universeller Natur waren. Wenn er genug über die entsprechende Kultur wußte, so konnte er einen bis dahin unbekannten Computer in Rekordzeit analysieren.

Kim konzentrierte sich darauf, was er über die Akerianer wußte, was sie für wertvoll hielten, wo und wie sie mit Informationen umgehen mochten. Er war so sehr in Gedanken versunken, daß er unwillkürlich zusammenzuckte, als B'Elannas Stimme erklang.

»Torres an Janeway. Ich bin jetzt im Maschinenraum dieses Schiffes.«

»Ich höre«, sagte Janeway.

»Der Kreuzer scheint vor allem aus seinen Triebwerken zu bestehen«, sagte die Chefingenieurin. »Es sind insgesamt vier, und sie umgeben einen zentralen Kern. Offenbar ist alles deaktiviert.«

Kim hörte die unausgesprochene Frage ebenso wie Janeway.

»Versuchen Sie nicht, die Aggregate in Betrieb zu

nehmen, Torres«, erwiderte die Kommandantin. »Sie sollen sich nur einen Eindruck verschaffen, mehr nicht. Fertigen Sie Aufzeichnungen mit Hilfe des Tricorders an und beamen Sie sich dann mit Frazier zur *Voyager* zurück. Verstanden?«

»Ja, Captain«, fügte sich Torres widerstrebend. »Unsere Analyse nimmt noch etwa fünf Minuten in Anspruch. Anschließend setze ich die Reparaturarbeiten an Bord der *Voyager* fort. Torres Ende.«

Es wurde Zeit. Der Fähnrich holte tief Luft und klopfte dann auf seinen Insignienkommunikator. »Kim an *Voyager*.«

»Hier Tuvok.«

»Ich sitze hier vor einer Computerkonsole. Bitte bereiten Sie die Sicherheitspartition vor.« Vor dem Transfer hatte Kim eine sichere Partition installiert – einen Pufferbereich, der kritischen Überladungen im Computersystem der *Voyager* vorbeugen sollte. Die Übertragung der im akerianischen Computer gespeicherten Informationen mußte von Bord der *Eroberung* aus initiiert werden, und der Vulkanier überwachte den Datenstrom.

»Sicherheitspartition aktiviert«, meldete Tuvok.

»Stelle jetzt Tricorderverbindung her.« Kim spürte Schweiß auf der Stirn, und aus einem Reflex heraus hob er die Hand, um ihn fortzuwischen – wodurch seine Finger das Helmvisier berührten. Er konnte also nichts gegen den Schweiß unternehmen, mußte ihn wohl oder übel ertragen.

Kim ließ die Hand wieder sinken und schaltete die Konsole ein. Es klickte, und dann summte es leise.

Behutsam legte er den Tricorder auf die Konsole und tastete nach der Schaltkomponente für interne Kommunikation. Es funktionierte: Eine blinkende Kontrollleuchte des Tricorders wies auf die Aktivierung des integrierten Subraumsenders hin. Nach einigen Sekunden wuchs Kims Zuversicht – die befürchtete Überladung blieb aus.

»Datenverbindung mit dem akerianischen Computer erfolgreich hergestellt«, teilte er Tuvok mit. Aus den Augenwinkeln sah er, daß Janeway keine Aufzeichnungen mehr mit ihrem Tricorder vornahm und ihn beobachtete. Den Blick des Captains zu spüren … Dadurch fühlte sich Kim noch mehr unter Druck gesetzt.

»Ich beginne jetzt mit dem Datentransfer zur *Voyager*. Achten Sie auf die Sicherheitspartition, Mr. Tuvok.« Er befeuchtete seine trockenen Lippen und drückte die Aktivierungstaste.

»Informationen werden empfangen, Fähnrich«, meldete der Vulkanier. »Bei dem Transfer scheint es keine Probleme zu geben.«

Tiefe Erleichterung durchströmte Kim. »Das ist Musik in meinen Ohren, Lieutenant.«

»Diese Feststellung kann nicht den Tatsachen entsprechen«, entgegnete Tuvok mit der für ihn typischen Ruhe. »Ich habe die Worte nicht gesungen. Daher ist es ausgeschlossen, sie als Musik zu interpretieren.«

Kim lächelte und sah zu Janeway, die das Lächeln erwiderte.

»Die Datenübertragung dauert etwa zehn Minuten«, sagte der Fähnrich. »Bitte geben Sie mir Bescheid, wenn es zu irgendwelchen Schwierigkeiten kommt.«

Janeway trat zu dem jungen Mann und klopfte ihm auf die Schulter. *Gute Arbeit,* teilte sie ihm dadurch mit. Kim nickte stolz, sah zu den Kontrollen und wartete aufs Ende des Transfers.

Während Torres die Triebwerke des akerianischen Kreuzers untersuchte und Kim Daten übertrug, blieb Janeway nicht untätig. Mit ihrem Tricorder zeichnete sie Bilder auf und schritt langsam durch den Kontrollraum der *Eroberung*.

Toleranz und Anteilnahme spielten im Wesen von Kathryn Janeway eine wichtige Rolle. Hinzu kamen einige Grundsätze und Prinzipien, zum Beispiel in bezug auf Ästhetik. Die akerianischen Konstruktionsmuster wurden ihren ästhetischen Ansprüchen nicht gerecht. Sie mochte die eleganten, anmutigen Konturen von Raumschiffen, ihre ergonomischen Sessel, die Verschmelzung von Schönheit, Komfort und Effizienz. Selbst klingonische Schiffe boten ihren Besatzungsmitgliedern mehr Annehmlichkeiten als dieser rein aufs Funktionelle ausgerichtete Kreuzer.

Sie sah zu den beiden über ihr schwebenden Toten auf und überlegte, ob sie einem die Maske abnehmen sollte. Sie fragte sich, wie Aliens aussahen, die nicht davor zurückschreckten, eine ganze Welt zu vernichten und so sanfte Wesen wie die Verunier zu Tausenden umzubringen.

Schließlich entschied sie sich dagegen. *Wir haben diese Leute schon genug gedemütigt, indem wir ihnen eine Niederlage beibrachten. Sollen ihre Leichen den Sternen überlassen bleiben. Wir finden genug über die Akerianer heraus, wenn wir die Daten aus ihrem Computer analysieren.*

Der Kontrollraum war mindestens viermal so groß wie die Brücke der *Voyager*. Die Akerianer schienen stark und sehr agil zu sein – immerhin gab es keine Treppen oder Rampen, nur Sprossen, Stangen und aus den Wänden ragende Zylinder, die den Füßen Halt boten. Über Janeway erstreckte sich eine zweite Etage, und sie richtete den Erfassungsfokus des Tricorders darauf.

Den größten Teil ihrer Aufmerksamkeit beansprucht jedoch das von der bugwärtigen Wand dargebotene Sternenpanorama. Janeway gab schließlich dem inneren Drängen nach, trat zur Brüstung und sah nach unten.

Die Anzeigen des Tricorders wiesen plötzlich auf Gravitonaktivität hin. Janeway senkte den Blick und sah ein Gebilde, das von ihrem Ortungsinstrument als Gravitongenerator identifiziert wurde – der fensterartige transparente Schild ›schnitt‹ ihn praktisch in zwei Teile.

Es gab noch weitere Aggregate dieser Art. Die Kommandantin zählte insgesamt vier Generatoren, angeordnet auf allen vier Seiten des Fensters. Zwei von ihnen – die beiden Einheiten über und links von Janeway – zeigten überhaupt keine Aktivität. Bei den anderen ließ sich sporadisches Flackern beobachten. Im aktiven Zustand ging ein orangefarbenes Glühen von den Generatoren aus.

Janeway dachte an die Konfrontation zurück und erinnerte sich an vier rote Punkte, und einen weiteren in der Mitte.

Das Licht erlosch, und gleichzeitig verblaßte das Glühen bei den Generatoren. Janeway wartete, den Blick auf die beiden noch funktionstüchtigen Aggregate geheftet. Und tatsächlich: Einige Sekunden später kam es zu einer neuerlichen Aktivitätsphase, und das orangefarbene Glühen wiederholte sich. Zwischen ihnen entstand eine dünne, rot leuchtende energetische Brücke, die kurz darauf zusammen mit dem Aktivitätsglühen verschwand.

Janeway vermutete folgendes: Wenn alle vier Generatoren funktionierten, so bildeten die energetischen Brücken ein Geflecht, das dazu diente, im Fokus Energie zu konzentrieren – auf diese Weise wurde wahrscheinlich eine Gravitationswelle geschaffen. Die Kommandantin erinnerte sich an die sechs Kapseln und ihren Tanz der Zerstörung. Sie richtete ihren Tricorder auf die Gravitongeneratoren, zeichnete einen Aktivitätszyklus auf und sah dann zur dritten Etage, die sich direkt unter ihr erstreckte.

Dort bemerkte sie weitere schwebende Leichen. Sie blickte an ihnen vorbei, betrachtete Konsolen und Schaltpulte, deren Zweck ihr verborgen blieb. Und wenn schon: Sie waren in erster Linie gekommen, um dem hiesigen Computersystem Daten zu entlocken –

Informationen, die Einblick gewährten in die akerianische Kultur.

Die Sensoren des Tricorders – wie auch die der *Voyager* – lieferten keine hundertprozentig genauen Meßwerte, aber Janeway vertraute ihren Angaben, als sie darauf hinwiesen, daß sich etwa fünf Meter vor ihr ein Kraftfeld befand. Das ergab durchaus einen Sinn. Wenn die *Eroberung* an dieser Stelle getroffen wurde, so kam es zu katastrophalen Konsequenzen, falls kein Reservesystem existierte. Vielleicht verhielt es sich mit dem Kraftfeld so wie auch mit der Beleuchtung und dem Computersystem: Besondere Konstruktionsaspekte sorgten dafür, daß es selbst dann noch funktionsfähig blieb, wenn es an Bord zu schweren Schäden kam.

Der akerianische Kreuzer drehte sich um die eigene Achse, und dadurch kam es zu einem ständigen Wandel in den Sternkonstellationen. Die *Voyager* geriet nun in Sicht, und Janeways Herz klopfte schneller. Sie bekam nur selten Gelegenheit, ihr Schiff aus dieser Perspektive – von außen – zu sehen. Sie kannte alle inneren Bereiche der *Voyager* und war mit ihrer Struktur fast noch besser vertraut als die Ingenieure und Techniker in den Planungsbüros. Ein seltsames Panorama: ihr Schiff, von der Brücke eines fremden Kreuzers aus gesehen. Sie bewunderte die geschwungenen Linien, die sanften Wölbungen des Diskussegments, die schlichte Eleganz der *Voyager*.

Oft sprach sie von ›Heimkehr‹, wenn sie den Flug zum Alpha-Quadranten meinte. Sie dachte dabei an Mark und Molly Malone. Aber in gewisser Weise stellte das Schiff ihre Heimat dar. Manche Menschen hatte Abenteuer und Reiselust im Blut. So sehr sie Mark und den Irish Setter liebte: Die *Voyager* war ebensosehr ihr Zuhause wie es irgendein Gebäude sein konnte.

Kims Stimme unterbrach sie bei diesen Überlegungen. »Datentransfer beendet, Captain.«

Widerstrebend wandte sich Janeway von der Brüstung und dem spektakulären Anblick ab.

»Kehren wir zu unserem Schiff zurück und überlassen wir die *Eroberung* ihren Toten.« Sie klopfte auf den Insignienkommunikator. »Janeway an *Voyager*. Beamen Sie Fähnrich Kim und mich an Bord.«

Der Zweite Krieger Garai musterte den Commander unauffällig. Seit vielen Zyklen arbeitete er mit dem Ersten Krieger des Reichsexplorationskorps zusammen, und während dieser Zeit hatte er gelernt, Linneas Stimmungen zu erkennen, obgleich das hinter der Maske verborgene Gesicht ebensowenig Hinweise bot wie Hand- oder Schweifgesten. Oft verriet sich der Commander durch seine Stimme. Auch in der Haltung des Körpers – den Traditionen gemäß in Schutzkleidung gehüllt; den krönenden Abschluß bildete die Maske, die der Träger nur dann abnahm, wenn er allein war – kam vieles zum Ausdruck.

Oft blieben die Krieger über lange Zeit hinweg von Familie und Heimat getrennt, weshalb sie dazu neigten, eigene Gemeinschaften zu bilden. Der Zweite Krieger Garai hielt den Ersten Krieger Commander Linneas für eine Art Verwandten. Und genau aus diesem Grund beunruhigte ihn das jüngste Verhalten des Ersten Kriegers so sehr.

Linneas saß nun vor einer gewölbten Konsole der *Sieg*, blickte durchs große Fenster und beobachtete die vorbeigleitenden Sterne, während seine Finger auf schwarzes Metall trommelten. Trotz der Handschuhe hörte man das leise Klicken von Krallen. Die Anspannung ließ ihn starr und steif erscheinen. Ab und zu schnaufte er leise, deutliches Anzeichen von Kummer.

Garai neigte den Kopf und gab vor, sich zu strecken. Sein Blick wanderte zum entehrten Nelek, dem früheren Kommandanten der *Eroberung*. Nie zuvor war es einem Gegner gelungen, einen akerianischen Explorationskreuzer – ein Kriegsschiff, verbesserte sich Garai in Gedanken – zu besiegen und in ein Wrack zu verwandeln. Einige hatten es versucht, um letztendlich zu scheitern. Furchen in den Hörnern von Linneas' Maske erinnerten an die von der mächtigen Graviwaffe vernichteten Feinde.

Es fehlte eine für das seltsame Schiff namens *Voyager*. Das Ausbleiben des Sieges und der Verlust des Kreuzers *Eroberung* sorgten bei Linneas für ausgesprochen schlechte Laune – und bei Nelek für das abrupte Ende einer vielversprechenden beruflichen Laufbahn.

Der zornige und gedemütigte Linneas hatte Nelek und seine Crew zunächst ihrem Schicksal überlassen wollen, das sicher darin bestanden hätte, von einem häßlichen Feind auf grausame Weise umgebracht zu werden. Nelek hatte nicht in erster Linie um sein Leben gefleht, sondern um das der Besatzungsmitglieder – er bat Linneas, sie in Sicherheit zu teleportieren.

Garai setzte sich bei jener Gelegenheit für Gnade ein und bewegte Linneas dazu, hundert Akerianer zu retten. Als er jetzt Nelek musterte, fragte er sich, ob es richtig gewesen war, zu seinen Gunsten einzugreifen. Nelek stand eine unehrenhafte Heimkehr nach Akeras bevor, genauso wie den Überlebenden seiner Crew. Der verbitterte Linneas brauchte jemanden, dem er die Schuld an der Niederlage geben konnte. Als Sündenbock dienten ihm Kommandant und Besatzung der besiegten *Eroberung*.

Mit eigenen Händen hatte er Neleks Hörner von der Maske gerissen und ihm befohlen, sein Gesicht zu entblößen. Masken konnten nur von ihren Trägern abgenommen werden, doch Nelek war viel zu konfus gewesen, um den Anweisungen des Commanders zu gehorchen. Jetzt hockte er auf dem Boden des Kontrollraums, zitterte und wimmerte leise. *Man könnte meinen, er sei zu einem Verunier geworden,* dachte Garai.

Eine dunkle Stunde für das Reich.

»Es liegt keine Ehre darin, einen verlorenen Kampf fortzusetzen«, sagte Garai. Er achtete darauf, daß seine Stimme fest und stark klang. Dieses alte Motto veranschaulichte die Kriegermentalität: um jeden Preis siegen.

Doch die Worte brachten dem Ersten Krieger keinen Trost. »Nie zuvor mußten wir fliehen«, knurrte Linneas. »Der Geschmack von Feigheit haftet noch immer an meiner Zunge.«

»Die Kaiserin wird Ihre Weisheit loben, Erster Krieger, auch Ihren Mut zur Rückkehr – wodurch Sie in der Lage sind, auch weiterhin für das Reich zu kämpfen. Zweifellos ist es besser, einen Konflikt zu vermeiden, heimzufliegen, das Schiff zu reparieren und mit Verstärkung zurückzukehren, als zu kämpfen und nicht zu siegen.«

Genau das wollte Linneas hören. Und genau das erwartete er von Garai, dem guten Zweiten Krieger und ersten Assistenten des Kommandanten. Doch Garai fragte sich, ob Linneas' Entscheidung, eine neuerliche Konfrontation mit der *Voyager* herbeizuführen, tatsächlich klug war. Sie hatten Akeras noch nicht erreicht, und das genaue Ausmaß der Schäden an Bord der *Sieg* mußte erst noch festgestellt werden. Hinzu kam: Vielleicht irrte sich Linneas in Hinsicht auf die Fremden. Möglicherweise interessierten sie sich gar nicht für den zentralen Kern jenes Phänomens, das die Verunier in ihrer Naivität ›Sonnenfresser‹ nannten.

Linneas entspannte sich ein wenig. »Sie könnten recht haben«, räumte er ein. »Vielleicht wird unser Sieg schließlich noch ehrenvoller, weil sich der Feind als so stark und hartnäckig erwies. Und wenn wir gewonnen haben, zerstören wir die *Voyager* so gründlich, daß nicht einmal Trümmer von ihr übrigbleiben. Und dann bringen wir alle Verunier um.« Der Erste Krieger ballte die Fäuste. »Mindestens einen von ihnen möchte ich mit meinen eigenen Händen töten.«

Diese Worte beunruhigten Garai, aber er ließ sich nichts anmerken. Er fragte sich, ob er wirklich zu ›weich‹ war, wie Linneas manchmal spöttisch bemerkte. Ein wahrer Sohn des Reiches würde sicher kein Mitleid mit den Veruniern empfinden und das Recht der Akerianer in Frage stellen, ganz nach Belieben mit ihnen zu verfahren.

Er fragte sich, was Linneas der Kaiserin sagen wollte. Noch mehr Lügen oder die Wahrheit? Wahrscheinlich erstere. Nur wenige Kaiser waren in das Geheimnis eingeweiht worden, und Riva würde vermutlich nicht zu ihnen gehören. Garai überlegte auch, ob die anderen Kommandanten bereit sein mochten, der *Sieg* in einen Kampf zu folgen, an dessen Sinn man hier und dort, in aller Stille, zu zweifeln begann.

Garai, loyaler Zweiter Krieger des Reichsexplorationskorps und erster Assistent von Commander Linneas, sah zu den Sternen hinaus. Er erinnerte sich an das Gesicht der wunderschönen Kaiserin, an die Grausamkeiten, die er im Verlauf der letzten Monate erlebt hatte, und dabei gingen ihm sehr illoyale Gedanken durch den Kopf.

7

Als Tom Paris zusammen mit Chakotay und Torres auf Veruna Vier rematerialisierte, fiel ihm sofort der Titel eines alten terranischen Gedichts ein: *Das Verlorene Paradies*. Den Inhalt kannte er nicht, aber jene drei Worte erschienen ihm gut geeignet, die gewaltige Katastrophe zu beschreiben, die sich sowohl auf dem Planeten als auch im All ereignete.

Feuchte Hitze und der Anblick von einst üppiger Vegetation riefen Erinnerungen an kurvenreiche Frauen, kühle Getränke und für alle Beteiligten sehr angenehme Momente wach. Aber in diesem Fall wurde die Hitze schon nach wenigen Sekunden unangenehm, und es gab kein Meer in der Nähe, das Erfrischung versprach. Von der Sonne ging ein viel zu roter Glanz aus, der durch eine dunstige, inzwischen permanente graue Wolkendecke drang. Diese stellte das direkte Ergebnis der starken Verdunstung dar.

Die tropischen Gewächse trockneten immer mehr aus, und ihre Blätter wiesen viele braune Flecken auf. Früchte verfaulten an Ästen und Zweigen. Der fast überwältigende Geruch von Fäulnis stammte nicht nur von Pflanzen, sondern auch von Tieren – und vielleicht sogar von verwesenden Veruniern. Angesichts eines solchen Gestanks verflogen alle Vorstellungen von einem Paradies.

Paris spürte, wie Übelkeit in ihm emporquoll, und er schluckte mehrmals. Es war bestimmt nicht sehr taktvoll, sich unmittelbar nach der Ankunft auf dem Planeten zu übergeben. Die Verunier mochten eine Beleidigung darin sehen.

Jemand oder etwas berührte ihn am Rücken. »Es leidet sowohl die Seele als auch der Körper. Ich sehe dieses Unheil die ganze Zeit über, rieche es selbst in meinen Träumen, und auf mich wirkt es ebenso wie auf Sie.«

Paris drehte sich überrascht um, sah auf ... und noch etwas höher ... Erst jetzt begriff er, wie groß die Verunier sein konnten. Das echsenartige Gesicht formte eine Grimasse – *ein Lächeln,* dachte Paris – und starrte auf ihn herab. Der sehr flexible Hals schien fast sechzig Zentimeter lang zu sein, und unter ihm erstreckten sich geradezu verblüffend breite Schultern. Und die Hand, die den Navigator eben am Rücken berührt hatte ... Sie wies Krallen auf, die so lang waren wie die Finger eines Menschen.

Er zwang sich, das Lächeln zu erwidern, denn er erkannte die vor ihm aufragende Gestalt nun als Viha Nata.

»Bitte entschuldigen Sie, Viha«, brachte er verlegen hervor. »Das Ausmaß der Zerstörungen auf Ihrem Heimatplaneten hat mich überrascht. Ich ...«

Er fand keine geeigneten Worte, aber Nata schien ihn auch so zu verstehen, denn sie nickte erst und schüttelte dann kummervoll den Kopf. Anschließend glitt ihr Blick zu den anderen Mitgliedern der Landegruppe, und sie richtete sich zu ihrer vollen Größe von etwa zweieinhalb Metern auf.

Die Viha war nicht allein. Zwei weitere Verunier standen hinter ihr und wahrten respektvollen Abstand. Sie trugen keine weiten Umhänge wie Nata, sondern Kleidung, die mehr an Uniformen erinnerte: eng anliegende, hier und dort gepolsterte Overalls, die vom Kopf bis zu den Füßen reichten. Die Füße wiesen harte Laufflächen auf, erforderten daher keine Schuhe.

Einer der beiden anderen Verunier stand mit verschränkten Armen und hielt den Kopf ein wenig gesenkt, wodurch er fast aggressiv wirkte. Er sah Paris wie herausfordernd in die Augen, und sein Schweif zuckte immer wieder. Der zweite erweckte den Eindruck, Haltung angenommen zu haben. Er hatte die Hände auf den Rücken gelegt, und der Blick seiner bernsteinfarbenen Augen galt Nata. Abgesehen von den verschiedenen Haltungen sahen die beiden Verunier völlig gleich aus. Er mußte erst noch lernen, die subtilen Unterschiede zwischen den einzelnen Individuen zu erkennen.

»Bitte erlauben Sie mir, Ihnen meine Landsleute vorzustellen«, sagte Nata. »Das ist Kaavi, unsere beste Pilotin. Sie wird Ihre Kontaktperson sein, solange Sie sich auf Veruna befinden, Lieutenant Paris.«

Kaavi kniff die Augen zusammen und neigte kurz den Kopf. Paris wiederholte die wortlose Geste. *Sie hat irgendeinen Komplex,* dachte er. *Ob er uns betrifft?*

Die Viha sah Torres und streckte den Arm aus. »Das ist *unser* Chefingenieur, Anahu.«

Anahus Verhalten stellte einen auffallenden Kontrast zur brüsken Art Kaavis dar – er verneigte sich würdevoll. »Ihr Besuch gibt uns neue Hoffnung, Chefingenieur Torres.«

Das automatische Übersetzungsmodul gab der Stimme einen männlichen Klang.

»Commander Chakotay, Ihr Captain hat uns mitgeteilt, daß Sie sich für unsere Kultur interessieren. Derartiges Interesse ehrt unser Volk. Ich werde mir alle Mühe geben, Sie mit unseren Traditionen vertraut zu machen.«

Chakotay verbeugte sich fast ebenso würdevoll wie zuvor Anahu. »Indem ich mehr über Ihr Volk erfahre, entdecke ich vielleicht neue Möglichkeiten, Ihnen zu helfen.«

Paris spürte die ganze Zeit über Kaavis Blick auf sich ruhen. Sie schien zu glauben, ihn nur lange genug anstarren zu müssen, um alle seine Geheimnisse zu enträtseln. Profundes Unbehagen erfaßte den Navigator. Er versuchte, Kaavi zu ignorieren, sah sich um und fühlte, wie er in der Hitze zu schwitzen begann.

Sein Tricorder summte leise, als er mit einer Sondierung begann.

Man hätte die Verunier für ein einfaches, sogar ›primitives‹ Volk halten können. Weder Natas Erscheinungsbild noch ihre Ausdrucksweise deutete auf Wissen um überlichtschnelle Raumfahrttechnik, elektronische Kommunikation oder etwas anderes hin, das über die Kenntnisse einer einfachen Dorfältesten hinausging. Das galt auch für den Ort, auf dem der Retransfer nach dem Beamen stattgefunden hatte. In der unmittelbaren Umgebung stellte der Tricorder nur organische Substanzen fest.

Sie standen in einem großen, flachen Bereich. Einige Meter weiter rechts erstreckte sich eine offene Grube mit heißem, blubberndem Schlamm. Offenbar hatte sie eine besondere Bedeutung für die Verunier, denn darüber bemerkte Paris eine Art Dach, das nur sanfte Wölbungen aufwies, keine Kanten. Sengende Hitze ging von der brodelnden Masse darunter aus.

An die Grube schlossen sich Hütten an, die vier gerade Reihen bildeten und aus dem gleichen glänzenden Stein bestanden wie das ›Dach‹. Sie boten zumindest ein wenig Schutz vor den Elementen. Durch die offenen Türen sah Paris geflochtene Matten, einige Schüsseln und Krüge aus dem bereits vertrauten braunen Stein und kleine, hin und her huschende Schemen – vielleicht verunische Kinder?

Am Ende jeder der vier Reihen stand eine größere, geschlossene Hütte.

Wieder bewegte sich etwas, und eine kleine Version der Verunier spähte nach draußen. Paris wußte nun, daß seine Vermutung zutraf – die ›Schemen‹ in den Hütten waren tatsächlich Kinder. Dieser verunische

Sprößling schien kaum sechzig Zentimeter groß zu sein. Ein und zwei Sekunden lang starrte er den Navigator von der *Voyager* groß an, wich dann hastig in den Schatten zurück. Paris hielt das verunische Kind für viel attraktiver als die erwachsenen Exemplare.

Seine Aufmerksamkeit kehrte zu der Grube zurück. Warum hatte sich die hiesige verunische Gemeinschaft ausgerechnet an diesem unerfreulichen Ort niedergelassen, neben einer Mulde mit kochendem Schlamm?

Er sah kurz auf die Anzeigen des Tricorders – und erschrak.

»Etwas Lebendiges ist da drin gefangen, Commander!« stieß er hervor und näherte sich der Grube.

Paris verharrte, als er eine Mischung aus Keuchen und Krächzen vernahm – verunisches Gelächter, wie er inzwischen wußte. Verwirrt blickte er zu Nata.

»Natürlich befindet sich etwas Lebendiges in der Grube«, sagte die Viha. »Wenn das nicht mehr der Fall ist, haben wir allen Grund, sehr traurig zu sein. Es handelt sich um eine unserer Brutgruben.«

Paris riß die Augen auf. »Eine Brutgrube?« wiederholte er fassungslos.

»Sie bringen Ihre Eier *da drin* unter?« fragte Torres nicht sehr taktvoll.

Die Viha nickte. »Sie brauchen die Wärme. Wenn eine Schwangere spürte, daß es Zeit wird, geht sie zur Grube und legt dort ihre Eier. Und wenn sich Ehepartner ein Kind wünschen, so begeben sie sich zur Brutgrube und warten darauf, daß ein Junges schlüpft.«

»Die verunischen Kinder erfahren also nie, wer ihre leiblichen Eltern sind?« fragte Chakotay.

Paris starrte ungläubig in die Mulde mit dem heißen, dampfenden Schlamm.

»Alle sind Eltern der Kinder«, erwiderte Nata ein wenig verwundert. »Jedes Kind ist gewünscht. Keinem Jungen mangelt es an einer liebevollen Familie. Spielt es da eine Rolle, wessen Körper das Ei legt?«

Paris' Adrenalinpegel sank wieder, und Mattigkeit folgte der Aufregung. Er atmete tief durch, kämpfte dabei erneut gegen die Übelkeit an.

Kaavi ließ ein wenig die Schultern hängen, und dadurch wirkte sie unglücklich. »Stimmt was nicht?« fragte Paris eher aus Pflichtbewußtsein.

Die verunische Pilotin schüttelte den Kopf. »Nein. Es ist alles in Ordnung. Ich… ich habe beschlossen, auf einen Lebenspartner und Kinder zu verzichten, bis die Akerianer vom Himmel verschwunden sind und es für uns wieder eine Zukunft auf dieser Welt gibt.« Kaavi verzog das Gesicht zu einem sehr kummervollen Lächeln. »Wir kommen jenem Tag nicht näher, sondern entfernen uns immer weiter von ihm.«

»Jetzt sind wir hier und können helfen«, sagte Chakotay. Er hob die Hand, um Kaavi am Arm zu berühren.

Sie wich nicht zurück und richtete einen durchdringenden Blick auf ihn. »Sie sind hier, um mehr über den Sonnenfresser herauszufinden. Sie wollen uns gar nicht helfen.«

»Kaavi!« zischte Viha Nata vorwurfsvoll.

Die jüngere Verunierin hob den Kopf, neigte ihn trotzig von einer Seite zur anderen, wodurch die Perlen im weißen Haar klickten.

»Ich habe den Besuchern aufmerksam zugehört, Viha. Zweifellos meinen sie es gut, aber wir dürfen nicht so dumm sein, sie für unsere Retter zu halten.«

Paris trug einen neutralen Gesichtsausdruck zur Schau, als er über die Situation der Verunier nachdachte. *Sie könnten die Hilfe von Rettern gut gebrauchen*, überlegte er. *Mit Worten allein lassen sich die Akerianer bestimmt nicht besiegen*. Noch immer deutete nichts auf eine hochentwickelte Zivilisation hin. Andererseits war die Viha imstande gewesen, sich mit der *Voyager* in Verbindung zu setzen. Und im Orbit des Planeten existierte ein modernes Satellitennetz. Wie ließ sich das eine mit dem anderen vereinbaren?

»Kaavi hat recht. Wir würden Ihnen gern helfen, aber unsere Möglichkeiten sind begrenzt. Andererseits ...« Chakotay wandte sich an die verunische Pilotin. »Auf diese Weise sollte es Ihnen eigentlich lieber sein. Sie können nur dann einen wahren Sieg erringen, wenn Sie es nicht jemand anders überlassen, in den Kampf zu ziehen.«

Kaavi musterte den Ersten Offizier der *Voyager,* und ein neues Licht glomm nun in ihren Augen. »Sie ... verstehen uns also. Sie wissen, wie wir denken.«

Chakotay lachte. »Ich habe die eine oder andere Vermutung, aber ich muß noch viel mehr über Sie erfahren, bevor ich weiß, wie Sie denken.«

»Kommen Sie«, sagte Nata. »Ich möchte Ihnen die Dinge zeigen, von denen wir uns einen Sieg im Kampf gegen die Akerianer erhoffen.«

Die Viha setzte sich in Bewegung.

Aus den Augenwinkeln beobachtete Paris, wie Kaavi ging. Ihre langen Beine waren fast wie die eines Menschen geformt, verfügten jedoch über weitaus stärkere Oberschenkelmuskeln. Jeder Schritt zeichnete sich durch eine katzenhafte Eleganz aus. Die langen Füße mit den scharfen Krallen – Paris hatte schon vorher festgestellt, daß die Verunier fünf Zehen und fünf Finger mit davon abgesetzten Daumen besaßen – gaben bei einem Nahkampf sicher hervorragende Waffen ab. Eines stand fest: Wenn Kaavi aus irgendeinem Grund auf den Gedanken kam, ein Besatzungsmitglied der *Voyager* anzugreifen, so blieb dem Betreffenden kaum eine Chance. Sie konnte Kehle und Bauch aufschlitzen, bevor das Opfer Gelegenheit bekam, den Phaser zu ziehen.

Es war keine sehr angenehme Vorstellung, und Paris verdrängte sie rasch. Er ärgerte sich über das eigene Denken und Empfinden. Die Verunier hatten deutlich zu erkennen gegeben, daß sie der *Voyager* gegenüber freundliche Absichten verfolgten. Und wenn sie die Akerianer ›vom Himmel vertreiben‹ wollten ... Nun, nach dem, was die akerianischen Aggressoren mit ihrer Heimatwelt angestellt hatten, war das eigentlich kein Wunder.

Wenn ich den Veruniern weiterhin mit Argwohn begegne, so liegt das einzig und allein an meinen Vorurteilen, tadelte sich Paris. *Es gefällt mir einfach nicht, daß sie wie Eidechsen aussehen.*

Manchmal kam sich Paris ziemlich dumm vor. Wenn er doch nur imstande gewesen wäre, diese spezielle Art von Dummheit allein mit Willenskraft zu überwinden.

Der Weg war recht lang. Nata führte die Besucher mehrere Hügel hinauf und wieder hinunter, durch einen Dschungel, in dem es überall nach Fäulnis roch. Paris litt immer mehr unter der Hitze, und er hörte, daß auch seine Gefährten leise schnauften. Die Luft schien einfach nicht genug Sauerstoff zu enthalten: So schnell Paris auch atmete – er hatte ständig das Gefühl, langsam zu ersticken. Er sehnte sich nach einem großen Glas mit eisgekühltem Tee.

Die grauen Wolken verdichteten sich, und in der Ferne grollte Donner.

»Seit Jahrtausenden leben wir im Freien«, sagte Nata. »Es gab keinen Grund, der dagegen sprach. Die Überdachungen und Hütten, die Sie vorhin sahen, bauen wir aus dem Grubenschlamm. Unsere Körper sind sehr widerstandsfähig gegenüber der Hitze, und deshalb können wir den heißen Schlamm mit bloßen Händen in die gewünschte Form bringen.«

Der braune Stein war also gar kein ›Stein‹, sondern erstarrter, gehärteter Schlamm.

»Wie sorgen Sie dafür, daß der Schlamm so hart wird?« fragte Paris und wischte sich Schweiß von der Stirn.

Ohne sichtbare Mühe schob die Viha einen dicken Ast beiseite und hielt ihn fest, damit ihre Begleiter passieren konnten. Hinter Paris kehrte der Zweig mit lautem Rascheln in seine ursprüngliche Position zurück.

»Wir behandeln ihn mit verschiedenen Pflanzenölen«, erklärte Nata. Nach einigen Schritten fügte sie hinzu: »Wir sind da.«

Sie verließen den Dschungel und erreichten eine große Lichtung. Paris blinzelte überrascht. Hier, mitten im Nichts, ragte eine Insel aus Metall auf, wie etwas, das aus dem Boden wuchs. Auch hier gab es ein Dach aus dem gehärteten braunen Schlamm. Doch darunter blinkten Kontrollampen, und elektronische Geräte summten leise.

Paris nahm wieder den Tricorder zur Hand und begann mit einer Sondierung.

Hier wird's interessant, dachte er.

Das Donnern wiederholte sich, war jetzt nicht mehr so weit entfernt.

»Dies ist nicht unsere Technik«, sagte Anahu und kam damit einer Frage des Navigators zuvor. Die Stimme des so ruhig und sanft wirkenden verunischen Chefingenieurs gewann nun einen scharfen Klang. »Die Akerianer wollten jederzeit mit uns kommunizieren können und ständig wissen, was auf Veruna Vier geschieht – um uns besser unter Kontrolle zu halten. Von hier aus stellte die Viha zum erstenmal einen Kontakt mit Ihnen her.«

Paris dachte an die letzte Kom-Verbindung mit Nata. Er erinnerte sich an schmerzerfüllte Schreie, an Chaos, Blut und Tod. Er sah sich um und bemerkte einige dunkle Flecken auf dem festgetretenen Boden.

Er wollte eine entsprechende Frage stellen, doch Chakotay war schneller.

»Wo sind Ihre Verletzten, Viha?« erkundigte sich der Erste Offizier. »Vielleicht können wir ihnen helfen.«

Nata straffte ein wenig die Gestalt und kniff die

Augen zusammen. Doch ihre Stimme klang nicht unfreundlich, nur fest. »Unsere Toten und Verwundeten gehen allein uns etwas an, Commander. Ihre Hilfsbereitschaft weist auf Anteilnahme und Mitgefühl hin. Doch unser Schmerz, unser Leid ... Das ist nicht für die Augen von Fremden bestimmt, auch wenn sie es gut meinen.«

Fast wie ein Vogel neigte sie den Kopf zur Seite. »Ich hoffe, Sie nehmen mir das nicht übel.«

Chakotay schüttelte den Kopf. »Nein, keineswegs. Wie ich bereits sagte: Wir sind mit Ihrem Volk nicht vertraut. Bitte verzeihen Sie uns, wenn wir uns auf eine Weise verhalten, die Ihnen unpassend erscheint. Ich versichere Ihnen, daß unser Wunsch nur darin besteht, Ihnen zu helfen.« Er fing Kaavis Blick ein, und ein verstehendes Lächeln wuchs auf seinen Lippen. »Und zu lernen«, fügte er hinzu.

Paris klopfte auf seinen Insignienkommunikator. »Paris an Kim.«

»Hier Kim.«

»He, Sie scheinen ziemlich erledigt zu sein.« Kim klang müde, und Paris zweifelte nicht daran, daß der junge Fähnrich erschöpft war, physisch ebenso wie psychisch.

»Es ist mir schon besser gegangen. Worum geht's, Tom?«

Paris blinzelte und versuchte, den Dunst vor seinen Augen zu vertreiben. Er empfand es als sehr ermüdend, die heiße, feuchte Luft zu atmen. »Es gibt hier eine Anlage, die nicht von den Veruniern errichtet wurde, sondern von den Akerianern. Vielleicht sind Sie daran interessiert.«

»Und ob ich das bin!«

Paris lächelte unwillkürlich, als er die plötzliche Begeisterung in der Stimme des Fähnrichs hörte.

»Nehmen Sie Sondierungen vor und zeichnen Sie alles auf. Ich korreliere die Ergebnisse Ihrer Untersuchungen anschließend mit den bereits bekannten Daten.«

»Hat sich schon was ergeben?« fragte Paris.

»Nun… nichts Konkretes. Ich suche noch immer nach einem Schlüssel, der es mir erlaubt, den Informationsgehalt der transferierten Daten zu erkennen.«

Schweiß tropfte Paris ins Auge, brannte dort. Aus einem Reflex heraus hob Paris den Arm, um die salzige Nässe fortzuwischen, doch dadurch geriet ihm noch mehr ins Auge. Er blinzelte erneut und spürte die besorgten Blicke von Chakotay und Torres.

Er holte tief Luft. »Früher oder später haben Sie Erfolg, Kim. Es ist nur eine Frage der…«

Von einer Sekunde zur anderen verweigerte die Zunge den Gehorsam. Die Dunstschwaden vor Paris verdichteten sich, und vom Rand des Gesichtsfelds her wallte Dunkelheit heran. Die Beine schienen sich in Gummi zu verwandeln und lehnten es ab, auch weiterhin sein Gewicht zu tragen.

Bevor Tom Paris das Bewußtsein verlor, bemerkte er noch, wie schnell sich Kaavi bewegen konnte: Mit einem Satz war sie heran und fing ihn auf, bewahrte ihn damit vor einem Sturz.

Ein Injektor zischte, und unmittelbar darauf kam Paris wieder zu Bewußtsein. Er blinzelte benommen, sah Chakotays Gesicht und versuchte, süffisant zu lächeln. Allerdings: Beim Ersten Offizier nützte so etwas überhaupt nichts.

»Wie fühlen Sie sich?« fragte Chakotay besorgt.

»Haben Sie die Nummer des Wagens notiert, der mich überfahren hat?« fragte Paris.

Chakotay schmunzelte. »Das ist der Tom Paris, den wir kennen und lieben.« Er winkte mit dem leeren Injektor. »Ich habe auch Torres und mich selbst behandelt. Es liegt an der Hitze und hohen Luftfeuchtigkeit. Außerdem ist die Luft hier ziemlich dick. Wenn Sie die

Ambientenanzeigen Ihres Tricorders überprüfen, werden Sie feststellen, daß die Temperatur auf der Planetenoberfläche neunundvierzig Grad Celsius beträgt. Von uns dreien sind Sie am wenigsten an eine solche Hitze gewöhnt. Ich bin in einer sehr warmen Region aufgewachsen, und Torres' Biochemie unterscheidet sich von der unsrigen. Es müßte Ihnen gleich besser gehen.«

Das stimmte, wie Paris erstaunt feststellte. Selbst der pochende Schmerz zwischen seinen Schläfen ließ rasch nach.

Mit dieser Rekonvaleszenz einher ging eine neue Perspektive für die Umgebung. Die Temperatur schien jetzt nicht mehr annähernd so hoch zu sein wie vorher. Offenbar befanden sie sich *unter* der Oberfläche des Planeten, und sonderbarerweise stammte das Licht von Felsen.

Paris saß. Das Gestein unter ihm war kalt, doch im Rücken spürte er etwas Warmes. Er drehte sich halb um, und eine weitere Überraschung erwartete ihn: Kaavis muskulöser Leib stützte ihn.

Die Verunierin lächelte, schien nun zum erstenmal echte Zufriedenheit und Freude zu empfinden. Einen deutlichen Hinweis boten die dünnen Falten in ihren Augenwinkeln.

»Ich habe mir Sorgen um Sie gemacht, Par-is. Ihre rasche Erholung erleichtert mich.«

»Kaavi hat darauf bestanden, Sie bis hierher zu tragen«, sagte Chakotay. Seine Stimme klang wie die eines Lehrers, der einen Schüler tadelte.

Paris fragte sich, ob Janeway dem Ersten Offizier von seiner ursprünglichen Abneigung den Veruniern gegenüber erzählt hatte. Es sah ihr und Chakotay ganz ähnlich, ihm auf diese Weise eine Lektion zu erteilen.

»Äh, vielen Dank, Kaavi«, sagte er und wich von ihr fort. »Das war ... sehr nett von Ihnen.«

Die Verunierin hob und senkte die Schultern. »Ich

bin für Sie verantwortlich, während Sie hier sind. Also muß ich vermeiden, daß Ihnen etwas zustößt.«

Kaavi stand mit einer Geschmeidigkeit auf, die Paris angesichts ihrer Masse geradezu verblüffte. Er erhob sich ebenfalls, allerdings wesentlich vorsichtiger, da er seinem Körper noch nicht ganz vertraute.

Die Umgebung hatte sich verändert, und zwar gründlich.

Der Retransferbereich auf der Oberfläche ließ nur eine primitive Kultur vermuten, doch hier gab es unübersehbare Anzeichen für eine moderne, hochentwickelte Zivilisation.. Kühles Gestein wölbte sich über einer komplexen Anordnung aus Computern und anderen Geräten. Dutzende von Veruniern, die ähnliche Kleidung trugen wie Anahu und Kaavi, schritten zwischen den Konsolen hin und her. Die elektronischen Apparaturen erweckten den Eindruck, fast ebenso leistungsfähig zu sein wie die Technik der Föderation.

»Was ...«, begann Paris.

»Tom«, sagte Torres. Sie stützte die Hände an die Hüften, und ein selbstgefälliges Lächeln umspielte ihre Lippen. »Seien Sie still und drehen Sie sich um.«

Paris kam der Aufforderung nach.

»O mein Gott«, hauchte er. »Ein *tolles* Ding!«

Knapp acht Meter entfernt stand eins der anmutigsten kleinen Raumschiffe, die Paris jemals gesehen hatte. Es ruhte auf einer erhöhten Plattform, so daß verunische Ingenieure und Techniker die Unterseite erreichen konnten. Die Außenhülle schimmerte und glänzte. In diesem Fall deutete nichts auf irgendwelche Improvisationen bei der Konstruktion hin. Das Schiff war nicht nur liebevoll gebaut, sondern auch liebevoll geplant und entworfen. Es mochte ein wenig größer sein als ein gewöhnliches Föderationsshuttle und erinnerte Paris an einen Falken. Flügelartige Ausläufer neigten sich erst nach vorn und dann nach hinten. Hinzu kam ein Bug, der den verunischen Hälsen nachempfunden zu sein schien. Derzeit arbeiteten drei Mechaniker an dem kleinen Raumer. Sie hielten seltsam aussehende Werkzeuge in ihren gefährlich wirkenden Klauenhänden und verwendeten sie mit dem lässigen Geschick erfahrener Chirurgen.

Alles in Paris drängte danach, das Schiff zu betreten, es zu *fühlen* und festzustellen, was es im Weltraum leisten konnte. Langsam näherte er sich ihm, und sein sehnsüchtiger Blick trank alle Details. Irgendwo in ihm regte sich der Gedanke, daß die so arg bedrängten Verunier vielleicht doch noch eine Chance hatten.

»Ich führe Sie gleich an Bord der *Überzeugung*. Haben Sie ein wenig Geduld!« Ein Lächeln erklang in Kaavis Stimme. Paris drehte den Kopf und sah neuerliche Falten in den Augenwinkeln der verunischen Pilotin. Seine Reaktion amüsierte sie. »Zuerst müssen noch einige Dinge erklärt werden.«

»Na schön«, erwiderte er widerstrebend und wußte, daß sein Tonfall Ungeduld verriet. Die drei Verunier wechselten einen Blick mit den anderen Besuchern, und Paris brauchte sich nicht umzudrehen, um zu wissen, daß Chakotay und Torres lächelten.

Zusammen mit den anderen begleitete er Anahu, der sofort in die Rolle des Anführers schlüpfte und dabei ein Selbstbewußtsein offenbarte, das Paris überraschte. Immerhin hatte er auf der Oberfläche des Planeten fast unterwürfig gewirkt.

»Mehrere tausend Jahre lang blieb die von den Ahnen stammende Technik so gut wie vergessen«, begann Anahu. »Wir brauchten sie einfach nicht. Veruna Vier bot uns Lebensraum, Nahrung, Schönheit und die Gelegenheit, Kunst zu schaffen. Doch als wir begriffen, daß wir uns gegen die Akerianer zur Wehr setzen mußten, erinnerten sich die Ältesten an diese Orte.«

»Sie *erinnerten* sich daran?« wiederholte Chakotay. »Wie meinen Sie das?«

»Mündliche Überlieferungen spielen bei uns eine

große Rolle«, erläuterte Nata. »Natürlich haben wir eine Schriftsprache, aber historische Aufzeichnungen liegen vor allem in Form von Geschichten vor, die weitererzählt werden, über Jahrhunderte hinweg. In jenen Geschichten suchten wir nach Wahrheiten, die das Gewand von Legenden trugen.«

»Ich würde sie mir gern anhören, Nata«, sagte Chakotay.

Die Viha lächelte. »Sie können sich so viele Geschichten anhören, wie Ihre Ohren ertragen, mein Freund.«

»Ich habe einige Sondierungen vorgenommen«, verkündete Torres. »Im Felsgestein von Veruna Vier gibt es Spurenelemente, die unsere Sensoren blockieren. Deshalb orteten wir keine Hinweise auf diese hochentwickelte Technik.«

»Die Akerianer wissen nicht, daß uns ein solches Potential zur Verfügung steht«, sagte Nata. »Diesem Punkt kommt besondere Bedeutung zu. Der Feind sieht nur das, was wir ihm zeigen: das einfache Leben eines einfachen Volkes. Selbst heute sah er nur ein Schiff, das eine Kombination verschiedener Technologien darstellte. Noch sind die Wächterschiffe nicht voll einsatzfähig.«

Bei den letzten Worten deutete die Viha zur *Überzeugung*.

»Anahu, Sie und Kaavi scheinen sich hier unten wohler zu fühlen als oben«, sagte Chakotay. »Lehnen Sie das einfache Leben auf der Planetenoberfläche ab?«

»Ganz und gar nicht«, erwiderte Anahu. Er trat zu einem großen Aggregat, das an der Höhlenwand mehrere Meter weit aufragte. »Wir bemühen uns hier unten, die Technik der Vergangenheit neu zu entdecken, um jene Lebensart zu erhalten. Kaavi und ich hatten Eltern, die an diesem Ort forschten. Sie lehrten uns, den Umgang mit Metall zu mögen und Technisches zu verstehen. Auf die gleiche Weise brachte die

Viha ihren Kindern bei, den Duft der *Ichaki*-Blume zu lieben und die Jahreszeiten zu verstehen. Wie dem auch sei: Ich fürchte, daß die Zeit zu knapp wird.«

Die langen Klauenfinger des Echsenwesens huschten über die Tasten eines Computers. Ein breiter, auf Augenhöhe der Verunier angebrachter Bildschirm erhellte sich.

Paris neigte den Kopf nach hinten und trat einen Schritt zurück, um die Darstellung im großen Projektionsfeld besser zu sehen.

Ein kompliziertes Muster aus Grafiken und Diagrammen erschien auf dem großen Schirm.

»Wir haben die Auswirkungen des Sonnenfressers auf unseren Planeten analysiert.« Mit einer langen Klaue deutete Anahu auf verschiedene Bereiche des Bildschirms. »Es würde eine volle Periode dauern, die Formeln zu erklären, und deshalb möchte ich alles zusammenfassen. Während vieler Perioden haben wir die Blitzaktivität aufgezeichnet und als Basis benutzt, um den Temperaturanstieg überall auf dem Planeten zu berechnen.«

»Blitze?« fragte Torres und richtete einen verwunderten Blick auf den großen Verunier.

Paris war dankbar dafür, daß die Frage von der klingonischen Chefingenieurin stammte. Er wollte sich an diesem Tag nicht noch einmal blamieren.

»Blitze weisen eine Resonanz mit der gleichbleibenden Frequenz von acht Perioden pro Minute auf«, sagte Anahu. »Mit genügend Daten kann man auf dieser Grundlage den globalen Temperaturanstieg ermitteln.«

Er ließ den Kopf ein wenig hängen, wie unter dem Gewicht des Wissens.

»Während der letzten hundertfünfzig Perioden – solange nehmen wir Messungen vor – ist die Temperatur ständig gestiegen. Sie haben den dadurch bewirkten Geruch des Todes wahrgenommen. Bald kann auf Veruna Vier nichts mehr leben.«

»Der Meeresspiegel ist angestiegen«, fuhr Nata fort und sprach dabei in einem sonderbaren Singsang, den Paris schon mehrmals gehört hatte. »Ozeane verschlingen das Land. Vögel fallen vom Himmel. Früchte verfaulen an Ästen und Zweigen. Kinder sterben in den Brutgruben, noch bevor sie zum erstenmal atmen. Wolken verhüllen den Schein der sterbenden Sonne; Blitz und Donner sind unsere ständigen Begleiter.« Nata hob nun die Stimme, gab ihr einen zornigen Klang. »Und das alles verdanken wir den Akerianern.«

»Da können Sie nicht sicher sein«, sagte Chakotay.

Die Viha wandte sich ihm ruckartig zu, und in ihren gelben Augen irrlichterte es.

»Bis vor dreihundert Perioden gab es keinen Kummer an unserem Himmel«, stieß sie hervor. »Ich weiß nicht, was die Akerianer angestellt haben – vielleicht werden wir es nie erfahren. Aber eines steht fest: Sie begingen ein schreckliches Verbrechen. Verstehen Sie denn nicht den von ihnen verübten Frevel, Commander? Der Feind hat unsere Sonne *ermordet!*«

8

Erneut lag Janeway wach im Bett ihres Quartiers. Doch diesmal dachte sie nicht an den siebzigtausend Lichtjahre entfernten Mark und ihren Hund Molly Malone, sondern an das akerianische Schiff und die stummen Toten an Bord, an die Tränen der Viha und die von den Veruniern ›Sonnenfresser‹ genannte Konkavität.

Als Harry Kims Stimme aus dem Interkom-Lautsprecher tönte, gab Janeway sofort Antwort, und ihre Stimme klang hellwach.

»Hier Janeway.«

»Ich glaube, ich habe wichtige Informationen für Sie, Captain.«

»Sind Sie noch nicht im Bett gewesen, Mr. Kim?«

»Äh ... nein, Sir. Ma'am. Captain.« Und nach einer verlegenen Pause: »Ich war einfach zu neugierig.«

»Verstehe.« Janeway lächelte. »Nun, was möchten Sie mir mitteilen?«

Wieder ein kurzes Zögern. »Sie sollten es sich nicht nur anhören, sondern auch ansehen.«

»Na schön. Wecken Sie Lieutenant Tuvok. In zehn Minuten erwarte ich Sie beide im Bereitschaftsraum.«

»Aye, Captain.« Eifer vibrierte in jedem einzelnen Wort des jungen Mannes. Eines stand fest: Er hatte irgend etwas Wichtiges entdeckt.

Sieben Minuten später betrat Janeway ihren Bereitschaftsraum und stellte fest, daß Kim und Tuvok bereits anwesend waren. Der Fähnrich hatte zugegeben, auf eine Ruhepause verzichtet zu haben, und vermutlich galt das auch für den Vulkanier.

»Schlafen Sie eigentlich nie?« fragte sie mit sanftem Tadel.

Tuvoks Antwort bestand aus einer gewölbten Braue.

Kim konnte sich nicht mehr beherrschen. »Während der letzten Stunden habe ich den gesamten transferierten Datenbestand untersucht. Er betrifft historische Informationen, persönliche Logbücher und vieles andere mehr.« Aufregung glühte im Gesicht des jungen Mannes. »Was die Akerianer herausgefunden und angestellt haben ...«

Janeway hob die Hand zu einer beruhigenden Geste. »Immer mit der Ruhe.«

Kim errötete. »Entschuldigung. Ich habe versucht, die Daten zu ordnen, ihnen eine verständliche Struktur zu geben. Wenn ich fortfahren darf, Captain ...«

»Ich bitte darum.« Janeway fühlte sich vom Enthusiasmus des jungen Mannes angesteckt, als sie Platz nahm und sich zum Bildschirm in der Tischmitte vorbeugte.

Er zeigte die grafische Darstellung von zwei Sonnensystemen. Kim kommentierte die Projektionen, und gelegentlich deutete er auf bestimmte Stellen des Schirms.

»Dies ist das verunische System«, sagte er und zeigte zur linken oberen Ecke des Projektionsfelds. »Das ist die Sonne. Hier haben wir das akerianische System.« Der Finger wanderte zur rechten oberen Ecke. »Dort gibt es nur einen Planeten der Klasse M, und er heißt Akeras.«

Er aktivierte die Zoomfunktion, wodurch das akerianische System anschwoll. »Soweit ich das feststellen konnte, ist der Boden auf Akeras nicht sehr fruchtbar. Gelinde gesagt. Die meisten akerianischen Regionen sind öde Wüsten, und die Bewohner des Planeten haben sich diesen besonderen Umweltbedingungen angepaßt. Vor etwa zweitausend Jahren entwickelten sie die überlichtschnelle Raumfahrt und Deflektortechnik, wodurch sie den Grundstein für das akerianische Sternenreich legten.« Kim deutete auf das Sonnensystem direkt unter dem Heimatsystem der Akerianer. »Sie brachten diese sechs Welten unter ihre Kontrolle. Eigentlich war die technologische Evolution bei den Akerianern damals noch nicht sehr weit fortgeschrittenen, aber auf jenen Planeten gab es vergleichsweise primitive Kulturen, die leicht erobert werden konnten.«

Kim straffte die Schultern.

»Eine direkte Konsequenz dieser Entwicklung bestand darin, daß der Einfluß des Militärs immer mehr wuchs. Inzwischen dominiert es die gesamte akerianische Gesellschaft.«

»Was Sie zum Anlaß nehmen sollten, den akerianischen Daten kein uneingeschränktes Vertrauen zu schenken«, meinte Tuvok. »Eine menschliche Redensart weist doch darauf hin, daß der Sieger die Geschichte schreibt, nicht wahr?«

»In der Tat, Mr. Tuvok«, bestätigte Janeway. »Und wenn es sich dabei auch noch um das Militär handelt, so kommt es bei der Geschichtsschreibung manchmal zu ausgeprägter Zensur. Denken Sie daran, Mr. Kim.«

Der Fähnrich nickte, wodurch ihm eine Strähne des pechschwarzen Haars in die Stirn rutschte. Er strich sie zurück, berührte eine Schaltfläche seines Datenblocks und veränderte dadurch die Darstellung des Bildschirms.

»Auch das hier stammt aus den Datenbeständen der Akerianer«, fuhr Kim fort. »Eine Karte des akerianischen stellaren Territoriums. Und hier sind wir, direkt neben dem Sonnenfresser. Und *jetzt* wird's aufregend.«

Kim holte tief Luft.

»Bis zu diesem Punkt war die akerianische Entwicklung keineswegs ungewöhnlich. Uns sind Hunderte von Beispielen für solche Kulturen bekannt. Doch als die Akerianer das verunische Sonnensystem erreichten, fanden sie dort die Konkavität. Sie beschlossen, das Phänomen zu erforschen und festzustellen, was sich darin befindet.«

»Ein Wurmloch?« fragte Janeway hoffnungsvoll.

Diese beiden Worte dämpften Kims Begeisterung, und er schüttelte den Kopf. »Tut mir leid, Captain. Wir können noch immer nicht mit Bestimmtheit sagen, ob die Anomalie ein Wurmloch enthält oder nicht. Vielleicht sind die Akerianer gar nicht imstande, eines zu erkennen. Oder sie haben es passiert, ohne sich dessen bewußt zu sein. Vergessen Sie nicht, daß wir hier von einem recht niedrigen technologischen Niveau sprechen.«

»Das gilt für damals«, sagte Janeway. »Inzwischen dürften die Akerianer viel hinzugelernt haben, oder?« Ärger zitterte tief in ihr. Sie wollte endlich Gewißheit. Gab es ein Wurmloch in der Konkavität, oder gab es keins?

»Das stimmt vermutlich. Aber wie dem auch sei, Captain: An einem Wurmloch sind die Akerianer gar nicht interessiert. Sie haben alles, was sie brauchen. In der Anomalie fanden sie etwas, das für sie ebenso wichtig ist wie der verlorene Kontinent Atlantis, die Ruinen des alten Ägypten und die vergessene Zivilisation von Namaris Zwei zusammen genommen. Sehen Sie sich *das* hier an.«

Kim lächelte triumphierend und ließ ein anderes Bild auf dem Schirm erscheinen. Janeway erkannte die verzerrte Darstellung des Planeten in der Anomalie wieder, den sie zum erstenmal während der Besprechung im Konferenzzimmer gesehen hatte.

»Das ist bereits bekannt«, sagte sie.

Kim betätigte weitere Schaltflächen. »Ich habe den Computer angewiesen, die Verzerrungen zu neutralisieren und das Bild mit den neuen Daten zu vervollständigen. Dies ist das Ergebnis.«

Störende Streifenmuster verschwanden, und Janeway bemerkte die dunklen Reste einer uralten Zivilisation. Sie war keine Archäologin, aber ihr wurde auf den ersten Blick klar, daß sich einige der Gebäude durch eine einzigartige Schönheit auszeichneten.

Kurz darauf drehte sich die Welt, und Janeways Blick fiel auf die Überbleibsel alter Raumschiffe.

»Und so hat es aller Wahrscheinlichkeit nach früher ausgesehen«, meinte Kim.

Plötzlich wurde aus dem toten Planeten ein lebendiger. Gewaltige, sehr komplex wirkende, glänzende Städte reckten sich dem Himmel entgegen. Anmutige Raumschiffe schwebten hier und dort. Zweibeinige, humanoide Geschöpfe schritten umher, wirkten friedlich und voller Harmonie.

»Geschätzter technologischer Entwicklungsstand?« fragte Janeway.

»In einigen Bereichen höher als unserer«, erwiderte Kim. »Es handelte sich um ein bemerkenswert hochentwickeltes Volk.«

»Aber … Wieso befindet sich der Planet im Sonnenfresser? Was geschah mit jenen Wesen?« Janeway beugte sich erneut vor. Sie wußte natürlich, daß die Bilder nur Kims Vermutungen entsprachen, aber ihre Schönheit übte trotzdem einen nachhaltigen Eindruck auf sie aus.

»Das wissen die Akerianer nicht. Ich konnte den Daten, die sie über jene Fremden gesammelt haben, sogar mehr Informationen entnehmen als sie selbst. Wie dem auch sei, Captain … Stellen Sie sich einmal vor, was es für uns bedeutet hätte, kurz nach der Entwicklung überlichtschneller Raumfahrt auf so etwas zu stoßen.«

Janeway nickte langsam. »Ja, ich verstehe, was Sie meinen. Die Akerianer müssen ebenso verblüfft gewesen sein wie … wie ein mittelalterlicher Leibeigener, der plötzlich vor einem Raumschiff steht. Ihnen boten sich enorme Möglichkeiten.«

»Insbesondere dem Militär«, warf Tuvok ein. Das Gesicht des Vulkaniers blieb ausdruckslos, doch seine Stimme verriet einen Hauch Aufregung.

»Ja!« bestätigte Kim sofort. »Das Militär konzentrierte seine ganzen Anstrengungen auf das Bemühen, mehr über die alte Zivilisation herauszufinden. Die Konkavität wurde zum Herzen des Reiches. Ich kann nicht alle Details nennen – sonst säßen wir in einigen Jahren noch hier –, aber eines scheint klar zu sein: Durch die Untersuchungen der Ruinen lernten die Akerianer eine Menge über Gravitation.«

»Und sie verwendeten diese Kenntnisse für die Konstruktion einer Gravitationswaffe«, meinte Tuvok.

»Was durchaus einen Sinn ergibt«, sagte Janeway, die nun ebenfalls verstand. »Ihre Untersuchungen finden in einem tiefen Gravitationsschacht statt. Je mehr sie lernen, die G-Kräfte zu manipulieren und zu beherrschen, um so mehr können sie über die fremde Zivilisation herausfinden. Das eine fördert das andere.«

»Ein großer Teil der Technik, die wir an Bord des akerianischen Kreuzers sahen, wurde direkt von dem Planeten in der Anomalie gestohlen. Sehen Sie.« Kims Finger huschten über die Schaltelemente, und die Abbildung einer Blaupause erschien auf dem Schirm. »Das hier stammt vom Planeten. Passen Sie auf.« Der Fähnrich blendete den Konstruktionsplan des Raumschiffes ein, und es waren nur wenige Abweichungen zu erkennen.

»Der einzige Unterschied ist die Anordnung des Waffensystems, was jedoch nichts an seiner Funktion ändert. Die Akerianer bevorzugen eine andere Struktur.« Er deutete auf die Darstellung der Gravitongeneratoren, die Janeway auf der Brücke der *Eroberung* gesehen hatte. »Die ursprünglichen Bewohner des Planeten ordneten ihre Waffen in einem Halbkreis an. Die Akerianer wählten ein Quadrat.«

»Faszinierend«, kommentierte Tuvok.

Kim gestattete sich ein zufriedenes Lächeln. Er bekam nicht oft die Chance, seine Vorgesetzten zu beeindrucken. Janeway nickte zustimmend und forderte ihn mit einer knappen Geste auf, seinen Vortrag fortzusetzen.

»Nun, Ausgrabungsarbeiten an einem Ort, der so großen Gravitationskräften ausgesetzt ist, bringen natürlich erhebliche Gefahren mit sich. Die Akerianer stellten fest, daß es auf dem vierten Planeten im verunischen System Bewohner gibt – intelligente, zweibeinige und sehr kräftige Bewohner.«

Einmal mehr berührte Kim ein Schaltfeld, und das von den Verzerrungen befreite Bild des Planeten kehrte ins Projektionsfeld zurück. Diesmal richtete der Fähnrich den Zoom auf einen Bereich, den er zuvor als Sklavenquartier identifiziert hatte. Janeway sah Verunier, die akerianische Versionen von Schutzanzügen trugen, langsame und mühsame Arbeit mit schwerem Gerät leisteten.

»Die Sklaven«, sagte sie leise. Kim nickte.

»Sie waren und sind perfekt.« Die Züge des jungen Mannes verhärteten sich, und seine Stimme klang gepreßt, als er fortfuhr: »In einem seiner persönlichen Logbucheinträge schwärmt der Captain davon, wie lange die verunischen Zwangsarbeiter durchhalten: einige Monate, manchmal bis zu einem Jahr. Man braucht keine Rücksicht auf sie zu nehmen, denn sie sind leicht zu ersetzen.«

Janeway seufzte tief. »Es wäre schön, wenn solche Einstellungen auf unsere Spezies beschränkt blieben. Leider sind sie weiter verbreitet, als der Idealistin in mir lieb ist.«

»Vor etwa dreihundert Jahren geschah etwas Schreckliches«, sagte Kim. Das Sklavenquartier verschwand vom Schirm und wich der Konkavität. »Ich habe einige digitale Bilder aus dem akerianischen Computer sortiert und in die richtige chronologische Reihenfolge gebracht. Sie vermitteln einen Eindruck von dem Zwischenfall.«

Janeway fixierte ihren Blick auf den Bildschirm und betrachtete die von den Veruniern Sonnenfresser genannte Konkavität. Sie veränderte sich, wurde erst länger und dann breiter, wies Fluktuationen auf, wie man sie bei einer solchen Anomalie erwarten durfte. Eine Zeitlang schien nichts weiter zu passieren, und dann …

Janeway riß die Augen auf.

»Lieber Himmel!« brachte sie hervor. »Die Konkavität schrumpft!«

»Genau.« Kim zeigte weitere Bilder, und jedes von ihnen zeigte eine kleinere Anomalie. »Die Konkavität existierte viele Jahrtausende lang, ohne irgendeinen Schaden im verunischen Sonnensystem anzurichten. Und dann begann sie sich zu schließen.« Er sah auf. »Das konnten die Akerianer nicht zulassen. Der Planet war zum Grundstein ihres Reiches geworden, zur größten Informationsquelle überhaupt. Er durfte nicht einfach verschwinden.«

»Also suchten sie nach einer Möglichkeit, die Konkavität auch weiterhin offen zu halten.« Janeways Haltung deutete auf große Anspannung hin. Sie konnte nicht länger stillsitzen, stand auf und wanderte umher. Ihre Gedanken rasten. »Sie haben recht, Fähnrich. Jetzt ist auch mir klar: Der Wasserstoffverlust des verunischen Zentralgestirns muß ganz bewußt herbeigeführt worden sein. Bis vor dreihundert Jahren existierte keine Materiebrücke zwischen Sonne und Anomalie, doch dann verwandelte sich die Konkavität in den Sonnenfresser. Zeigen Sie uns noch einmal die früheren Bilder, Mr. Kim.«

Erneut wechselte die Darstellung des Bildschirms, und Janeway klopfte mit der Faust auf den Tisch. »Na bitte. Sehen Sie sich den Bereich zwischen Sonne und Anomalie an. Nichts deutet auf einen Wasserstoffverlust hin.«

»Diese neue Information hilft uns dabei, einige Rätsel in diesem Sonnensystem zu lösen, Captain«, sagte Tuvok. »Sie erinnern sich bestimmt: Als wir das System erreichten, erschienen uns einige Dinge absurd und unerklärlich.«

Janeway nickte. »Jetzt wissen wir, wie eine erst vier Milliarden Jahre alte Sonne bereits zu einem roten Riesen geworden ist.«

»Vier Komma zwei Milliarden Jahre«, korrigierte Tuvok ruhig. »Außerdem haben wir nun eine Antwort auf die Frage, wie es möglich ist, daß die Konkavität über fünf Billionen Kilometer hinweg Wasserstoff aus der Sonne des Veruna-Systems zieht.«

Janeway erinnerte sich an ihre enttäuschte und auch frustrierte Zusammenfassung kurz nach der ersten Konfrontation mit den Geheimnissen des verunischen Sonnensystems. *Wir haben einen roten Riesen, der nur durch beschleunigtes Altern zu einem roten Riesen wurde und sich eigentlich in einer früheren Phase seines stellaren Lebens befinden müßte. Wir haben eine Konkavität, deren Schwerkraft bemerkenswert gering ist, wenn man sie in bezug zur Größe der Anomalie setzt. Und wir haben Wasserstoff, der in unerklärlich großen Mengen über eine unerklärlich große Entfernung angezogen wird. Stimmt das soweit, Tuvok?*

Antworten. Darauf kam es an. Und zwei der drei Rätsel waren inzwischen gelöst. »Konnten Sie herausfinden, wie die Akerianer dabei vorgingen, Mr. Kim?«

Der junge Fähnrich nickte. »Das fiel mir nicht weiter schwer, denn es wurden entsprechende Aufzeichnungen angefertigt – für die Nachwelt.«

Kims Tonfall wies deutlich darauf hin, was er davon hielt, und Janeway konnte es ihm nicht verdenken. Die Akerianer sahen in dem Töten von Veruniern eine großartige Leistung, ein Verdienst, das den Ruhm des akerianischen Reiches mehrte. Deshalb hatten sie sich diesen Triumph bewahren wollen, um die Nachkommen daran teilhaben zu lassen. Der Umstand, daß dadurch zwei Milliarden Unschuldigen sowie zahllosen Pflanzen- und Tierspezies der Tod drohte, schien sie überhaupt nicht zu belasten. Janeway dachte in diesem Zusammenhang an die alten terranischen Filme über Hitler, an die Bio-Aufzeichnungen der Todeslager auf den Zwillingsmonden von Kamarika. Auf der einen Seite Schrecken und Grauen, auf der anderen Dummheit, Arroganz und Anmaßung.

Traurig schüttelte sie den Kopf. »Sehen wir uns die Sache an, Mr. Kim.«

Janeway wußte, daß sie keine Bilder von Sterbenden und Toten erwarteten – im Gegensatz zu den audiovisuellen Berichten über Konzentrationslager auf der Erde und anderen Planeten. In diesem Fall ging es nur um Aufnahmen, die den Weltraum zeigten. Das Unheil kam erst später. Trotzdem spürte sie, wie sich in ihrem Innern etwas versteifte. Es gelang ihr nie, solchen Dingen gegenüber neutral und unbeteiligt zu bleiben.

Ein Gesicht erschien nun auf dem Bildschirm, besser gesagt: eine Maske. Janeway fühlte sich sofort an Linneas erinnert. Helm und gepanzerte Kleidung schienen bei den Akerianern zu einer Tradition zu gehören, die sich während der letzten drei Jahrhunderte nicht verändert hatte.

»Ich grüße Sie, hochverehrter Kaiser Iphus, und ich grüße auch das Volk von Akeras. Ich bin Telarac, Erster Krieger des Reichsexplorationskorps und Kommandant des stolzen Schiffes *Herrschaft*. Wie Sie zweifellos wissen, konnten wir unserer geliebten Heimatwelt vor allem deshalb Frieden und Harmonie bringen, weil wir umfassendes Wissen auf einem Planeten entdeckten, den wir *Segen* nennen. Der Zugang zu jener Welt drohte sich zu schließen, doch unsere genialen Wissenschaftler fanden einen Weg, ihn weiterhin geöffnet zu halten, auf daß wir damit fortfahren können, das Wissen von Segen zu nutzen. Ich zeige Ihnen nun eine visuelle Aufzeichnung, die einen der stolzesten Momente in der akerianischen Geschichte dokumentiert.«

Einen der stolzesten Momente in der akerianischen Geschichte, wiederholte Janeway in Gedanken, und Betroffenheit erfaßte sie.

Telarac setzte den Bericht fort, aber die Kommandantin der *Voyager* hörte nur noch mit halbem Ohr hin. Sie interessierte sich weder für die Bezeichnungen der Schiffe, die am »historischen Triumph« beteiligt gewesen waren, noch für die Namen der betreffenden Kommandanten. Was sie in Erfahrung bringen mußte, teilten ihr allein die Augen mit.

Die ganze Sache war so einfach und logisch, daß sich Janeway fragte, warum sie nicht sofort daran gedacht hatten. Der Angriff durch die Kapseln der *Sieg* bot einen klaren Hinweis.

Vier akerianische Schiffe flogen in perfekter Formation zur verunischen Sonne und begannen dort mit einem vertrauten Manöver. Jeder Raumer setzte seine Generatoren ein, und energetische Brücken entstanden, als der Abstand zwischen den Schiffen schrumpfte.

»Gravitonstrahlen«, sagte Janeway leise. »Sie schicken sich an, eine Gravitonverbindung zu schaffen!«

Die akerianischen Kreuzer verhielten sich genau wie die sechs Kapseln bei ihrem Angriff auf die *Voyager*. Sie vereinten die von den Generatoren geschaffenen Gravitationswellen. Anschließend bewegten sie sich wie die Tänzer eines teuflischen Balletts und glitten der verunischen Sonne entgegen. Im Hintergrund gähnte die Öffnung der Konkavität, ein dunkles Loch zwischen den Sternen.

Dann geschah es.

Der von den vier Schiffen erzeugte Gravitationsstrudel ging weit über das hinaus, was ein einzelner Raumer zu leisten vermochte. Die Akerianer richteten den konzentrierten Gravitonstrahl auf die Sonne, wobei sie darauf achteten, daß er nicht bis zu ihrer Oberfläche hinabreichte, sondern allein die Photosphäre durchdrang. Janeway fühlte sich an einen Stein erinnert, der – geschickt geworfen – mehrmals von der glatten Wasseroberfläche abprallte. Energie sammelte sich vor dem Strahl, wurde von ihm fortgedrängt und dabei gewissermaßen zusammengepreßt.

Janeway hielt unwillkürlich den Atem an, als ein Strom aus loderndem Wasserstoff zur Konkavität raste.

»Der Strahl saugt die Energie ab«, brachte sie hervor. »Es ist das gleiche Prinzip wie bei Wasser, das durch einen Schlauch gesaugt wird.«

»Und inzwischen geschieht das schon seit dreihundert Jahren«, fügte Kim hinzu.

»Eine außerordentliche wissenschaftliche Leistung«, kommentierte Tuvok, und in seiner Stimme ließ sich eine gewisse Anerkennung vernehmen. Janeway kannte ihn gut genug, um zu wissen, daß er die von den Akerianern ergriffene Maßnahme keineswegs befürwortete – er meinte allein den »technischen« Aspekt.

Kim hingegen richtete einen schockierten Blick auf den Vulkanier.

»Bei allem Respekt, Lieutenant Tuvok ... Darf ich Sie daran erinnern, daß die ›außerordentliche wissenschaftliche Leistung‹ Abermillionen von Veruniern und viele andere Lebensformen umbringt?«

Tuvok musterte den jungen Mann ruhig und öffnete den Mund, um zu antworten, doch Janeway kam ihm zuvor.

»Sie haben ausgezeichnete Arbeit geleistet, Mr. Kim«, sagte sie. »In meinem nächsten Logbucheintrag werde ich ausdrücklich darauf hinweisen. Ich schlage vor, Sie transferieren alle Daten über die akerianischen Waffensysteme in unseren Computer und sorgen dafür, daß sich die taktischen Spezialisten damit befassen. Gibt es sonst noch etwas, das ich wissen sollte?«

»Nun…« Kim zögerte kurz. »Ich weiß nicht, wie es Ihnen geht, aber ich wurde neugierig und habe mich gefragt, wie die Akerianer aussehen. Allem Anschein nach nehmen die Krieger ihre Masken nur ab, wenn sie allein sind, und über Individuen, die nicht zum akerianischen Militär gehören, gibt es kaum Informationen. Doch einmal vergaß ein Captain, die visuelle Logbuch-Aufzeichnung zu deaktivieren, bevor er sich von seiner Maske trennte.«

Kim beugte sich vor und berührte eine Schaltfläche. »Das finden Sie bestimmt sehr interessant.«

Nelek erschien auf dem Bildschirm und faßte die Ereignisse eines eher langweiligen Tages zusammen. Anschließend saß er einige Sekunden lang still im Sessel, seufzte und griff dann nach einem kleinen Instrument. Als er es an die Kehle hielt, glühte ein Display, und unmittelbar darauf ertönte ein Klicken.

Der Akerianer neigte den Kopf nach links, hob die Hände, löste die Maske und nahm sie ab.

»Na, das ist wirklich eine Überraschung«, sagte Janeway verblüfft.

9

Dem Ersten Offizier Chakotay gefiel der Aufenthalt in den kühlen Gewölben unter der heißen Oberfläche des sterbenden Planeten. Hier gab es nichts, das auf nahen Tod hinwies. An den Felsen wuchsen Flechten, deren natürliche Leuchtkraft sich der künstlichen Beleuchtung hinzugesellte. Die in den Höhlen arbeitenden Verunier wirkten sehr aufmerksam, zeichneten sich durch ein hohes Maß an Enthusiasmus und Engagement aus. Mehr als dreißig Techniker eilten hin und her, gingen ihren Pflichten mit großer Zielstrebigkeit nach. Sie hatten etwas, das ihren Artgenossen an der Oberfläche fehlte: Hoffnung. Vielleicht konnten sie einen entscheidenden Beitrag leisten, doch noch den Sieg über die Akerianer zu erringen.

Vielleicht. Gewißheit gab es natürlich nicht. Was bedeutete, daß selbst hier die Verzweiflung nicht völlig überwunden war, nur verdrängt. Anahu gelang es offenbar, nicht ständig daran zu denken, daß seiner Heimatwelt kaum mehr als fünfundzwanzig Jahre blieben. Bei Kaavi hingegen führte diese Erkenntnis immer wieder zu Verbitterung und sogar zu Anflügen von Feindseligkeit. Und die Viha Nata? Wie paßte sie ins Bild? Chakotay nahm sich vor, bald mit ihr zu reden.

Doch zuerst stand Schlafen auf dem Programm. Aufgrund der Hitze waren die Besucher von der *Voyager* erschöpft. Chakotay ordnete eine fünfstündige Ruhepause an, und trotz der Aufregungen schliefen sie alle schon nach kurzer Zeit ein.

Anschließend setzten sie die Arbeit fort.

Chakotay ging nun die Rampe hoch, die ins Innere der *Überzeugung* führte. Das schnittige kleine Raumschiff bot nicht viel Platz. Weiter hinten machte sich Tom Paris mit allen technischen Einzelheiten vertraut. Kaavi erklärte ihm das eine oder andere Detail, und in ihren Augen glühte unübersehbare Begeisterung.

Chakotays wandte seine Aufmerksamkeit Torres zu, die gerade auf dem Rücken lag und eine Konsole der *Überzeugung* untersuchte.

»Sie sehen aus wie ein Mechaniker des terranischen zwanzigsten Jahrhunderts«, meinte er.

Die Klingonin rutschte ein wenig zur Seite, sah zu dem Indianer auf und erwiderte das Lächeln. »Ich fühle mich auch fast wie einer«, sagte sie und winkte mit einem von Anahu stammenden Werkzeug.

Das Schmunzeln verschwand von Chakotays Lippen. »Sind die Schiffe so primitiv?« fragte er, und Enttäuschung wuchs in ihm. Die *Überzeugung* strahlte eine solche Eleganz aus, daß er angenommen hatte, in ihrem Innern sei alles hochmodern.

Torres schüttelte den Kopf. »Nein, keineswegs. Aber sie sind alt, Chakotay. *Uralt*. Wir sprechen hier von Jahrtausenden, nicht nur von Jahrhunderten.« Ihre Stimme klang nun gedämpft, fast ehrfürchtig, und Chakotay verstand den Grund dafür. Mit neuem Respekt sah er sich um.

»Von Anahu weiß ich, daß es noch fünf andere Schiffe wie die *Überzeugung* gibt, in anderen, ähnlich beschaffenen Höhlen. Weitere verunische Techniker sind damit beschäftigt, sie raumtüchtig zu machen. Aber das nimmt viel Zeit in Anspruch, und …«

»Und Zeit haben die Verunier nicht.«

Torres nickte ernst. Trotz der relativ niedrigen Temperatur glänzte ein Schweißfilm auf den Knochenwülsten ihrer Stirn. »Die Verunier müssen noch einmal lernen, mit dieser Technik umzugehen.«

Chakotay ging neben der Chefingenieurin in die

Hocke, um das Gespräch vertraulicher zu gestalten. Ein Teil von ihm fragte sich, ob das überhaupt nötig war. Paris und Kaavi gingen so sehr in technischen Beschreibungen und Funktionserläuterungen auf, daß sie allen anderen Dingen überhaupt keine Beachtung schenkten.

»Welchen Eindruck haben Sie gewonnen?« fragte er leise.

Torres sah kurz zur Seite, hob dann wieder den Kopf und begegnete dem Blick des Ersten Offiziers auf eine Weise, die er kannte. Vermutlich schickte sie sich jetzt an, eine Antwort zu geben, die ihm nicht gefiel.

»Eigentlich sieht alles ganz gut aus«, sagte B'Elanna.

Chakotay kniff die Augen zusammen und wartete darauf, daß sie die Katze aus dem Sack ließ.

»Wenn man erst einmal die Grundstruktur erkannt hat, ergibt alles andere einen Sinn. Einige Dinge sind mir vollkommen rätselhaft – ich sehe sie hier zum erstenmal. Doch sie hindern mich nicht daran, den Rest zu verstehen. Wenn dieses Schiff schon jetzt voll einsatzfähig wäre, müßte Tom eigentlich in der Lage sein, es zu fliegen. Die alten Veruner legten offenbar großen Wert auf Logik und gute Organisation.« Die Lippen der Klingonin formten ein kurzes Lächeln. »Sie hätten den Vulkaniern gefallen.«

Chakotay bedachte Torres mit einem durchdringenden Blick. »Kommen Sie zur Sache, B'Elanna. Versuchen Sie nicht, mir etwas vorzumachen – ich kenne Sie zu gut.«

Sie zögerte, und dann platzten die Worte plötzlich aus ihr heraus.

»Den Verunier fehlte nur wenig! Sie hätten es fast geschafft! Hier deutet alles darauf hin, daß sie nur wenige Generationen davon entfernt waren, Tarnvorrichtungen, Deflektoren und vielleicht sogar Triebwerke zu entwickeln, die noch leistungsfähiger wären als der bei uns gebräuchliche Warpantrieb.«

Plötzlich begriff Chakotay, worauf B'Elanna hinauswollte. Die Ahnung hatte ihn nicht getäuscht – diese Angelegenheit gefiel ihm tatsächlich nicht. In seiner Magengrube verkrampfte sich etwas, als ihm klar wurde: Er mußte Torres Gelegenheit geben, ihr Anliegen in Worte zu kleiden – damit er ihre Hoffnungen mit kühler Rationalität zerstören konnte. Er trug eine Starfleet-Uniform, und die meiste Zeit über fühlte sie sich gut an. Doch jetzt wurde sie zu einer Belastung.

Manchmal erwies sich die Bürde der Pflicht als sehr schwer.

»Wenn ich hier und dort etwas hinzufügen könnte…«, sagte Torres. »Wenn ich die Erlaubnis bekäme, zum Beispiel die Schildkapazität zu erhöhen… Dann wären die Verunier den Akerianern ebenbürtig! Die Starfleet-Technik könnte ihnen eine Überlebenschance geben…«

»Ich bitte Sie, Torres – Sie sollten es eigentlich besser wissen.« Chakotay vernahm eine Schärfe in seiner Stimme, die ihm selbst fremd und unangebracht erschien. »Eine solche Erlaubnis kann ich Ihnen nicht erteilen.«

B'Elanna gab ein seltsames Geräusch von sich – es klang nach einer Mischung von enttäuschtem Schnaufen und zornigem Knurren.

»Ich würde gar keine große Hilfe leisten. Wie ich schon sagte: Die wichtigsten Dinge sind bereits vorhanden…«

»Lieutenant, Ihre Aufgabe besteht darin, die verunische Technik einsatzbereit zu machen. Sie sollen ihr nichts *hinzufügen*. Das wäre eine Verletzung der Ersten Direktive. Wie Sie es auch drehen und wenden – Sie wissen, daß ich recht habe.«

In den dunklen Pupillen der Klingonin glitzerte es, und sie atmete mehrmals tief durch. Doch als sie sprach, klang ihre Stimme erstaunlich sanft.

»Die Verunier sind ein gutes Volk, Chakotay. Sie haben eine Chance verdient.«

»Niemand weiß das besser als ich«, erwiderte er. Auch er sprach voller Anteilnahme. »Doch wir sind eine Verpflichtung eingegangen, als wir beschlossen, diese Uniformen zu tragen. Manchmal sind die richtigen Entscheidungen nicht die leichtesten.« *Manchmal sind die richtigen Entscheidungen nicht einmal besonders gut,* fügte Chakotay in Gedanken hinzu. »Vergeuden Sie nicht Ihre Zeit damit, über Dinge nachzudenken, die Sie nicht ändern können. Mit Technik gehen Sie besser um als alle anderen mir bekannten Chefingenieure. Nutzen Sie Ihre Talente innerhalb der Grenzen, die ich eben genannt habe. Sie *können* den Veruniern helfen – aber nur dann, wenn Sie sich endlich dem Unvermeidlichen fügen und sich auf das konzentrieren, was trotz der Ersten Direktive möglich ist.«

Torres wandte den Blick ab und starrte ins Leere. Nach einigen Sekunden hob sie abrupt die Faust und schlug auf den Boden. Ihre Reaktion überraschte Chakotay, obgleich er die Impulsivität der Klingonin kannte. Aus den Augenwinkeln sah er, daß sich Paris und Kaavi verblüfft umdrehten. Er schüttelte andeutungsweise den Kopf, teilte ihnen auf diese Weise mit, daß sie B'Elannas Gefühlsausbruch ignorieren sollten. Paris nickte kurz und stellte weitere Fragen, um Kaavi abzulenken.

Chakotay wartete. Seine Kultur und auch die eigenen Erfahrungen hatten ihn vor allem Geduld gelehrt. Oft dachte er daran, daß Torres nur deshalb in sein Leben getreten war, um von ihm die Bedeutung der Geduld zu lernen.

Dieser Gedanke erinnerte Chakotay an die seltsamen Worte des Seelenfreunds. *Du bist ein Lehrer. Und gleichzeitig bist du ein Schüler. Du lehrst die Kultur deines Volkes, und das ist nicht schwer. Weitaus schwieriger dürfte es sein, die Kultur eines dir unbekannten Volkes zu lehren.*

Torres sah ihn an, und daraufhin verdrängte Chakotay die memorialen Worte aus dem Fokus seines Selbst.

»Ich bitte um Erlaubnis, weitere Techniker von der *Voyager* hierher zu transferieren. Wenn ich Hilfe bekomme, werden wir wesentlich schneller fertig.«

»Einverstanden«, sagte der Erste Offizier sofort. Er sah keinen Grund, einem solchen Anliegen zu widersprechen. Torres wirkte jetzt ruhiger, und Chakotay erhob sich erleichtert. B'Elanna wollte ebenfalls aufstehen und schnitt eine Grimasse – sie hatte so viel Zeit in einer unbequemen Position verbracht, daß ihre Muskeln steif geworden waren. Chakotay streckte die Hand aus, um ihr zu helfen, doch Torres stemmte sich allein hoch und trat dann über die Rampe.

Er sah keine Beleidigung in diesem Verhalten. Es hatte schon des öfteren Konfrontationen zwischen ihm und der Klingonin gegeben, und daher kannte er ihr Reaktionsmuster. Er hörte, wie sie mit Carey sprach, und dabei erklang neuer Enthusiasmus in ihrer Stimme – sie schien den Ärger bereits überwunden zu haben.

Es wurde nun Zeit für Chakotay, einen eigenen Beitrag zu leisten. Die Viha wartete draußen auf ihn. Sie mochte den ›geschlossenen Ort‹ nicht, wie sie die Höhlen nannte.

Der Erste Offizier wanderte an mehreren Computern vorbei und begegnete einigen verunischen Technikern, die ihn mit einem Lächeln grüßten. Die Höhle wurde bald schmaler, und ihr Boden stieg immer weiter an. Bald ging Chakotay nicht mehr, sondern kletterte, suchte dabei ständig nach Halt für die Hände und Füße.

Natürlich wies die Höhle auch noch einen anderen, wesentlich größeren Ausgang auf, sonst hätte die *Überzeugung* nie starten können. Doch von Anahu wußte Chakotay, daß jene Ausgänge sorgfältig getarnt waren, damit sie nicht von den Akerianern entdeckt wurden. Unter keinen Umständen sollten Verunier oder Besucher von der *Voyager* Aufmerksamkeit auf die entsprechenden Bereiche lenken. Chakotay und seine Gefährten mußten die Kavernen auf dem gleichen Weg verlassen wie die Verunier: indem sie hinein- und herauskletterten.

Doch verunische Arme und Beine waren kräftiger als ihre menschlichen Äquivalente. Chakotay mußte seine ganze Kraft aufbieten, als er sich an schmalen Felsvorsprüngen in die Höhe zog. Nun, eigentlich bedauerte er diese Art der Schufterei überhaupt nicht. Erstens war er stolz darauf, perfekt in Form zu sein, und zweitens diente die körperliche Anstrengung als eine Art Ventil für Ärger und Frustrationen.

Der Indianer in ihm wollte den Veruniern helfen. Aber als er zum Ersten Offizier der *Voyager* ernannt wurde, hatte er geschworen, die Erste Direktive zu achten. Andernfalls wäre er noch eher als Torres bereit gewesen, diesem Volk – das ihn so sehr an die eigene Kultur erinnerte – jede mögliche Hilfe zu gewähren. Doch so etwas kam nicht in Frage. Eid und Uniform verpflichteten ihn, sich unter allen Umständen an die Vorschriften des Nichteinmischungsprinzips zu halten.

Nach einer Weile roch er die Oberfläche. Der Duft von kühler, vitaler Frische wich den Aromen von Schwüle und Fäulnis. In Chakotay wuchs die Trauer, als der Unheilsgestank immer intensiver wurde. Schließlich spannte er zum letztenmal die Muskeln, zog sich noch einmal nach oben und kroch aus dem Tunnel.

Die Viha wartete wie versprochen auf ihn und reichte dem Menschen wortlos eine tönerne Wasserflasche. Er trank gierig und bedenkenlos, obgleich die Flüssigkeit ein wenig seltsam schmeckte und roch. Doch er vertraute Nata; sie hätte ihm bestimmt kein verunreinigtes oder gar giftiges Wasser angeboten.

Schließlich gab er die Flasche zurück. Die Viha nahm sie entgegen und musterte ihn.

»Ich nehme an, Sie sind hungrig, Freund Chakotay. Die Bedürfnisse Ihres Volkes kenne ich nicht, aber wir essen in Abständen von einigen wenigen Stunden. Möchten Sie sich Nahrung von Ihrem Schiff besorgen? Oder sind Sie bereit, unsere Gastfreundschaft in Anspruch zu nehmen und das mit uns zu teilen, was uns noch geblieben ist?«

Chakotay dachte darüber nach, als er wieder zu Atem kam. Zweifellos standen den Veruniern keine Lebensmittel im Überfluß zur Verfügung. Ganz im Gegenteil: Bestimmt lieferten die hiesigen Pflanzen immer weniger verzehrbare Früchte. Andererseits gab es in vielen Kulturen – auch in seiner eigenen – die ehrenvolle Tradition, mit einem Gast ›das Brot zu brechen‹. Vielleicht galt das auch für die Verunier. Das Angebot der Viha schien darauf hinzudeuten.

»Wenn Sie nichts dagegen haben, daß ich die Nahrung mit dem Tricorder auf Verträglichkeit untersuche, Viha ... In dem Fall wäre es mir eine Ehre, mit Ihnen zu speisen.« Chakotay beschloß, das Angebot dieses eine Mal anzunehmen. Später wollte er Rationspakete von der *Voyager* herunterbeamen lassen, um zu vermeiden, die verunischen Vorräte zu schmälern.

Nata nickte und führte ihn zu ihrer Hütte, die wie alle anderen nur wenig Schutz vor den Elementen bot. Eine Matte aus geflochtener ›Binse‹ lag auf dem Boden, neben einigen Kissen. Die Viha bedeutete Chakotay, sich zu setzen, und er kam der Aufforderung nach, stellte dabei fest, daß die Kissen erstaunlich weich waren.

Nata erwies sich als ungewöhnlich still; irgend etwas schien sie zu belasten. Zwar bewegte sie sich so forsch wie immer, als sie ihrem Gast zu essen brachte, doch Chakotay wußte trotzdem, daß sie nicht ganz bei der Sache war. Paris hätte jetzt vermutlich den Kopf geschüttelt – *Wie können Sie so sicher sein? Die Verunier sehen uns überhaupt nicht ähnlich!* –, aber für Chakotay gab es nicht den geringsten Zweifel, obgleich er das verunische Gebaren erst seit kurzer Zeit beobachtete. Die Neigung des Kopfes, ein kurzes Zucken des Schweifs, der besondere Glanz in den großen Augen – das alles wies ganz deutlich auf die jeweiligen Emotionen hin. Er maß ihnen keine menschlichen Eigenschaften bei, sondern lernte immer besser, ihre eigenen komplexen Ausdrucksformen zu interpretieren und die stummen Botschaften der Körpersprache zu verstehen.

Die Viha reichte ihm eine hölzerne Platte mit einer überaus exotischen Auswahl an Dingen, die Chakotay für Obst und Gemüse hielt. Hinzu kam etwas, das sich nicht ohne weiteres identifizieren ließ. Er nahm seinen Tricorder und begann mit einer Analyse. Wurzeln, Knollen, Korn, Früchte – nichts Gefährliches.

Nata nahm dem Ersten Offizier gegenüber Platz und neigte erwartungsvoll den Kopf.

»Ich danke Ihnen für diese Mahlzeit, Viha«, sagte Chakotay würdevoll. Er griff nach einem dünnen, purpurnen Etwas und biß hinein. Um was auch immer es sich handelte – es schmeckte köstlich. Er hob die Brauen und nickte anerkennend.

»Es freut mich, daß Ihnen unsere Kost zusagt«, erwiderte die Viha. Sie streckte eine Klauenhand aus und wählte ein dunkelgraues, klumpiges Objekt. »Ich finde es schade, daß Sie uns nicht früher besucht haben, als der Boden fruchtbarer war und uns bessere Nahrung schenkte.«

»Sie haben versprochen, mir die Geschichten Ihres Volkes zu erzählen, Viha«, sagte Chakotay. Er schluckte den letzten Bissen der purpurnen Wurzel hinunter und nahm eine blaue Frucht.

Trauer schimmerte in Natas Augen, als sie kaute. »Ich bin die letzte Viha dieser Region, und ich hatte keine Zeit, einen Nachfolger zu unterweisen. Wir Vihas sind Hüter der Geschichten, Bewahrer des Historischen. Wenn ich sterbe, bevor ich die Geschichten weitergeben kann… Dann sterben sie vielleicht mit mir.«

Sie tastete nach dem großen Anhänger an ihrem Hals. »Ich habe bereits darauf hingewiesen, daß unsere historischen Aufzeichnungen in erster Linier verbaler Natur sind. Was wir einmal hören, bleibt für immer in unserer Erinnerung.«

Das die Stimme betreffende Äquivalent eines fotografischen Gedächtnisses, dachte Chakotay. Eine interessante, vielleicht auch wichtige Information.

»Anahu erwähnte es«, sagte der Erste Offizier. »Er erklärte, Sie ›erinnerten‹ sich an die vergessene Technik. Und Sie meinten, Sie hätten in den Geschichten nach einer Wahrheit gesucht, die das Gewand von Legenden trägt. Geben Sie mir ein Beispiel. Wie erinnerten Sie sich an die Höhlen mit den Raumschiffen?«

Nata lächelte, und der Glanz ihrer Augen trübte sich ein wenig. »Das ist einer der inspirierendsten Geschichten überhaupt. Es geht dabei um die Seelenreise zur Wahrheit. Stunden wären nötig, um sie ganz zu erzählen, und deshalb fasse ich sie zusammen.

Jeder von uns hat eine Seele, ebenso wie alles, das uns umgibt: Erde, Ozeane, der Himmel. Jede Seele ist unterwegs, bis sie ihren Bestimmungsort erreicht. Während ihrer Reise findet sie Freunde: Mut, Glaube, Freundlichkeit, Überzeugung, Weisheit und Liebe. Die Geschichte erzählt, wie die Seele alle sechs Wächter findet und von ihnen lernt. Mit ihrer Hilfe gelangt sie schließlich ans Ziel.«

Nata beobachtete den Besucher aufmerksam, um festzustellen, ob er die tiefere Bedeutung ihrer Ausführungen verstand. Zunächst zeigten sich Verwirrungsfalten in Chakotays Stirn. Die Legende von einer Seelenreise gab es in vielen Kulturen, und für gewöhnlich stellte sie eine Allegorie dar. Worauf wollte die Viha hinaus?

Und dann begriff er.

»Überzeugung«, kam es leise von seinen Lippen. »Das Schiff *Überzeugung*. Und die anderen heißen *Mut, Glaube, Freundlichkeit* ...«

»*Weisheit* und *Liebe*«, beendete Nata den Satz. Es freute sie ganz offensichtlich, daß Chakotay verstand.

Eine Ahnung prickelte in dem Ersten Offizier, und er glaubte fast, die Präsenz des Schutzgeistes aus seinen Meditationsträumen zu spüren.

»Und ... die Seele?« fragte er leise.

»Beenden Sie die Mahlzeit«, sagte Nata ernst. »Anschließend bringe ich Sie zur Seele unseres Volkes.«

Chakotay nahm eine Flasche mit, die aus dem glatten, gehärteten Schlamm bestand. Er füllte sie mit Wasser – eines der ältesten und immer noch besten Mittel gegen Dehydration. Nach einigen Marschminuten in der schwülen Hitze war er froh, diese Maßnahme ergriffen zu haben.

»Ich gehe diesen Weg fast jeden Tag«, sagte Nata, als sie neben dem Ersten Offizier wanderte und darauf achtete, keine zu langen Schritte zu machen. »Ob es regnet oder die Sonne scheint. Den Ort zu sehen ... Es hilft mir dabei, nachzudenken und mich zu erinnern. Dort fiel mir die Legende von der Seelenreise ein. Ich hoffe, daß mit Ihrer Hilfe weitere Erkenntnisse möglich sind.«

»Das hoffe ich ebenfalls«, erwiderte Chakotay und atmete schwer.

Während der Wanderung sah er sich immer wieder um, und dabei wuchs seine Bestürzung. Gelegentlich mußten sie über das Gerippe von Tieren hinwegsteigen. Bäume verfaulten, neigten sich knirschend zur

Seite und prallten mit einem dumpfen Pochen auf den Boden.

Einmal drehte der Wind und blies ihnen einen solchen Gestank entgegen, daß Chakotay erbleichte. Er schluckte mehrmals, kämpfte gegen die Übelkeit an und versuchte, die letzte Mahlzeit im Magen zu behalten.

Nata verharrte an seiner Seite, und während er sich von seinem olfaktorischen Schock erholte, zeigte sie ein sehr sonderbares Verhalten: Sie richtete sich zu ihrer vollen Größe auf, streckte den langen Hals und sang.

»Ich trauere, o sterbende Sonne.
Ich trauere, Sterne, die ihr leuchtet in der Nacht.
Ich trauere, o Wasser, das den Tod in sich trägt.
Ich trauere, o Erde, aus der nichts mehr wächst.
Der Sonnenfresser hat dich verflucht.
Der Sonnenfresser verflucht auch mich.
Der Fluch des Sonnenfressers lastet auf uns allen.«

Chakotay lauschte. Einer plötzlichen Eingebung folgend nahm er seinen Insignienkommunikator ab und deaktivierte den automatischen Translator. Dadurch konnte er sich ganz auf Natas Stimme konzentrieren, ohne von den übersetzten Worten abgelenkt zu werden. Der Gesang klang herrlich, zeichnete sich durch eine beschwingte, harmonische Melodie aus. Die sanfte Stimme der Viha eignete sich gut dazu, ein Kind in den Schlaf zu singen.

Schließlich beendete Nata das Lied und neigte den Kopf, in stummer Trauer um das, was verloren war oder bald verloren sein würde.

Chakotay zögerte, steckte den Insignienkommunikator wieder an seinen Uniformpulli und sang ein Navaho-Lied mit dem Titel ›Lied des jungen Kriegsgottes‹.

»Ich bin beim Ende der Erde gewesen.
Ich bin beim Ende des Wassers gewesen.
Ich bin beim Ende des Himmels gewesen.
Ich bin beim Ende der Berge gewesen.
Und ich fand niemanden, der nicht zu meinen
Freunden zählte.«

Nata drehte ruckartig den Kopf und richtete einen überraschten Blick auf den Ersten Offizier der *Voyager*. Die Perlen in ihrem langen weißen Haar tanzten hin und her. Die Viha war nicht nur vollkommen verblüfft, sondern auch sehr erfreut. Verstehendes Schweigen herrschte zwischen ihnen, als sie den Weg fortsetzten.

Nach etwa einem halben Kilometer führte der Pfad nach oben. Es fiel Chakotay zunehmender schwerer, einen Fuß vor den anderen zu setzen, doch seine Gedanken weilten nicht bei den protestierenden Muskeln. Statt dessen dachte er an die verunischen Geschichten, an den Gesang der Viha und seine Reaktion darauf. Und er dachte auch an die Akerianer.

»Bei einem Zweig meines Volkes, den Cherokee, gibt es eine Legende«, sagte er nach einer Weile. »Sie berichtet vom ›sanften Volk‹, den Nunnehi, die unter der Erdoberfläche lebten. Eines Tages erschienen sie den Cherokee und warnten vor einer großen, schrecklichen Katastrophe.«

Nata wandte sich Chakotay zu, als sie begriff, daß er eine eigene Geschichte erzählte. Interesse leuchtete in ihren Augen.

»Die Nunnehi boten den Cherokee an, bei ihnen in Höhlen zu wohnen«, fuhr der Erste Offizier fort. »Sie rollten einen Stein beiseite, und dahinter erstreckte sich ein so schöner und einladender Ort, daß die Cherokee bereit waren, das Angebot der Nunnehi anzunehmen. Doch eine Gruppe blieb zurück. Der Häuptling fragte sie nach dem Grund dafür, und daraufhin sprachen die Alten: ›Dies ist unsere Heimat, und hier wollen wir sterben.‹ Die Jungen erwiderten: ›Hier möchten wir unsere Kinder zur Welt bringen. Hier sollen sie leben, so wie wir.‹ Der Häuptling wußte, daß der Rest des Volkes bei den Nunnehi in Sicherheit war, und deshalb beschloß er, sich jenen anzuschließen, die draußen bleiben wollten.«

»Kam es zu der Katastrophe?« fragte Nata.

Chakotay nickte. »Ein anderes Volk erschien und entschied, daß die Cherokee nicht mehr dort leben durften, wo sie seit dem Beginn der Welt gelebt hatten. Diese Leute zwangen die Cherokee, Hunderte von Kilometern weit zu Fuß zu gehen, zu einem sogenannten Reservat, das ihnen eine neue Heimat sein sollte.« Es zeigte sich kein Zorn in Chakotays Gesicht. Er hatte vergeben, wie die meisten Angehörigen seines Volkes. Aber er konnte und wollte nicht vergessen. *Wer nicht aus der Geschichte lernt, ist dazu verdammt, ihre Fehler zu wiederholen.*

»Viele starben während des langen Marsches: Frauen, Kinder, die Alten und Kranken. Es gab kaum genug Zeit, die Toten zu begraben. ›Weg der Tränen‹ – so nennen ihn die Cherokee. Mein Volk hat nicht vergessen, was damals geschah. Sie sehen also, Viha: Ich teile Ihren Schmerz. Zwar wurde der Weg der Tränen vor sechshundert Jahren beschritten, und Ihr Volk leidet hier und jetzt, aber ich verstehe trotzdem.«

Nata schwieg und ging mit kraftvollen Bewegungen. Schließlich fragte sie: »Was wurde aus den Leuten, die sich den Nunnehi hinzugesellten?«

»Man sah sie nie wieder. Aber wir haben keinen Grund zu der Annahme, daß sie unglücklich waren.«

Die Viha dachte nach und versuchte, eine Verbindung zur aktuellen Situation zu schaffen. »Wenn das, was wir hier sehen, der Weg der Tränen aus Ihrer Geschichte ist … dann sind wir nicht die Cherokee, die zurückblieben, um zu leiden. Wir sind vielmehr jene Cherokee, die dem Schrecken durch das großzügige Angebot der Nunnehi entgingen.«

Nata blieb stehen und musterte Chakotay. »Was ich Ihnen jetzt zeige, gilt bei meinem Volk als außerordentlich heilig. Ihnen wird somit eine große Ehre zuteil.«

Der Erste Offizier neigte den Kopf. »Dafür danke ich Ihnen sehr«, erwiderte er ernst.

»Wir sprechen in diesem Zusammenhang vom Ersten Ort. Er repräsentiert unsere Seele. Vor langer, langer Zeit gab er uns Obdach und Schutz, bis wir ihn schließlich verlassen konnten, um die reichen Gaben dieser Welt zu genießen. Ich komme oft hierher und sitze auf dem Gipfel, zu dem ich Sie nun führe.«

Die alte Verunierin reckte den Hals und blickte zu einem großen Felsen. »Ich frage mich, ob wir nicht hierher zurückkehren sollten, da unsere Sonne stirbt. Der Erste Ort hat uns schon einmal geschützt, wenn man den Geschichten glauben darf – und ich glaube ihnen. Vielleicht bietet er uns auch diesmal Zuflucht und Sicherheit.«

Erneut wandte sie sich Chakotay zu, und nicht zum erstenmal bemerkte er, daß in Körper und Geist der Verunierin latente Kraft schlummerte. Nata war ebenso sanft wie ihr Volk. Die Verunier ernährten sich von Knollen, Wurzeln und Obst, nicht von Fleisch. Für sie schien es weder innere noch äußere Zwietracht gegeben zu haben – bis die Akerianer kamen, um ihre Sonne zu ermorden und Veruna Vier damit Tod zu bringen. Gleichzeitig war Nata groß, stark und in eine Aura fast *gefährlich* wirkender Schönheit gehüllt.

»Kommen Sie, Chakotay. Sehen Sie nun den Ersten Ort, denken Sie über ihn nach und berichten Sie mir von Ihren Gedanken.«

Eine sonderbare Unruhe erfaßte Chakotay. Diese Art von Nervosität hatte er zum letztenmal als Heranwachsender gespürt, als er zusammen mit seinem Vater die tropischen Regenwälder der Erde besuchte, um mehr über die Ursprünge seines Stammes zu erfahren. Jene Welt und ihre Bewohner waren ihm fremd erschienen – ihm, dem ›Rebellen‹, der den Traditionen skeptisch gegenüberstand und das moderne Starfleet-Universum vorzog. Es kam einer Ironie des Schicksals gleich, daß ihn die damals getroffene Wahl hierher geführt hatte, zu einer anderen Welt, zu einer neuen Herausforderung.

Herausforderung …

Du bist ein Lehrer. Und gleichzeitig bist du ein Schüler. Du lehrst die Kultur deines Volkes, und das ist nicht schwer. Weitaus schwieriger dürfte es sein, die Kultur eines dir unbekannten Volkes zu lehren.

Wie soll ich etwas lehren, über das ich nicht Bescheid weiß?

Das ist eine Herausforderung, nicht wahr?

Erneut spürte er sie, seine Seelenfreundin. Sie wartete, gerade außerhalb seiner Reichweite, in jenem Kosmos, der sich hinter seiner Stirn erstreckte. Sie war ein Teil davon, leistete ihm immer Gesellschaft, und gleichzeitig besaß sie eine von ihm separate Unabhängigkeit.

Das Herz pochte Chakotay bis zum Hals empor, und es lag nicht nur an der körperlichen Anstrengung.

Er erreichte den Felsen und blickte in das sich dahinter erstreckende Tal.

Der Erste Ort war mehrere Kilometer lang und streckte dünne weiße Arme in vier Richtungen. Am Ende dieser Arme beobachtete Chakotay gewölbte Strukturen, jede von ihnen mindestens doppelt so groß wie Natas Dorf. Weißes Metall glänzte in der Sonne.

… die Kultur eines dir unbekannten Volkes zu lehren.

Jetzt begriff er, was in diesen Worten zum Ausdruck kam. Vor dem inneren Auge sah er, wie seine Seelenfreundin nickte, als er die einzelnen Mosaiksteine zu einem einheitlichen Bild zusammenfügte. Zwar hatte er den Ersten Ort nie zuvor erblickt, aber er wußte ihn besser zu deuten als Nata, die ihn täglich besuchte.

»Das ist ein Kolonieschiff, Viha«, sagte er leise.

10

Die *Sieg* war repariert und mit neuem Treibstoff versorgt worden. Ein zweites Schiff sollte sie begleiten, mit einer Besatzung, die bei der neuerlichen Konfrontation mit dem Feind nicht versagen würde, wie Linneas hoffte. In einigen Stunden wollten sie zum verunischen Sonnensystem aufbrechen.

Garai freute sich darüber, daß man ihn zum Ersten Krieger und Kommandanten des neuen Reichsexplorationskorps-Kreuzers *Zerstörer* befördert hatte. Seine Rolle beschränkte sich also nicht mehr darauf, der zuverlässige Assistent von Linneas zu sein. Er brauchte nicht mehr zuzusehen, wie sich Linneas über banale Dinge aufregte oder unwichtige Verstöße brutal bestrafte. Er mußte auch nicht mehr mit anhören, wie Linneas die Kaiserin belog.

Dem Kaiser oder der Kaiserin die Unwahrheit zu sagen ... Es geschah seit Jahrhunderten. Nur einige wenige Herrscher waren hart genug – oder *weise* genug, wie Garai fand – gewesen, um zu erfahren, welchen Preis man für den Ruhm von Segen zahlen mußte: Sklavenarbeit und den Tod einer Sonne. Nicht viele, nur einige wenige. Meistens blieb das Wissen um die Hintergründe allein dem Militär vorbehalten. Zwar kam es inzwischen einer Tradition gleich, aber dadurch wurde es nicht leichter für Garai.

Als er zusammen mit Linneas zur Audienz mit der Kaiserin unterwegs war – sie fand im großen weißen Metallpalast statt, der als Regierungssitz und imperiale Heimstatt diente –, wagte es Garai, offen zu sprechen.

»Bei allem Respekt, Erster Krieger«, begann er, als sie durch einen langen, schmalen Flur schritten, »meiner Ansicht nach sollten wir der Regierung die Wahrheit über den Planeten namens Segen und auch über das fremde Raumschiff sagen.«

Linneas verharrte abrupt. In Gedanken duckte sich Garai, doch er zwang sich, gerade zu stehen, den Kopf hoch erhoben zu halten.

Langsam drehte sich Linneas zu Garai um. Seine neue Maske glänzte im fast grellen Licht der Lampen, und ganz deutlich waren die Kerben in den Hörnern zu sehen.

»Kaiserin Riva gehört zu meinen Verwandten, Niedriggeborener«, fauchte Linneas. »Sie bringt nicht die notwendigen Voraussetzungen mit, um die Bürde eine solchen Wissens zu tragen. Seit Jahrhunderten waren die Informationen beim Militär gut aufgehoben. Warum sollte die Regierung überhaupt etwas erfahren? Je weniger Personen daran teilhaben, desto leichter ist es für uns, die richtigen Maßnahmen zu ergreifen.«

Garai neigte kurz den Kopf, um Zustimmung zu signalisieren. Gleichzeitig nahm er seinen ganzen Mut zusammen.

»Aber jetzt kommt ein weiterer Faktor hinzu: das Raumschiff *Voyager*. Dadurch wird alles viel komplizierter. Glauben Sie nicht auch, daß die Regierung angesichts der geänderten Situation mit allen – und damit meine ich wirklich *alle* – Fakten vertraut gemacht werden sollte?«

Hinter Linneas' Maske erklang ein zorniges Knurren, und die in Handschuhen steckenden Hände ballten sich zu Fäusten. Garai schluckte unwillkürlich. Wenn sich Linneas zu einem Angriff auf ihn entschloß, so durfte er aufgrund seiner geringeren Abstammung keinen Widerstand leisten. Von Linneas umgebracht zu werden... Garai konnte sich angenehmere Dinge vorstellen.

»Wann haben die Vertreter der Regierung jemals Fakten benötigt?« erwiderte der Kommandant der *Sieg*. »Sie bleiben hier, erlassen Gesetze, teilen Waren und Lebensmittel auf, gehen ihren Spielchen nach. *Wir* treffen die eigentlich wichtigen Entscheidungen! Alle Akerianer wären schon seit langer Zeit tot, wenn die Krieger nicht den Mut gehabt hätten, in die dunklen Tiefen des Raums vorzustoßen, selbst in das Loch im All!«

Garai bewegte den Kopf nicht – Linneas sollte keinen Hinweis darauf bekommen, wohin er sah. Sein Blick huschte hin und her, als er die Komplexität des Palastes bewunderte. Dies war akerianische Technik. Es stellte kein Beutegut dar, das von einem toten Planeten stammte und für das mit dem Leben von harmlosen, unschuldigen Geschöpfen bezahlt wurde. Nur dies gehörte wirklich den Akerianern. In einem jähen Anfall von Kummer fragte sich Garai, ob die Welt namens Segen nicht besser ›Fluch‹ genannt werden sollte. Die Entdeckung des Planeten in der Konkavität hatte dem Militär Macht gegeben und das akerianische Reich zu dem schrecklichen Gebilde von heute gemacht.

Was wäre mit den Akerianern ohne die Relikte auf Segen geschehen? In dem Fall hatte Garai immer eine Katastrophe für unausweichlich gehalten – Linneas wurde nie müde, bei jeder Gelegenheit darauf hinzuweisen. Doch wären die Akerianer tatsächlich ausgestorben? Oder hätten sie gelernt, aus eigener Kraft zu überleben, ohne die Technik von toten Fremden zu nutzen und die Arbeit von Sklaven auszubeuten?

Garai wußte um die Gefährlichkeit solcher Fragen. Aber er wurde auch älter und reifer, und dadurch hielt er es für immer wichtiger, solchen Dingen auf den Grund zu gehen.

Linneas wartete auf eine Reaktion, und Garai beschloß, zunächst einmal nachzugeben.

»Sie haben wie üblich recht, Erster Krieger«, sagte er und versuchte, möglichst ernst zu klingen. »Uns Angehörigen des Militärs geht es allein um das Wohl des Volkes. Etwas anderes nahezulegen, war … unangebracht von mir.« Er entschied sich gegen das Wort *falsch,* denn es trug einen zu schweren Bedeutungsinhalt und mochte ihn später verfolgen.

Garai verbeugte sich tief und hörte ein zufriedenes Brummen von Linneas.

»Die Begegnung mit den Fremden hat Sie offenbar verwirrt, Erster Krieger Garai. Nun, wir alle haben eine schwierige Zeit hinter uns«, räumte Linneas ein, und vermutlich glaubte er sogar, großzügig zu sein. »Nie zuvor stieß unsere Macht auf eine solche Herausforderung. Es ist gut, daß Sie Ihren Fehler eingesehen haben.«

Und damit ging er weiter, stolz, selbstbewußt und seiner Sache sehr sicher – das Beste, was das akerianische Militär anzubieten hatte.

Garai zögerte und folgte ihm dann. Sein Beschluß stand fest. Hier und jetzt wollte er Linneas' Prinzipien nicht in Frage stellen. Es stand zuviel auf dem Spiel; zu viele Dinge mußten noch geklärt werden. Er wollte die *Zerstörer* so befehligen und zu Ruhm bringen, wie es die akerianische Ehre erforderte. Doch er nahm sich auch vor, an Bord nach Besatzungsmitgliedern Ausschau zu halten, die seine Unzufriedenheit und wachsende Enttäuschung in bezug aufs Militär teilten.

Und wenn sie zurückkehrten … Selbst wenn es ihn das Kommando über die *Zerstörer* oder gar den Hals kostete: Er würde um eine private Audienz bei der schönen Kaiserin ersuchen und ihr von der Jahrhunderte alten Lüge berichten.

»Chakotay an Janeway.«

»Hier Janeway.«

»Captain, ich habe etwas sehr Interessantes in Hinsicht auf die verunische Technik entdeckt.«

»Von den sechs Schiffen habe ich bereits gehört – wenn Sie das meinen. Lieutenant Paris gab mir eine ziemlich genaue Beschreibung.«

Chakotay lächelte, ohne den Blick vom riesigen Kolonieschiff im Tal abzuwenden. »Kann ich mir denken. Aber mir geht es um etwas anderes. Captain…« Er zögerte und suchte nach den richtigen Worten. »Die Verunier stammen nicht aus diesem Sonnensystem. Ich sehe hier ein gewaltiges Kolonieschiff, das zwei oder gar drei Kilometer durchmißt. Vermutlich kam Natas Volk vor einigen Jahrhunderten hierher, begleitet von den sechs Wächtern.«

»Wie bitte?«

»Bitte entschuldigen Sie. Ich meine die kleineren Raumschiffe. Captain, es war richtig von mir, hierherzukommen und mit der Viha zu sprechen. Sie wies mich darauf hin, daß alle verunischen Geschichten allegorische Bedeutung haben, sich auf tatsächliche Ereignisse und wirklich existierende Orte beziehen.«

Chakotay faßte Natas Geschichte von der Seelenreise zusammen und nannte die Namen der sechs kleinen Raumer. »Die Viha glaubt inzwischen, daß es Zeit wird, zum Kolonieschiff zurückzukehren und festzustellen, ob es dort Antworten gibt. Wenn es zum Schlimmsten kommt, können dort vielleicht einige Verunier überleben.«

Er verzichtete darauf, seine Skepsis in Worte zu fassen. Immerhin stand Nata direkt neben ihm, und in ihrem Gesicht zeigte sich zum erstenmal echte Hoffnung. Das Kolonieschiff hatte sicher gute Dienste geleistet, als es die Verunier – oder wie immer sie sich damals nannten – durchs All hierher trug. Vermutlich war es auch eine nützliche Ausgangsbasis während der frühen Besiedlungsphase gewesen. Aber konnte es die Nachkommen der Kolonisten vor dem Todeskampf der sterbenden Sonne schützen? Chakotay bezweifelte es. Trotzdem widerstrebte es ihm, Natas Hoffnung schon im Keim zu ersticken. Die Faktenbasis war noch zu schmal für eine endgültige Situationsbewertung.

Janeway bewies ihre Klugheit, indem sie Chakotay nicht nach seiner Meinung fragte. »Ist die Viha Nata bereit, Sie ins Schiff zu führen?« erkundigte sie sich statt dessen. »Haben Sie überhaupt eine Möglichkeit hineinzugelangen?«

Chakotay drehte den Kopf und hob fragend eine Braue. Nata nickte aufgeregt. Die neue Hoffnung schien ihr zusätzliche Kraft zu verleihen, und plötzlich wirkte sie viel jünger, ohne dadurch an Würde zu verlieren.

»Sie haben mir geholfen, Antworten auf Fragen zu finden, die ich nicht zu stellen wagte, Freund Chakotay. Ja, ich bin bereit, Sie ins Innere des Ersten Ortes zu führen – ins Kolonieschiff, wie Sie ihn nennen.«

Der Erste Offizier lächelte. Auch er selbst fühlte sich nun von Aufregung erfaßt. Ausgeglichenheit prägte sein Wesen, und im Lauf der Jahre hatte er gelernt, immer einen kühlen Kopf zu bewahren. Doch es war ihm auch gelungen, angesichts des Neuen und Unbekannten Enthusiasmus empfinden zu können.

»Chakotay ...«, fuhr Janeway fort. »Wir haben hier ebenfalls einige Dinge herausgefunden, über die Sie Bescheid wissen sollten.«

Er hörte die unausgesprochene Botschaft. Wenn die Informationen auch für Natas Ohren bestimmt gewesen wären, hätte Janeway sicher nicht gezögert, Einzelheiten zu nennen. Woraus folgte: Die Kommandantin der *Voyager* verfügte über Informationen, die sie nicht mit den Veruniern teilen wollte.

Chakotay spürte, wie seine Begeisterung verebbte.

Er hoffte inständig, daß es sich nicht um schlechte Nachrichten handelte.

»Verstanden, Captain. Möchten Sie, daß sich die Einsatzgruppe wieder an Bord beamt?«

»Nein, diese Sache kann noch etwas warten. Suchen Sie zunächst nach einem Weg ins Kolonieschiff. Ich brauche Sie wohl nicht extra darauf hinzuweisen, wie wichtig es ist, daß Sie alles aufzeichnen. Mr. Kim würde sich Ihnen gern hinzugesellen, aber ich habe ihn endlich dazu überredet, sich hinzulegen und zu schlafen – zum erstenmal seit Beginn dieser Aktion. Ich schicke ihn auf den Planeten, wenn Sie seinen Rat benötigen. Solange das nicht der Fall ist, sollte er Gelegenheit bekommen, sich ein wenig auszuruhen.«

»In Ordnung.«

»Und noch etwas. Sie haben fünf Stunden, um möglichst viel herauszufinden. Anschließend möchte ich Sie und die anderen wieder an Bord der *Voyager* wissen. Aufgrund der Daten, die aus dem Computer des akerianischen Kreuzers transferiert wurden, wissen wir nun, wo sich die Heimatwelt der Akerianer befindet und wie schnell ihre Raumschiffe sind. Wir haben keine Ahnung vom Ausmaß der Schäden an Bord der *Sieg,* und daher können wir in Hinsicht auf die notwendige Reparaturzeit nur spekulieren. Trotzdem möchte ich lieber auf Nummer Sicher gehen. Die reine Flugzeit eines akerianischen Schiffes nach Akeras und hierher zurück ist inzwischen verstrichen. Es könnte also praktisch jeden Augenblick zu unangenehmen Überraschungen kommen. Ich möchte in den Sonnenfresser hineinfliegen und ihn wieder verlassen, bevor die *Sieg* oder andere Schiffe eintreffen.«

»Einverstanden«, sagte Chakotay. Ärger zitterte in ihm. Hatten die Verunier nicht schon genug Probleme mit ihrer ermordeten Sonne, einer sterbenden Welt und versklavten Artgenossen? Mußten sie auch noch einen Angriff der Akerianer befürchten? »Wir könnten Zeit sparen, indem Sie uns direkt zum Kolonieschiff beamen.«

»Ich gebe sofort die notwendigen Anweisungen.« Kurz darauf erklang ihre Stimme erneut. »Viel Glück, Chakotay.«

Er gab die Koordinaten durch und unterbrach dann die Verbindung. »Ich hoffe, Sie haben nichts dagegen, daß wir uns zum Ersten Ort beamen, Nata.«

»Keineswegs«, erwiderte die Viha. »In den letzten Tagen gab es mehr Abenteuer für mich als in meinem ganzen Leben zuvor. Wenn Sie und Ihre Begleiter noch länger bei uns weilen, so bekomme ich vielleicht meine verlorene Jugend zurück.«

Einige Sekunden später materialisierten sie fünfzig Meter vor einer der gewölbten Strukturen. Aus der Nähe betrachtet wirkte alles noch viel eindrucksvoller. Allein dieses Segment des gewaltigen Kolonieschiffes schien so groß zu sein wie die ganze *Voyager*, und ein beträchtlicher Teil davon war überwuchert.

»Gehen Sie vorsichtig«, lauteten die ersten Worte der Viha. »Denn dies ist heiliger Boden.«

Chakotay blickte sich um und bemerkte diverse Gegenstände im braunen Gras: Perlen, Halsketten, Lampen, bei deren Herstellung man gehärteten Schlamm verwendet hatte, Schmucksachen aller Art. Er runzelte verwirrt die Stirn – bis er begriff, daß die kleinen, buckelartigen Bodenerhebungen keine natürlichen Formationen waren.

»Dies ist ein Friedhof«, sagte er leise und respektvoll.

Nata nickte. »Wir kehren zum Ersten Ort zurück, wenn wir sterben. Besser gesagt: wenn unser Körper stirbt.«

Neugier prickelte in Chakotay. Er wünschte sich, mehr über die verunischen Vorstellungen vom Leben nach dem Tod zu erfahren. Eine sonderbare Vorstellung gewann Konturen in ihm. Er dachte daran, zusammen mit Nata zu seiner Familie in der Heimat zurückzukehren, um Geschichten und Legenden auszutauschen. Welche Freude für Herz und Seele!

Doch dafür gab es keine Zeit, ebensowenig für angemessene Ehrfurcht den toten Veruniern gegenüber, die hier im ewigen Schlaf ruhten. Es ging jetzt darum, Informationen über das Kolonieschiff zu gewinnen, einen Weg ins Innere zu entdecken und mehr über die Vergangenheit der Verunier herauszufinden – um dadurch ihre Zukunft zu sichern. Schon als kleines Kind hatte Chakotay Respekt vor den Toten gelernt. Es widerstrebte ihm, die Gräber einfach zu ignorieren, doch er entsann sich an Janeways Warnung: Die Zeit wurde knapp.

»Ich möchte nicht respektlos sein …«, begann er.

Nata hob sofort die Hand.

»Leider bleibt uns nicht genug Zeit, um den Toten mit Ehrerbietung zu begegnen«, sagte sie. »Unser Volk war immer sehr praktisch orientiert. Bestimmt verstehen eventuell an diesem Ort vorhandene Geister unsere schwierige Situation und verzeihen uns. Nun …« Die Viha sah zu dem riesigen Gebilde aus Metall. »Was teilt Ihnen der … Tricorder mit? So heißt das Gerät, nicht wahr?«

Chakotay klappte das Sondierungsinstrument auf und betrachtete die Displays. »Offenbar besteht das Schiff aus dem gleichen Metall wie auch die sechs Wächter«, sagte er. »Ich dachte, die mangelnden Abnutzungserscheinungen bei den kleinen Raumern gingen auf den Umstand zurück, daß sie in Höhlen untergebracht und somit vor den Elementen geschützt sind, doch auch der Erste Ort scheint in einem erstaunlich guten Zustand zu sein.«

Ihm fiel etwas ein.

»Nata, die Wächterschiffe sind von den Akerianern nie unter Beschuß genommen worden, weil bestimmte Substanzen im Boden und im Felsgestein eine Ortung verhinderten. Aber dieses Schiff ist für meinen Tricorder keineswegs unsichtbar. Warum kam es nie zu einem Angriff?«

Verwirrung zeigte sich in den Zügen des Echsenwesens. Es neigte den Kopf ein wenig zur Seite und überlegte. »Können Sie feststellen, was sich im Innern befindet?«

Chakotay sah erneut auf die Anzeigen des Tricorders. Sie zeigten ihm alles, was es über die Außenhülle des Kolonieschiffes in Erfahrung zu bringen galt, verrieten jedoch nichts über die inneren Einrichtungen.

»Nein«, antwortete er.

»Vielleicht hielten die Akerianer den Ersten Ort nicht für ein wichtiges Ziel«, spekulierte Nata. »Nur wenige von uns kommen hierher – um zu meditieren, so wie ich, oder um Tote zu bestatten. Und seit einer Weile ...« Sie stockte, und tiefe Trauer schimmerte in ihren Augen. »Mögen die Ahnen mir verzeihen, aber wir finden keine *Zeit* mehr, alle Toten hierherzubringen ...«

»Außerdem deuten die wuchernden Pflanzen darauf hin, daß dieser Ort nicht von Ihnen benutzt wird, zumindest nicht mehr«, fügte Chakotay hinzu. Vorsichtig berührte er die Viha am Arm, um ihr zu helfen, den Kummer zu überwinden. Gemeinsam traten sie – behutsam und vorsichtig – über die Gräber zahlloser Verunier hinweg und näherten sich dem Schiff.

Glattes Weiß erstreckte sich dort, wo keine Flora wucherte. Nata streckte die Hand aus und strich über das Metall.

»Ja, es fühlt sich wie bei den anderen Schiffen an«, bestätigte sie.

»Lassen Sie uns nach einem Eingang suchen«, schlug Chakotay vor. »Tasten Sie unter den Blättern und Zweigen nach schmalen Fugen, Unebenheiten, Mulden und anderen Dingen, die auf eine Art Tür hindeuten könnten.«

Gemeinsam machten sie sich ans Werk und trachteten danach, das Pflanzendickicht beiseite zu drängen. Die Hitze umhüllte Chakotay, schien dabei Substanz zu gewinnen und ihn erdrosseln zu wollen. Als er es nicht mehr auszuhalten glaubte, legte er eine kurze Pause ein, trank aus der Flasche und wischte sich Schweiß von der tätowierten Stirn.

Dicke Ranken leisteten hartnäckigen Widerstand, und die Arbeit fiel sehr schwer. Als Lohn bekamen sie nur etwas mehr von der weißen Hülle zu sehen, die Chakotay an eine Eierschale erinnerte.

Die Sonne kletterte am Himmel hoch. Der Erste Offizier fragte sich schon, ob ihre Bemühungen überhaupt einen Sinn hatten, als seine Finger etwas fanden.

»Ich habe was entdeckt, Nata.«

Die Viha kam sofort zu ihm und war kräftig genug, um die Ranken zur Seite zu zerren.

»Es ist ein Sensorfeld«, sagte Chakotay. »Für Angehörige Ihres Volkes bestimmt.«

Und tatsächlich: In der ansonsten völlig glatten und makellosen Außenhülle zeigte sich eine Vertiefung – ihre Form war einer verunischen Hand nachempfunden. Fünf Aussparungen für fünf lange, in Krallen übergehende Finger.

Nata starrte aus großen Augen darauf hinab.

»Wie lange ist es her, daß jemand von uns diese Stelle berührt hat?« hauchte sie.

»Keine Ahnung. Aber ich wette, damit wird ein Schott aktiviert.« Chakotay hütete sich davor, der eigenen Aufregung nachzugeben. Gerade jetzt kam es darauf an, die Ruhe zu bewahren, nichts zu überstürzen. »Seien Sie vorsichtig, Nata. Wir wissen nicht, um was für eine Tür es sich handelt. Vielleicht öffnet sie sich direkt unter uns.«

Die Viha sah kurz zu ihm, blickte dann wieder auf das Sensorfeld hinab. Langsam hob sie den rechten Arm, zögerte kurz, murmelte ein rasches Gebet … und legte die Hand in die Mulde. Sie paßte genau hinein.

Es summte leise. Chakotays Befürchtungen bewahrheiteten sich nicht. Es bildete sich kein Loch im Boden unter ihnen. Es schwang auch nicht ganz plötzlich eine Luke auf. Statt dessen verschwand ein Teil der Außenhülle, still und lautlos. Von einem Augenblick zum anderen war das entsprechende Segment einfach nicht mehr da.

Typisch verunisch, dachte Chakotay geistesabwesend. *Keine Dramatik.*

Der Staub von Jahrhunderten schwebte nach draußen, bildete eine dünne Wolke im Sonnenschein.

»Was berichten Ihre Legenden vom Innern des Ersten Ortes?« fragte Chakotay, als Nata und er in die Dunkelheit spähten. Seine Stimme klang gedämpft und ehrfürchtig, und das erschien durchaus angemessen.

Nata sprach in einem ähnlichen Tonfall, als sie erwiderte: »Was zuerst kommt, steht auch am Schluß.« Sie reckte den langen Hals, um mehr zu sehen, schnupperte in der staubigen Luft. »Wir beginnen mit der Seele, und alles endet mit der Seele. Unsere Toten wurden im Schatten des Ersten Ortes beigesetzt. Offenbar haben wir die Verstorbenen hierhergebracht – ins Herz des Ersten Ortes –, bevor das Wissen um den Zugang verlorenging. Auch hier gilt: Gehen Sie vorsichtig, mein Freund.«

Im Anschluß an diese Worte trat sie durch die Öffnung, bewegte sich dabei mit einer Mischung aus Würde und tiefem Respekt. Kaum hatte sie den Zugang passiert, flammte ein Leuchtsegment auf. Sein Licht erhellte einen Korridor, dessen Breite Chakotay auf mindestens fünfzehn Meter schätzte. Im matten Schein sah er etwas, das Nata bereits gerochen hatte: Verunische Leichen säumten die Wände, und jede von ihnen lag auf einer schmalen Pritsche. Erstaunlicherweise stank es nicht nach Verwesung. Die Luft im Konlonieschiff erwies sich als kühl und trocken, was Chakotay als sehr willkommene Abwechselung empfand. Die Leichen waren nicht verwest, sondern ausgetrocknet. Hier und dort sah der Erste Offizier Skelette, und auf manchen Pritschen lag nur mehr Staub.

Chakotays Blick glitt über zahllose mumifizierte Tote, und Unbehagen regte sich in ihm. Bei seinem Volk existierten viele verschiedene Theorien in Hinsicht auf den Respekt, den Tote verdienten. Und fast alle diese Theorien prophezeiten Unheil für den Fall von Respektlosigkeit.

Er schluckte. Es widerstrebte ihm plötzlich, Luft zu holen, denn er wußte: Mit jedem Atemzug sog er sich den Staub von Toten in die Lungen. Andererseits *mußte* er atmen, wenn er diesen verstorbenen Veruniern nicht schon bald im Jenseits Gesellschaft leisten wollte.

Chakotay nahm sich ein Beispiel an Nata, die nur sehr gerührt zu sein schien, ohne Furcht zu empfinden. Offenbar gab es bei den Veruniern keine Gespenster.

Rasch schloß er zu ihr auf und zog so unauffällig wie möglich seinen Phaser.

»Ist das eine Waffe?« fragte die Viha und senkte den Kopf, um sich das Etwas in Chakotays Hand aus der Nähe anzusehen. Dadurch geriet der Anhänger am Hals in Bewegung, das Symbol ihres Status – er baumelte hin und her.

Chakotay errötete wie ein kleiner Junge, den man mit einem Spielzeug in der Schule erwischt hatte. »Ja«, gestand er.

»Ich glaube, so etwas brauchen Sie hier nicht«, sagte Nata. Sie hob den Kopf wieder, bis er fast einen Meter über dem Chakotays schwebte. Mit langen, geschmeidigen Schritten ging sie weiter.

»Ich weiß, daß Ihr Volk sehr friedlich ist – es sei denn, es muß sich verteidigen und zur Wehr setzen«, sagte der Mensch. »Aber wir wissen nichts vom Temperament Ihrer Ahnen. Und wenn dies ein Kolonieschiff ist, wie ich noch immer vermute, so verfügt es bestimmt über Möglichkeiten, mit Feinden fertig zu werden – um die Kolonisten zu schützen. Es ist nur logisch, auf alles vorbereitet zu sein. Vielleicht gibt es hier Fallen.«

Nata schnaufte und klang dadurch fast wie ein Pferd. »Ich kenne die Geschichten, Freund Chakotay. Und sie berichten nicht von Fallen.«

Der Erste Offizier runzelte die Stirn. Zugegeben: Sie hatten das Schiff nicht einfach so betreten können. Es war mit einem Sensorfeld geschützt, das nur auf eine verunische Hand reagierte. Chakotay zweifelte kaum daran, daß er allein mit dem Einsatz von Phaserenergie imstande gewesen wäre, ins Schiff zu gelangen. *Vielleicht haben die alten Verunier weitere Sicherheitsmaßnahmen nicht für nötig gehalten,* dachte er.

Doch der Instinkt teilte ihm etwas anderes mit. Die Verunier waren in vielerlei Hinsicht einzigartig, aber sie wiesen auch große Ähnlichkeiten mit Chakotays Volk auf. Viele Indianerstämme beschritten den Weg des Friedens, doch in den Adern des Ersten Offiziers floß das Blut vieler Häuptlinge, und ihre Weisheit warnte ihn.

Plötzlich fiel ihm etwas ein. »Vielleicht ist ›Falle‹ nicht das richtige Wort. Was sagen die Geschichten über … Prüfungen und Tests?«

Daraufhin blieb Nata stehen. Sie blickte auf Chakotay hinab, und ihre großen gelben Augen offenbarten Überraschung. »Daran … habe ich nicht gedacht.«

Genau in diesem Augenblick wurde es dunkel im Korridor. Chakotay und Nata drehten sich ruckartig um, und der Erste Offizier hielt seinen Phaser bereit.

Der Eingang, durch den sie ins Schiff gelangt waren, existierte nicht mehr. Mensch und Verunierin kehrten hastig zurück, tasteten verblüfft und auch besorgt über eine Metallwand, die sich nun wieder völlig glatt erstreckte. Nichts deutete auf ein Sensorfeld oder eine andere Kontrollvorrichtung hin, mit der sich eine Tür öffnen ließ.

Das Licht veränderte sich. Aus dem matten Leuchten des Segments wurde ein gespenstisches Blau.

Wieder drehten sich Chakotay und Nata um.

Direkt vor ihnen schwebte eine durchsichtige, bläulich glühende Erscheinung etwa einen halben Meter über dem Boden. Das Geschöpf überragte selbst die Viha und wirkte noch mehr wie ein Reptil. Auf dem Kopf und auch am Nacken bemerkte Chakotay spitz zulaufende Höcker.

Der Blick glühender Augen bohrte sich bis in den Kern seines Selbst, und ein zorniges Zischen entrang sich der Kehle des Wesens.

»Wer seid ihr, die ihr euch in die Tiefe der Seele der K'shikkaa vorwagt? Gebt Antwort und sprecht die Wahrheit, wenn ihr nicht sterben wollt!«

Chakotays Gaumen war plötzlich so trocken wie die Gerippe an den Wänden des Korridors. Offenbar behielt er recht. Die Ahnen der Verunier schienen es tatsächlich für notwendig zu halten, jene Leute zu prüfen, die diesen heiligen Ort aufsuchten.

Gleichzeitig hatte er sich auch geirrt.

Es gab *doch* verunische Gespenster.

11

Paris stand vor einem großen Display und kam sich wie ein Starfleet-Ausbilder vor, der unerfahrene Kadetten mit der Raumschifftaktik 101 vertraut machte. Allerdings waren die Kadetten fast alle doppelt so schwer wie er, und außerdem befand er sich hier in einem ausgesprochen seltsamen Klassenzimmer.

Das Display präsentierte ein externes Diagramm der *Voyager*. Maßstabgetreu zeigten sich daneben ein Starfleet-Shuttle und die sechs verunischen Schiffe. Paris sah zu den achtzehn lerneifrigen Piloten – einige von ihnen kannte er inzwischen. Zum Beispiel Miweni, ein älterer Verunier, der beschlossen hatte, dem Ruf der Technik zu folgen. Für ihn gab es einen persönlichen Grund: Seine Ehepartnerin gehörte zu den Verschleppten. Und dann Takuda. Selbst nach verunischen Maßstäben galt er als groß, und er sprach nur dann, wenn er es für erforderlich hielt. Einer der jüngsten ›Kadetten‹ war ein lebhafter junger Echsenmann namens Rixtu, der Takudas Schweigsamkeit mit häufigen Fragen und Kommentaren ausglich.

Paris schluckte und begann.

Er erklärte die Schilde der *Voyager* und wies darauf hin, welche Position die Wächterschiffe in bezug auf das Schiff einnehmen sollten. Er sprach über die Methoden, mit denen Janeway die sechs Schiffe schützen wollte, erklärte auch, worin seine eigene Aufgabe bestand. Die auf dem Display dargestellten Raumschiffe näherten sich der simulierten Konkavität, flogen hinein und gelangten zum Planeten. Paris erläuterte die von ihm entwickelten drei verschiedenen Szenarios und gab den Zuhörern dann die Möglichkeit, Fragen zu stellen.

Es wurden tatsächlich einige formuliert, und zwar auf eine recht intelligente Art und Weise. In mehreren Fällen mußte Paris zugeben, daß er keine Antworten parat hatte, doch er versprach, die notwendigen Informationen so schnell wie möglich zu besorgen. Schließlich war der ›Unterricht‹ zu Ende. Tom kehrte zur Konsole zurück, deaktivierte das Display und stellte erstaunt fest, wie erschöpft er sich fühlte.

»Offenbar haben Sie Ihren Beruf verfehlt«, erklang Kaavis Stimme hinter ihm.

Paris zuckte unwillkürlich zusammen. »Was … O nein. Glauben Sie mir, normalerweise befasse ich mich nicht mit solchen Fragen.«

»Ich wollte nicht behaupten, daß Ihnen solche Dinge leichtfallen. Aber Sie haben gute Arbeit geleistet.« Kaavi blickte an dem Navigator vorbei zur Darstellung der *Voyager,* die noch immer auf dem Schirm blinkte. »Ein sehr beeindruckendes Schiff. Und wie groß! Bestimmt ist es sehr schwer, solch ein Raumschiff zu steuern.«

Paris dachte daran, wie bereitwillig und glatt die *Voyager* auf Navigationskommandos reagierte. Mit der mühelosen Eleganz eines Vogels änderte sie den Kurs. Eigentlich flog sie sogar noch anmutiger …

Die Lippen des jungen Mannes verzogen sich zu einem stolzen Lächeln.

»Nein. Nein, es ist überhaupt nicht schwer, die *Voyager* zu steuern. Wenn man sie fliegt … Dann hat man das Gefühl, einen Tiger zu reiten. Sie ist geballte Kraft, dazu bereit, nach vorn zu springen. Und wie *schnell* sie sein kann, Kaavi! Und immer bleibt sie elegant. Wenn ich die Hände nach der Navigationskonsole ausstrecke, wenn ich die Schaltflächen berühre … Dann habe ich das Gefühl, ganz deutlich die geballte Kraft der *Voyager* zu spüren ...«

Er unterbrach sich, als er sich seiner Schwärmerei bewußt wurde. Kaavis Lächeln sorgte dafür, daß er errötete. Tausend Worte lagen ihm auf der Zunge, aber sie behinderten sich gegenseitig, und deshalb schwieg er.

Kaavi sah die Verlegenheit des Menschen und schüttelte den Kopf. »Ich verstehe Sie, Paris. Erst zweimal habe ich ein Raumschiff geflogen – den Scout, vor seiner fatalen Mission. Ich konnte mich noch nicht darüber freuen, die *Überzeugung* oder ein anderes Schiff ihrer Art zu steuern. Jetzt bin ich sehr gespannt. Einen ersten Eindruck von den Empfindungen habe ich bereits gewonnen. Es ist, wie vom Wind getragen zu werden und gleichzeitig ein Teil von ihm zu sein. Ihre Begeisterung wundert mich nicht. Wir ähneln uns mehr, als Sie zuzugeben bereit sind. Ich finde es sehr schade, daß Sie mich und die anderen Angehörigen meines Volkes so abscheulich finden.«

Diese Worte wurden ohne jeden Vorwurf ausgesprochen und wirkten wie eine schallende Ohrfeige auf Paris. Am liebsten wäre er von einem Augenblick zum anderen im Boden versunken. Zum erstenmal wünschte er sich, noch immer in der Strafanstalt auf Neuseeland zu sein. Viel schlimmer war es, vor diesem klugen, anständigen Geschöpf zu stehen und sich wie der größte Dummkopf im ganzen Universum vorzukommen.

»Kaavi, ich ...« Was sollte er sagen? Sie hatte recht. Inzwischen respektierte er die Verunier, zumindest ihre Technik und Kultur. Doch ihre schlangenartigen Bewegungen, die seltsam geformten Köpfe, das echsenartige Erscheinungsbild ... Das alles weckte Ekel in ihm. »Es ist nichts Persönliches«, brachte er schließlich hervor.

»Ich verstehe«, erwiderte Kaavi freundlich. »Chakotay wies darauf hin, daß unser Aussehen bei Ihnen Erinnerungen an gewisse Geschöpfe Ihrer Heimatwelt stimuliert – an Wesen, die Ihnen Unbehagen bereiten. Ich wollte Sie nicht tadeln, Paris. Ich bedauere nur, daß Sie sich in unserer Gegenwart nicht wohler fühlen.«

Die Verunierin blinzelte, senkte den Kopf und musterte den Menschen besorgt. »Verstoße ich damit gegen Höflichkeitsgebote?«

Paris zwang sich, in Kaavis goldene Augen zu sehen. Dort fand er nichts, was ihren Worten widersprach – nur echte Besorgnis. Er fühlte sich zutiefst beschämt und straffte die Schultern.

»Nein, Kaavi, *Sie* haben gewiß nicht gegen irgendwelche Regeln der Höflichkeit verstoßen. Ganz im Gegensatz zu mir. Ich möchte Sie um Verzeihung bitten. Es sollte keine Rolle spielen, wie Sie aussehen. Wichtig sollte nur sein, wer und was Sie *sind*.«

Die Worte fielen ihm schwer, und das schien Kaavi zu erkennen. »Oh, ›sollte‹ ist ein mächtiges Wort, dazu imstande, Berge zu versetzen, Sonnen zu töten und das Universum neu zu gestalten. Wir *sollten* hier auf Veruna Vier eine Zukunft haben. Wir *sollten* nicht vom Aussterben bedroht sein, vom Tod unserer Welt.«

Ein zorniges Knurren folgte diesen Bemerkungen, und der Glanz in Kaavis Augen veränderte sich.

»Ich *sollte* imstande sein, mit Ehepartner und Kind am Himmel zu fliegen. Ich *sollte* nicht an uralten Schiffen herumbasteln, um die Chance zu bekommen, bei der Verteidigung meiner Heimat zu sterben. Es ist nicht richtig, Paris. Es ist nicht fair. Die Akerianer haben unseren Kindern die Zukunft gestohlen. Die Viha Nata predigt Hoffnung, aber wo verbirgt sie sich? Veruna Vier geht zugrunde, und für Hoffnung bleibt immer weniger Platz.«

Tränen füllten die goldenen Augen. Kaavi bemühte sich sehr, sie zurückzuhalten, aber es gelang ihr nicht. Die Nässe des Kummers rann ihr über die Wangen und hinterließ dort dunkle Spuren im orangefarbenen Pelz.

»Kaavi…« Paris haßte es, wenn Frauen weinten, ganz gleich, zu welcher Spezies sie gehörten. Er wußte nie, wie er sich in solchen Situationen verhalten sollte. Wie tröstete man eine weinende Verunierin?

Sie ist nicht nur eine Frau, sondern auch eine Pilotin, dachte er. *Und sie hat nicht einfach einen hysterischen Anfall. Sie trauert um den Untergang einer ganzen Welt!*

»Kaavi…« Paris nahm seine ganze Kraft zusammen und legte der Verunierin die Hand auf den Arm. Erstaunt stellte er fest, daß er sich weich und warm anfühlte, nicht hart und schuppig. »Die Hoffnung ist hier.« Er deutete zu den arbeitenden Technikern, zur glänzenden *Überzeugung,* zu den Computerdisplays und auch zu den Starfleet-Spezialisten in den schwarzgelben Uniformen.

»Sie schicken sich an, etwas zu unternehmen, und dadurch wird sich die Situation verändern. Ich weiß nicht, wie groß die Veränderung sein wird, aber es ist wenigstens *etwas*. Chakotay und Nata sehen sich unterdessen Ihren Ersten Ort an. Vielleicht finden sie dort Antworten. Vielleicht wissen die Verschleppten etwas, das uns weiterhilft. Etwas, das sie uns mitteilen können, wenn wir sie befreien. Ich meine, wenn *Sie* Ihre versklavten Artgenossen befreien.«

Die verunische Pilotin schniefte, wischte sich mit einer Klauenhand die Tränen aus den Augen und sah Paris an. Die schreckliche Mischung aus Wut, Verzweiflung und dem Gefühl, den Kampf bereits verloren zu haben, verschwand nun aus Kaavis Gesicht, wich wie ein düsterer Schatten von den reptilienhaften Zügen. Daraufhin verbesserte sich Paris' Stimmung ein wenig.

»Sie sind Pilotin, Kaavi – Pilotin auf einer Welt, wo man bis vor kurzer Zeit überhaupt nicht an solche Dinge *dachte*. Ihnen steht eins der elegantesten kleinen Schiffe zur Verfügung, die ich jemals gesehen habe. Und damit fliegen Sie bald los, um verschleppte und versklavte Artgenossen zu befreien. Manche Personen verbringen ihr ganzes Leben, ohne jemals die Chance zu bekommen, etwas zu *bewirken*.«

Bis vor kurzer Zeit erging es mir ähnlich, dachte Paris. Er hob die Hand, um der Verunierin die Tränen von den Wangen zu wischen. Ihr Wangenpelz fühlte sich fast seidig an.

»Die Hoffnung ist *hier«*, fügte er hinzu und legte Kaavi die Hand aufs Herz. Eine Sekunde später fiel ihm ein, daß er damit vielleicht gegen die verunische Etikette verstieß.

Er gab Kaavi einen kameradschaftlichen Klaps auf die Schulter. »Kopf hoch. Sie haben keine Zeit für Selbstmitleid und dergleichen. Arbeit wartet auf Sie. Auf *uns*.«

Die Verunierin blinzelte, schluckte und lächelte dann. Paris schmunzelte, als er begriff: Zum erstenmal verwechselte er das verunische Lächeln nicht mit einer Grimasse.

»Sie sind voller Anteilnahme, Tom Paris. Sie haben ein größeres Herz, als Sie zu erkennen geben wollen.«

Paris wußte nicht recht, was er darauf erwidern sollte. Sanft zupfte er an Kaavis Ärmel. »Lassen Sie uns in die *Überzeugung* zurückkehren. Wenn sie in fünf Stunden raumtüchtig sein soll, wie es Captain Janeway verlangt, so dürfen wir keine Zeit verlieren.«

Als sie zu dem kleinen Schiff gingen, fing B'Elanna Torres den Blick des Navigators ein. Die Chefingenieurin lächelte. Unter anderen Umständen hätte man vielleicht von einem süffisanten Grinsen sprechen können, doch der freundliche Glanz in den klingonischen Augen vermittelte eine andere Botschaft. *Meine Güte, hoffentlich behauptet man später nicht, ich hätte eine Schwäche für Echsenfrauen,* fuhr es Tom durch den Sinn.

»Paris?«

»Ja, Kaavi?«

»Was ist ein... *Tiger?*«

Chakotay begriff sofort, daß der erste Eindruck täuschte. Es handelte sich natürlich nicht um ein Gespenst, sondern um ein Hologramm, noch dazu um ein ziemlich altes, geschaffen von einer Technik, bei der eine Feinjustierung nicht geschadet hätte: Der dreidimensionalen Darstellung fehlte ein volles Farbspektrum, und hinzu kam eine verräterische transparente Qualität. Trotzdem gelangte Chakotay unmittelbar darauf zu dem Schluß, daß zumindest in diesem Fall ein Hologramm gefährlicher sein konnte als ein Gespenst, denn plötzlich flackerten rote Lichter im Korridor. Zweifellos wiesen sie auf ein Waffensystem hin, das feuern würde, wenn Nata die falsche Antwort gab. Und er durfte nicht davon ausgehen, daß die automatischen Abwehrsysteme im Innern des Kolonieschiffes im Lauf von Jahrhunderten oder gar Jahrtausenden defekt geworden waren und keine Gefahr mehr darstellten.

Chakotay fragte sich, ob er von seinem Phaser Gebrauch machen konnte, bevor das fremde Waffensystem aktiv wurde. Vielleicht. Wie dem auch sei: Er hoffte, darauf verzichten zu können.

Die Viha reagierte mit unübersehbarer Verblüffung, aber sie faßte sich schnell und hob den Kopf. Als Nata zu sprechen begann, verwendete sie förmliche Ausdrücke und den Tonfall eines Erzählrituals.

»Ich grüße dich, erster Herausforderer der Seele. Ich bin kein Eindringling. Mein Name ist Nata, und ich bin Viha des Volkes-das-beim-stehenden-Stein-lebt, des Volkes, das …«

Nata setzte den formellen Gruß fort, und Chakotay hörte nur mit halbem Ohr zu. Er zählte gewiß nicht zu den Leuten, die sich leichtfertig für den Einsatz von Gewalt entschieden, aber diesmal zuckte sein Zeigefinger am Auslöser des Phasers. Doch Natas Worte schienen die gewünschte Wirkung zu erzielen. Das blau glühende Hologramm wich zurück, nahm eine abwartende und lauschende Haltung ein. Der Erste Offizier dachte über den sonderbaren Umstand nach, daß die holographische Erscheinung die gleiche Sprache gesprochen hatte wie Nata. Die Sprache stellte etwas Lebendiges dar, das sich im Lauf der Zeit entwickelte und veränderte. Die Worte des Hologramms hätten für Nata zumindest schwer verständlich klingen müssen.

Fast sofort erkannte er den Grund. Die Verunier hielten ihre Kultur und Geschichte verbal lebendig, zeichneten alles mit gesprochenen Worten auf. Chakotay wäre es sicher schwergefallen, sich mit einem Angehörigen seines eigenen Volkes zu verständigen, der tausend Jahre aus der Vergangenheit kam. Die Sprache der Verunier – beziehungsweise der K'shikkaa – hatte sich jedoch überhaupt nicht verändert.

Der Erste Offizier prägte sich diesen Punkt ein.

Schließlich beendete Nata ihre Begrüßungsansprache und verneigte sich tief. Das Hologramm schien zufrieden zu sein.

»Sie sind eine wahre Viha. Sie tragen das Zeichen Ihres Status, und Sie kennen die Worte der Wahrheit. Sie dürfen passieren und haben den Befehl über das große Schiff *Seele*.«

Die holographische Darstellung verschwand. Ein leises Summen wies darauf hin, daß das Kolonieschiff zu neuem Leben erwachte, so als sei es von den Worten der Viha geweckt worden. Die roten Lichter verschwanden, und andere Lampen glühten, hüllten den Korridor in einen warmen, sonnigen Schein.

Feiner Staub bedeckte den Boden – der letzte Rest von vielen hundert toten Veruniern. Die zentimeterdicke Schicht wies deutliche Abdrücke auf, geschaffen von Chakotays Stiefeln und Natas Klauenfüßen. Die weißen Wände schienen aus dem gleichen Metall zu bestehen wie die Außenhülle.

Chakotay bedeutete der Viha, ihm zu folgen. Wortlos begleitete sie ihn, als er zu der Stelle zurückkehrte, an der sie das Schiff betreten hatten. Als sie dicht vor der Wand verharrten, öffnete sich wieder die Tür, lautlos und geheimnisvoll.

Chakotay und Nata traten nach draußen, woraufhin sich die Öffnung in der Außenhülle schloß. Als die Viha ihre Hand erneut in die Mulde des Sensorfelds legte, erschien auch die Tür wieder und gab den Weg ins Innere des Schiffes frei.

Der Erste Offizier sah die Viha an und lächelte.

»Offenbar haben Sie wirklich die Prüfung bestanden«, sagte er. »Ich wollte feststellen, ob wir nach Belieben kommen und gehen können. Es liegt mir fern, respektlos zu sein, aber ich habe keine Lust, den Rest meines Lebens mit Ihnen im Schiff zu verbringen.«

»Mir geht es ebenso«, erwiderte Nata. »Kommen Sie. Der ... Protektor des Ersten Ortes hat mir Zugang gewährt. Diese Freiheit möchte ich nutzen.«

Chakotay nickte. Sie begaben sich wieder ins Schiff und schritten durch den Korridor, der wesentlich länger war, als es zuerst den Anschein gehabt hatte. Zehn Minuten verstrichen, dann fünfzehn, und der Erste Offizier erinnerte sich einmal mehr an die knappe Zeit. Er blickte kurz zu den aufgebahrten Toten in den Wandnischen, sah dann zu Nata auf. »Wäre es respektlos zu laufen?«

»Das habe ich mich ebenfalls gefragt«, sagte die Viha und lachte leise. »Uns bleiben weniger als fünf Stunden Ihrer Zeit. Deshalb schlage ich vor, wir beeilen uns.«

Chakotay lief sofort los. Er war in ausgezeichneter körperlicher Verfassung und konnte in Wirklichkeit fast ebenso schnell und mühelos laufen wie während der geistigen Ausflüge mit seiner Seelenfreundin. Aufgrund ihrer langen Beine fiel es Nata nicht schwer, mit ihm Schritt zu halten. Sie blieb an seiner Seite, und ihre großen Füße verursachten ein rhythmisches Pochen.

Schließlich bemerkte Chakotay, daß der Korridor

weiter vorn an einer Wand endete. Er sah darin keinen Grund zu Besorgnis; inzwischen wußten sie um die Beschaffenheit der Türen im Kolonieschiff, und deshalb war er sicher, daß es sich nicht um eine echte Sackgasse handelte. Vor der Wand blieb er schnaufend stehen, und als er sich ihr bis auf zehn Zentimeter näherte, metamorphierte sie zu einem Torbogen.

Dahinter erstreckte sich etwas, das weit über Natas Vorstellungsvermögen hinausging und viel mehr darstellte, als Chakotay zu hoffen gewagt hatte.

Auf der anderen Seite des Torbogens begann ein riesiger, offener Bereich. Die Decke wölbte sich mindestens fünfhundert Meter über ihnen. Balkone zogen sich an den hohen Wänden entlang und wiesen auf weitere, von hier aus nicht sichtbare Räume hin. *Private Quartiere?* dachte Chakotay. *Offiziersmessen? Holodecks?*

Doch etwas anderes hatte die Viha erstarren lassen – und ließ den Ersten Offizier erfreut nach Luft schnappen. Weiter vorn sah er Funktionsgruppen, die aus Hunderten von Schaltpulten und Computerterminals bestanden. Einige hundert Meter abseits davon erhoben sich triebwerksartige Aggregate.

»Alles deutet darauf hin, daß Anahu und Kaavi recht haben«, hauchte Nata und schien es noch immer nicht fassen zu können. »Bisher hielt ich das einfache Leben für richtig, doch ganz offensichtlich haben unsere Ahnen – die K'shikkaa, wie wir sie jetzt nennen sollten –, die Technik sehr verehrt.«

»Nein«, widersprach Chakotay, als er Kummer in Natas Stimme hörte. »Sie gaben das Kolonieschiff auf, weil sie es nicht mehr brauchten. Die K'shikkaa wählten Veruna Vier wegen der günstigen Lebensbedingungen. Ich weiß aus eigener Erfahrung, daß eine friedliche Koexistenz zwischen Technik und Natur möglich ist.«

Die Viha lächelte plötzlich. »›Ich weiß, daß Sonnen

gewaltige Gaskugeln sind, in denen nukleare Kernfusion stattfindet. Aber ich halte es auch für möglich, daß sie über Seelen verfügen. Ich *denke* wie die Verunier, und das kann nur ein Vorteil sein. Wenn wir ihre Geschichten und Mythen analysieren.‹« Damit zitierte Nata den genauen Wortlaut von Chakotays früherer Bemerkung. »Es hat sich tatsächlich als Vorteil erwiesen, Freund Chakotay. Jetzt müssen wir unser Bemühen auf die Aufgabe konzentrieren, diese Technik zu verstehen.« Sie zuckte hilflos mit den Schultern. »Kaavi und Anahu wären Ihnen bei dieser besonderen Seelenerforschung sicher eine größere Hilfe als ich. Meine Güte, ich weiß nicht einmal, wo wir anfangen sollen.«

»Kaavi und Anahu wären vom Hologramm und dem automatischen Waffensystem getötet worden«, erwiderte Chakotay. »Sie als Viha kannten die richtigen Worte, um uns passieren zu lassen. Und was den letzten Punkt betrifft: Ich glaube, ich weiß, wo es sich lohnen könnte, mit den Untersuchungen zu beginnen.«

Siebenundvierzig lange, enttäuschende Minuten später hatte es Chakotay mit jeder noch so absurd erscheinenden Idee versucht – ohne Erfolg. Er kannte sich mit technischen Subsystemen und Computern aus; als Anführer einer Maquis-Gruppe, die ständig von einem gestohlenen Raumschiff zum nächsten wechselte, mußte er mit verschiedenen Techniken vertraut sein. Wie dem auch sei: B'Elanna wußte besser um Triebwerke Bescheid, und Kim war vor allem mit Funktionsstationen vertraut. Hier wurden vor allem spezifische Fachkenntnisse gebraucht, und da mußte Chakotay passen.

Es schien keine Möglichkeit zu geben, die allgemeine Energieversorgung wiederherzustellen. Nirgends zeigte sich ein zentraler Schalter oder dergleichen. Der Erste Offizier hatte es auch mit verbalen Anweisungen versucht und Nata gebeten, seine Kommandos zu wiederholen – in der Hoffnung, daß irgendein verborgener Mechanismus auf eine verunische Stimme reagierte.

Chakotay war nun bereit, sich geschlagen zu geben, B'Elanna und Kim zu rufen, sich damit abzufinden, daß sie gerade eine Stunde vergeudet hatten. Er seufzte schwer, rutschte unter einer Konsole hervor, stand auf und wandte sich der Viha zu.

Er brauchte kein Wort zu sagen. Sie lernte die menschliche Körpersprache immer besser zu deuten, so wie Chakotay die verunische, und außerdem sah sie den Kummer in seinen Augen. Aus einem Reflex heraus tastete sie nach ihrem Amulett, als könnte ihr der metallene Anhänger dringend benötigten Trost spenden.

Das Licht in dem gewaltigen Saal ließ das Objekt funkeln. Chakotay hatte Nata oft bei dieser Geste beobachtet, der sie sich vermutlich nicht einmal bewußt war. Diesmal gewann sie eine ganz neue Bedeutung. Der Anhänger wirkte vertraut, und zwar auf eine andere Weise als bisher.

Mit klopfendem Herzen richtete Chakotay seine Aufmerksamkeit wieder auf die Konsole.

Und dort sah er es. Zwischen den vielen seltsamen Knöpfen, Tasten, Kerben und anderen teilweise recht exotischen Schaltelementen gab es auch eine faustgroße Vertiefung. Sie wies hier und dort einige Vorsprünge und scharfe Kanten auf, aber Chakotay war ganz sicher, daß Natas ›Statuszeichen‹ genau hineinpaßte.

»Sehen Sie sich das an«, sagte er.

Die Viha hörte Aufregung in der Stimme des Menschen und reagierte sofort. Eine Sekunde später stand sie an Chakotays Seite.

»›Sie tragen das Zeichen Ihres Status‹«, zitierte er das Hologramm. »Ihr Amulett. Ich bin mir nicht ganz sicher, aber ... Vielleicht gelingt es uns damit, die Energieversorgung zu aktivieren.«

Die Konsole, vor der sie standen, wies eine fünfeckige Struktur auf. Jede Seite war drei Meter lang, reichte Nata bis zur Hüfte und Chakotay bis zur Brust. In der Mitte gab es einen flachen Bereich, dessen Zweck der Mensch nicht zu ergründen vermochte. Die vielversprechende Mulde befand sich genau im Zentrum davon.

Mit zitternden Hände streifte sich Nata das Amulett über den Kopf und zerriß den Lederriemen. Sie warf ihrem Begleiter einen hoffnungsvollen Blick zu, legte den Anhänger dann in die Mulde.

Nichts geschah.

Chakotay schmeckte die Enttäuschung wie Galle im Mund. Es erschien alles so ... sinnvoll. Es *mußte* funktionieren. Es stand im Einklang mit allem, was er über die K'shikkaa und ihre Nachkommen wußte.

»Nata, Sie sind nicht die einzige Viha, oder?«

»Nein. Es gibt insgesamt fünf von uns ...« Ihre Stimme verklang, und Chakotay wußte, was sie dachte: *Fünf Vihas. Fünf Konsolenseiten. Fünf Amulette.*

Ein Hinweis erübrigte sich. Sie eilten zur nächsten Konsole, fanden dort die Mulde und schoben den Anhänger hinein. Wieder geschah nichts. Sie probierten es bei der dritten Konsole, dann bei der vierten ...

Diesmal stieß der Anhänger nicht an ein in der Vertiefung verborgenes Hindernis und glitt ganz hinein, woraufhin es leise klickte. Sie warteten zwei Sekunden lang, was ihnen wie eine Ewigkeit erschien.

Und dann summte die Konsole, als Geräte und Instrumente aus einem langen Schlaf erwachten. Farben huschten über Displays, und Kontrollflächen glühten hell.

Chakotay und Nata grinsten wie Idioten und umarmten sich.

»Ich grüße Sie, Viha«, ertönte eine Stimme. »Wie kann ich zu Diensten sein?«

Mensch und Verunierin drehten sich überrascht um.

Die Stimme kam von einer freien Stelle mitten in der Konsolengruppe. Dort stand der gleiche ›Wächter‹, den sie zuvor im Korridor gesehen hatten, und in diesem Fall funktionierte der holographische Projektor einwandfrei. Die Gestalt wirkte sehr echt, schien tatsächlich Substanz und Leben zu haben.

»Wer bist du?« fragte Chakotay.

Das Hologramm drehte den Kopf und sah ihn an. »Ich beantworte nur die Fragen der Viha. Allein Vihas sind befugt, dem Computer Anweisungen zu erteilen.«

»Es ist eine Manifestation des Computers«, sagte Chakotay. »Fragen Sie etwas.«

»Computer ...« Nata zögerte und fuhr dann mit wachsender Entschlossenheit fort: »Es ist lange her, seit jemand von uns mit dir gesprochen hat.«

»Viertausenddreihundertsiebenundzwanzig Jahre, acht Monate, zwei Wochen und vier Tage«, bestätigte das Hologramm.

»Wir haben die Geschichten bewahrt«, sagte Nata. »Aber es geriet auch viel in Vergessenheit. Wie ... wie kamen wir hierher? Und warum?«

Der holographische K'shikkaa wirkte verwirrt. »Eine vollständige verbale Präsentation der betreffenden Informationen nimmt etwa zwei Jahre, drei Monate, drei Wochen, sechs Tage und neun Stunden in Anspruch. Wenn Sie nicht die kompletten Daten wünschen, sollten Sie den Suchbegriff für die auszuwählenden Informationen eingrenzen.«

Nata überlegte kurz. »Ich wünsche eine zusammenfassende Antwort auf die Frage, warum die K'shikkaa nach Veruna Vier kamen.«

»Die Sonne im System des K'shikkaa starb. Eine Supernova stand unmittelbar bevor. Man stellte fest, daß es in mehreren anderen Sonnensystemen für das Leben der K'shikkaa günstige Bedingungen gab. Veruna Vier war die erste geplante Kolonie. Man schickte ein Kolonieschiff dorthin: die *Seele*. Da Sie die allgemeine Energieversorgung reaktiviert haben, ist zu vermuten, daß die Kolonisierung erfolgreich verlief.«

»Und die anderen Kolonien?« erkundigte sich Nata.

»Zu diesem Thema liegen keine Informationen vor. Die übrigen Schiffe sollten nach der *Seele* aufbrechen.«

»Eine sterbende Sonne«, wiederholte Chakotay leise. »Offenbar hat sich für Ihr Volk der Kreis geschlossen, Nata.«

»Was sollte ich sonst fragen?«

»Nun, es wäre sicher nützlich zu wissen, wie man diese Kontrollen bedient.«

Die Viha stellte eine entsprechende Frage.

»Eine vollständige verbale Präsentation der betreffenden Informationen nimmt etwa sieben Monate, eine Woche und zwei Tage in Anspruch. Wenn Sie nicht die kompletten Daten wünschen, sollten Sie den Suchbegriff für die auszuwählenden Informationen eingrenzen.«

Nata richtete einen verwirrten, um Rat bittenden Blick auf Chakotay.

»Fragen Sie den Computer, ob er detaillierte Informationen über die Wächterschiffe hat und visuelle Hinweise auf ihre Funktion geben kann.«

Nata kam der Aufforderung nach. Die holographische Gestalt erstarrte kurz und nickte dann. »Das ist möglich. Bitte beobachten Sie.«

Das Hologramm verschwand, und seinen Platz nahm eine perfekte, etwa zwei Meter große Nachbildung des Schiffes *Weisheit* ein. Chakotay sah staunend zu, als der Raumer nach und nach wie von Geisterhänden demontiert wurde. Weitere Bilder erschienen und erläuterten einzelne Funktionen. Der Erste Offizier dachte an B'Elanna, die einen Teil der verunischen Technik für spielzeugartig hielt und den anderen für ein Rätsel. Hier wurde das Rätsel gelöst, das Geheimnis gelüftet. Das Funktionspotential der kleinen Schiffe schien sogar größer zu sein, als Torres vermutet hatte.

Chakotay lächelte erfreut. »Kommen Sie. Kehren wir zu den anderen zurück. Wir müssen so schnell wie möglich die Piloten und Techniker hierher holen. B'Elanna Torres wird sich sehr freuen.«

»Aber ...« Nata vollführte eine hilflose Geste. »Wie sorge ich dafür, daß dies ... aufhört?« Sie deutete zu den projizierten Darstellungen.

»Teilen Sie dem Computer einfach mit, daß er den visuellen Vortrag beenden soll«, erwiderte Chakotay. »Einfache Anweisungen sind am besten.«

»Computer, Ende«, sagte Nata. Prompt verschwanden die Bilder, und erneut manifestierte sich die holographische Gestalt. »Ein Amulett genügte, um den Computer zu aktivieren. Was geschähe, wenn alle fünf Vihas ihre Anhänger in die Konsolen einfügen?« fragte die Viha.

»Fünf Schlüssel sind notwendig, um Mobilität wiederherzustellen«, verkündete der Computer.

»Ich verstehe nicht«, murmelte Nata, doch Chakotay glaubte, daß sie zumindest etwas ahnte. Was ihn selbst betraf: Er glaubte, seinen Ohren nicht trauen zu können.

»Wenn die Kontrollen von fünf Vihas bedient werden, ist es möglich, die Startsequenz einzugeben und das letzte Ziel zu programmieren.«

»Soll das heißen ...« Nata zögerte kurz. »Mit fünf Vihas an Bord, mit allen Schlüsseln ... kann dieses Schiff *fliegen?*«

»Ja.«

Natürlich nur rein theoretisch, dachte Chakotay und dämpfte damit die heiße Hoffnung, die plötzlich in seinem Herzen brannte. Nach mehr als viertausend Jahren funktionierte das Triebwerk vielleicht gar nicht mehr. Und vermutlich bot es nicht allen Veruniern Platz. Einige mußten zurückbleiben, selbst wenn sich das Kolonieschiff als raumtüchtig erwies.

Doch seine Bemühungen, die Freude im Zaum zu

halten, scheiterten kläglich, als er Natas Gesicht sah. Sie wirkte wie eine Gefangene, deren Todesurteil gerade ausgesetzt worden war.

Vielleicht gab es doch noch eine Zukunft für ihr Volk.

12

Chakotay, Paris, Torres und die Verunier hatten die vier Stunden, die ihnen noch blieben, gut genutzt. Das Computersystem der *Seele* stellte sich glücklicherweise als sehr ›benutzerfreundlich‹ heraus, um einen Begriff aus dem zwanzigsten Jahrhundert zu benutzen. Die holographischen Erklärungen der Funktionen, Kontrollen und technischen Prinzipien der Wächterschiffe waren einfach, aber auch gründlich. Paris und Torres sahen sich die Darlegungen etwa eine Stunde lang an, und dann hatten sie alles verstanden. Eine weitere halbe Stunde nahmen zusätzliche Erläuterungen für die Verunier in Anspruch. Anschließend wußte Anahu genug über die Schiffe – die verunischen Techniker konnten die Reparaturarbeiten allein fortsetzen, ohne Hilfe von der *Voyager* in Anspruch nehmen zu müssen.

Chakotay staunte. Ihm erschien alles wie ein Wunder. Andererseits: Die Verunier verfügten über ein perfektes verbales Gedächtnis – was sie einmal gehört hatten, vergaßen sie nie. Diese Fähigkeit war unter den gegebenen Umständen besonders nützlich.

Torres und Anahu kehrten in die unterirdischen Hangars zurück. Paris brachte den Computer der *Seele* irgendwie dazu, eine holographische Flugsimulation für die Piloten zu präsentieren.

Schließlich hielt Chakotay den Zeitpunkt für gekommen, dem Captain Bericht zu erstatten. Dazu mußte er das Kolonieschiff verlassen. Das weiße Metall verhinderte nicht nur eine Sensorerfassung der Innenstruktur, sondern blockierte auch Kom-Signale.

Er war gerade nach draußen getreten, in die schwüle Hitze, als sein Insignienkommunikator piepte.

»Janeway an Chakotay.«

»Hier Chakotay.«

»Ihr Bericht ist längst überfällig, Commander. Ich habe mir schon Sorgen gemacht.«

Der Erste Offizier verzog das Gesicht – er hatte überhaupt nicht gemerkt, wie schnell die Zeit verstrich. »Ich bitte um Entschuldigung, Captain. Wir haben …« Wie sollte er es ausdrücken? »… wundervolle Dinge im Innern des Kolonieschiffes entdeckt.«

»Ich kann Ihr Lächeln gewissermaßen *hören*, Chakotay. Nun, was konnten Sie in Erfahrung bringen?«

»Die Verunier stammen nicht von diesem Planeten, wie ich bereits vermutet habe«, sagte Chakotay. »Ihre Ahnen, die K'shikkaa, kamen hierher, weil sie ausgerechnet von einer sterbenden Sonne bedroht wurden. Es gab weitere Kolonieschiffe, aber sie brachen nach der *Seele* hier auf, und daher ist nichts über sie bekannt. Mit Natas Hilfe konnten wir den Computer aktivieren, wodurch wir Zugang zu allen notwendigen Informationen bekamen. Torres arbeitet zusammen mit den verunischen Technikern an der praktischen Umsetzung dieser Informationen. Auch für die Piloten haben sie sich als sehr wertvoll erwiesen. Wenn die Akerianer beschließen, noch einmal den Planeten anzugreifen, so erwartet sie eine Überraschung.«

»Ausgezeichnet«, erwiderte Janeway. Sie klang erfreut und auch erleichtert. »Dadurch fällt es mir nicht ganz so schwer, meine Absichten zu verwirklichen.«

»Was haben Sie vor?«

»Das möchte ich mit allen meinen Senioroffizieren besprechen«, entgegnete Janeway und wich damit der Frage aus. »Auch wir sind nicht untätig geblieben. Mr. Kim hat in Hinsicht auf die Akerianer etwas entdeckt, das die Bezeichnung *verblüffend* verdient. Wann kann sich Ihre Gruppe an Bord beamen?«

»Sie haben uns fünf Stunden gegeben, Captain, und es wäre mir lieb, jede Minute davon zu nutzen. Um siebzehn Uhr sind wir wieder an Bord der *Voyager*.«

»In Ordnung. Begeben Sie sich sofort nach dem Transfer ins Konferenzzimmer. Janeway Ende.«

Nie hatte die recycelte Luft der *Voyager* herrlicher gerochen, fand Chakotay, als er nach fast drei vollen Tagen auf Veruna Vier im Transporterraum der *Voyager* materialisierte. Er atmete tief durch und sah, daß sich Paris und Torres genauso verhielten. Er fing ihren Blick ein und lächelte.

»Es ist ein hübscher Planet, aber ich möchte dort nicht leben«, sagte Paris. Es erklang kein echter Humor in seiner Stimme, denn sie alle wußten: Die Welt Veruna Vier hatte den größten Teil ihrer einstigen Schönheit eingebüßt. Deshalb waren Chakotay und seine Begleiter froh, wieder auf der *Voyager* zu sein.

Sie schritten zum nächsten Turbolift. Torres gähnte – und ärgerte sich sofort darüber, daß sie solche ›Schwäche‹ zeigte.

»Liegt bestimmt am veränderten Sauerstoffgehalt der Luft«, meinte Paris. Sein Gesichtsausdruck wirkte neutral, aber Chakotay argwöhnte trotzdem, daß er spottete. Bei Paris mußte man immer damit rechnen. Auch Torres schien von einer solchen Annahme auszugehen, denn sie warf ihm einen finsteren Blick zu.

»Ja, wahrscheinlich«, sagte sie.

Die Tür des Turbolifts öffnete sich. Neelix und Kes standen in der Transportkapsel.

»Willkommen an Bord, kühne Reisende!« rief Neelix und wich zurück, um Platz zu schaffen. »Ich nehme an, Sie sind zur Brücke unterwegs, oder?«

Chakotay nickte. Die Tür schloß sich wieder, und der Lift glitt weiter durchs Schiff.

»Die Blutproben, die Sie von Kaavi nahmen, waren sehr hilfreich, Tom«, sagte Kes. Sie sprach in dem für sie üblichen sanften Tonfall. »Wenn es zu einem Kampf kommt und die Verunier medizinische Versorgungsgüter benötigen, so wissen wir jetzt, was sie brauchen. Es war eine sehr kluge Maßnahme von Ihnen.«

»Ein Klacks für jemanden wie mich.« Paris lächelte und sah auf die attraktive junge Ocampa hinab.

»Da wir gerade bei Kaavi sind …«, warf Neelix ein. Voller Unbehagen nahm er zur Kenntnis, wie dicht seine geliebte Kes neben dem Mann stand, den er einmal »wandelnde Hormone« genannt hatte. »Wie ich hörte, haben Sie eine … enge Beziehung zu der Drachenlady geknüpft.«

Chakotay schloß kurz die Augen und wartete auf Paris empörte Reaktion, in der Art von: *Wenn Sie glauben, daß eine Echsenfrau und ich … Das ist ja widerlich.*

Paris reagierte tatsächlich mit Empörung, aber die Worte klangen ganz anders, waren ganz und gar nicht typisch für den sonst so frechen Lieutenant.

»Nennen Sie Kaavi oder eine andere Verunierin *nie* wieder ›Echsenfrau‹. Die Bewohner von Veruna Vier gehören zu den freundlichsten Personen, die ich kenne. Von ihrem Anstand und Takt könnten Sie sich eine Scheibe abschneiden. Ich empfehle Ihnen dringend, höflicher zu sein, *Talaxianer!*«

Alle wandten sich Paris zu und starrten ihn überrascht an. Jene Gene, denen er blondes Haar und blaue Augen verdankte, hatten ihm auch helle Haut gegeben, die Schamesröte in aller Deutlichkeit zeigte. Derzeit reichte das rote Glühen bis zum Haaransatz des Lieutenants. Trotzdem hielt er den erstaunten Blicken trotzig und herausfordernd stand.

Diesmal machte Paris keine Witze. Diesmal meinte er es ernst.

Es gibt doch noch Wunder, dachte Chakotay. Er bemerkte Paris' Blick und deutete ein Nicken an.

Als der Turbolift das Brückendeck erreichte, verließ Tom Paris die Transportkapsel als erster und schritt sofort zum Konferenzzimmer. Die anderen folgten langsamer.

»He, was ist denn *los?*« fragte Neelix.

Kes' Lippen formten das für sie typische hintergründige, geheimnisvolle Lächeln, das Chakotay daran erinnerte, wie wenig sie eigentlich vom Volk der Ocampa wußten.

Sie sprach noch sanfter als sonst, als sie sagte: »Ich glaube, Tom ist einer Frau begegnet, die er mag und respektiert, an der ihm etwas liegt – und die er physisch nicht begehrt.« Das Lächeln wuchs ein wenig in die Breite, gewann eine schelmische Qualität. »Und das verwirrt ihn sehr.«

Natürlich gab es im Konferenzraum keine Uhr, deren Ticken auf das Verstreichen der Zeit hinwies. Doch Janeway fühlte sich so, als hinge eine an der Wand.

Es gelang ihr nicht, sich zu entspannen, denn es gab zu viele Dinge, die schiefgehen konnten. Die von Kim analysierten Daten aus dem Computer der *Eroberung* wiesen darauf hin, daß akerianische Raumschiffe in der Lage waren, bis auf Warp neun zu beschleunigen. Das bedeutete: Die *Sieg* hatte das technische Potential, die Strecke zwischen Veruna Vier und Akeras in einem Tag zurückzulegen.

Janeway war davon ausgegangen, daß der beschädigte akerianischer Kreuzer nicht Warpfaktor neun erreichen konnte, und Tuvok hatte ihr zugestimmt.

»Die Wahrscheinlichkeit dafür, daß die *Sieg* während des ganzen Fluges maximale Geschwindigkeit halten kann, beträgt 2#s358#s489 zu 1.« So lauteten die Worte des Vulkaniers.

Achtundvierzig Stunden lang stellte das Kriegsschiff also kein Problem dar. Und wieviel Zeit blieb anschließend? Wie stark war die *Sieg* beschädigt? Aus den Aufzeichnungen der *Eroberung* ging hervor, daß die akerianische Flotte ursprünglich aus acht überlichtschnellen Schiffen bestanden hatte. Eines war auf Veruna Vier abgestürzt, wodurch die Verunier Gelegenheit bekamen, das eine oder andere von der akerianischen Technik zu lernen. Das Gefecht mit der *Voyager* hatte die *Eroberung* in ein Wrack verwandelt. Acht minus zwei ergab sechs.

Sechs Schiffe standen den Akerianern noch zur Verfügung.

Die Frage lautete: Wo verbargen sie sich? Die *Sieg* war mit ziemlicher Sicherheit nach Akeras geflogen, damit dort notwendige Reparaturen vorgenommen werden konnten. Nach dem, was sie über das Wesen der Akerianer wußten, stand eine Rückkehr der *Sieg* praktisch fest – Linneas würde bestimmt nicht darauf verzichten, den Kampf fortzusetzen. Und die fünf anderen Schiffe? Warteten sie im Orbit von Akeras auf den Einsatzbefehl? Oder terrorisierten sie die Bewohner anderer Sonnensysteme?

Oder befanden sie sich vielleicht in der Konkavität, im Schlund des gräßlichen Sonnenfressers? Möglicherweise wußten ihre Kommandanten überhaupt nicht, was jenseits des Ereignishorizonts geschehen war. Und wenn diese Annahme den Tatsachen entsprach: Was sollte Janeway unternehmen, wenn jene Schiffe die Anomalie verließen?

Alles in ihr drängte danach, nicht länger zu warten und den aktuellen Vorteil zu nutzen. Die *Voyager* war ebenso bereit wie ihre Crew: Der Flug zum und in den Sonnenfresser konnte sofort beginnen; eine Anweisung genügte.

Und die Verunier? Janeway selbst hatte ihnen Hilfe bei der Rettung der Verschleppten versprochen – bevor sie feststellte, wie niedrig des technische Niveau der Verunier war und wie schnell die akerianischen Schiffe fliegen konnten.

Sie erinnerte sich an ihre eigenen Worte, die sie vor knapp drei Tagen in diesem Konferenzzimmer ausgesprochen hatte: *Es kostet uns nur ein wenig Zeit, die Verunier in den Normalraum zu begleiten und zu gewährleisten, daß sie sicher nach Veruna Vier heimkehren können. Anschließend fliegen wir erneut in den Sonnenfresser, um uns durchs – bisher noch immer hypothetische Wurmloch – zu transferieren.*

Janeway war nach wie vor bereit, an dieser Entscheidung festzuhalten. Aber sie wußte auch, daß sie ein erhebliches Risiko einging – und daß die Crew der *Voyager* den größten Teil dieses Risikos trug. Nun, inzwischen kannten sie die Waffen der Akerianer und wußten auch, wie man mit ihnen fertig werden konnte. Trotzdem: Die Sache blieb gefährlich.

Die Tür öffnete sich mit einem leisen Zischen. Janeway setzte sofort die ›Pokermiene des Captains‹ auf, wie sie es nannte, und wandte sich ihren Offizieren zu.

Paris hatte offenbar gerade einen Streit hinter sich; seine Wangen glühten noch immer. Chakotays Lächeln, B'Elannas finstere Miene und die Verwirrung in Neelix' Zügen deuteten darauf hin, daß die anderen Bescheid wußten. Kes lächelte so ruhig wie immer. Tuvok und Kim bildeten den Abschluß.

Janeway blieb stehen und musterte die Offiziere nacheinander, als sie Platz nahmen. Gute Leute, sie alle. Man konnte stolz auf sie sein. *Ich darf sie nicht enttäuschen.*

»Bevor wir mit dem Informationsaustausch beginnen, möchte ich einen kurzen Statusbericht hören«, sagte Janeway und nickte dem rechts von ihr sitzenden Tuvok zu.

»Die taktische Station ist auf alle Eventualitäten vorbereitet. Wir haben die von Mr. Kim transferierten Daten in unsere Systeme integriert. Alle zur taktischen Abteilung gehörenden Besatzungsmitglieder sind mit den Konfigurationen und Waffen der akerianischen

Schiffe vertraut. Die Phaser können auf Ihre Anweisung hin mit Energie geladen werden, Captain.«

Tüchtigkeit und Effizienz. Janeway hatte von dem Vulkanier nichts anderes erwartet. Sie sah zu Kim, der daraufhin seinen Datenblock aktivierte. »Ich habe mit den einzelnen Sektionsleitern gesprochen und mir bestätigen lassen, daß die Vorbereitungen abgeschlossen sind und alles bestens funktioniert. Sie warten nur noch auf Ihren Befehl. Und sie möchten natürlich wissen, was die Einsatzgruppe herausgefunden hat«, fügte er mit einem kurzen Blick auf Chakotay hinzu.

»Wie ist die Lage im Maschinenraum, Lieutenant Torres?«

»Carey hat während meiner Abwesenheit ausgezeichnete Arbeit geleistet, Captain«, sagte Torres überraschend freundlich. »Alle Schäden sind repariert, und die Systeme haben volle Kapazität.«

»Gut. Dann sollten wir uns jetzt anhören, was sich auf Veruna Vier zugetragen hat.« Janeway setzte sich und überließ das Wort Chakotay. Er stand nicht auf, beugte sich nur vor.

»Wenn dies eine gewöhnliche Forschungsmission wäre, so könnten wir den Veruniern während der nächsten Monate dabei helfen, ihre vergessene Technik wiederzuentdecken«, begann der Erste Offizier. »Doch dazu fehlt uns die Zeit. Glücklicherweise kommen sie auch ohne uns ganz gut zurecht.«

Er legte eine Pause ein und sammelte die Gedanken.

»Die Verunier stammen von einem Volk ab, das sich K'shikkaa nannte und mindestens ein Kolonieschiff ins All schickte, die *Seele*.« Chakotay berührte eine Schaltfläche, woraufhin das Schiff auf dem Bildschirm erschien.

Kim runzelte die Stirn. »Aber das ...«

Janeway brachte ihn zum Schweigen, indem sie kurz den Kopf schüttelte. Chakotay musterte ihn neugierig, sah dann die Kommandantin an und fuhr fort:

»Begleitet von den sechs Wächterschiffen landete es auf Veruna Vier. Es enthielt alles, um den K'shikkaa-Kolonisten einen guten Anfang zu ermöglichen. Nun, der Planet wies so günstige Lebensbedingungen auf, daß die Siedler ihr Kolonieschiff im Lauf der Zeit vergaßen. Sie brachten die Wächterschiffe und Computer-Ausrüstungen in Höhlen unter, kehrten dann zu einem Leben in der freien Natur zurück. Die einzige Verbindung zur Vergangenheit schufen seltsame Geschichten. Einige von ihnen haben Nata und ich entschlüsselt; sie halfen uns dabei, mehr über das große Schiff herauszufinden.«

Chakotay lehnte sich wieder zurück, und eine neuerliche Berührung der Schaltfläche ließ das Bild vom Schirm verschwinden. Mit einem knappen Nicken forderte er Torres auf, weitere Einzelheiten zu nennen.

»Die K'shikkaa waren ein sehr hoch entwickeltes Volk, Captain«, sagte die Klingonin. »Ich verstand, wie die meisten Dinge an Bord ihrer Schiffe funktionieren, aber das eine oder andere blieb mir schleierhaft. Bis ich zusätzliche Informationen vom Computer des Kolonieschiffes bekam. Mit jenen Daten gehen die Reparaturarbeiten wesentlich schneller voran. Zunächst erzielten wir nur langsam Fortschritte, und ich habe mit dem Gedanken gespielt ...« Torres unterbrach sich, von ihren eigenen Worten entsetzt.

Janeway ahnte etwas. »Sie fühlten sich versucht, den Veruniern mit unserer Technologie zu helfen.«

B'Elanna senkte den Kopf und atmete mehrmals tief durch. Schließlich sah sie wieder auf.

»Ja«, gestand sie. »Aber ich habe der Versuchung nicht nachgegeben.«

»Ich weiß.« In Janeways Stimme erklang nun Anteilnahme. »Sie sind nicht Seska. Sie verstehen, warum so etwas für uns nicht in Frage kommt. Bitte glauben Sie mir: Jeder von uns würde gern *alle* Mittel nutzen, um den Veruniern zu helfen, ihnen eine Zukunft zu ermöglichen. Aus Anteilnahme gegen die Vorschriften verstoßen zu wollen... Das ist kein Verbrechen, B'Elanna. Aber ein Starfleet-Offizier weiß, daß Hilfe auch anders geleistet werden kann.«

Die Chefingenieurin lächelte stolz. »Ja, das stimmt. In diesem Fall kam sie von den Veruniern selbst, beziehungsweise von den K'shikkaa, wie wir sie jetzt nennen sollten. Ich habe so viele Daten wie möglich transferiert, und Carey kopiert sie derzeit in unsere Speicherbanken. Vielleicht enthalten sie Informationen, die auch *uns* weiterhelfen könnten.«

»Das wäre eine hübsche Zugabe«, kommentierte Janeway. »Aber rechnen wir besser nicht damit. Sind die kleinen Schiffe raumtüchtig?«

»Ja, Captain.«

»Was ist mit den Piloten, Paris?«

Ein seltsames Geräusch erklang: Es hörte sich an wie leises Kichern, und es schien von Neelix zu kommen. Doch als Janeway ihm einen ärgerlichen Blick zuwarf, trug der Talaxianer eine Unschuldsmiene zur Schau.

Paris preßte kurz die Lippen zusammen.

»Sie lernen sehr schnell«, sagte er bemerkenswert ruhig. »Bei meinen Vorträgen konnten sie mir problemlos folgen. Wir hatten auf einige Probeflüge mit den kleinen Schiffen gehofft, aber...« Er zuckte mit den Achseln. »Ich sehe keine größeren Probleme.«

»Bei den verunischen Piloten – und auch bei den Technikern – herrscht richtige Kameradschaft«, warf Torres ein. Paris und Chakotay nickten zustimmend. »Sie sind dankbar für unsere Hilfe und für unsere Entscheidung, bei diesem Krieg auf ihrer Seite zu sein.«

Janeway versteifte sich ein wenig. »Für einen Krieg sind zwei Seiten nötig, Lieutenant. Auf ein solches ›Spiel‹ werden sich die Mitglieder meiner Crew nicht einlassen. Verstanden?«

Torres zog verwirrt die dunklen Brauen zusammen. »Bei allem Respekt, Captain. Die Akerianer *haben* uns den Krieg erklärt, unmittelbar vor ihrem Angriff!«

»Für einen Krieg sind zwei Seiten nötig«, wiederholte Janeway. »Und auch für den Frieden. Ich habe Grund zu der Annahme, daß es nicht völlig ausgeschlossen ist, die beiden Völker an den Verhandlungstisch zu bringen.« Sie gestattete sich ein kurzes Lächeln. »*Das* ist ein Spiel, an dem ich gern teilnehme.«

»Ich bin mir da nicht so sicher, Captain«, sagte Chakotay. »Die K'shikkaa sind von Natur aus friedlich, aber die Akerianer haben einige furchtbare Dinge angestellt. Ich bezweifle, daß die Verunier bereit sind, ihnen ihre Untaten zu vergeben. Und weshalb glauben Sie, daß sie an Friedensverhandlungen interessiert sein könnten? Was wir über die Akerianer wissen, deutet darauf hin, daß Aggressivität und Feindseligkeit in ihrem Wesen wurzeln.«

Janeway wandte sich mit einem Lächeln an Kim und Tuvok. Kim erwiderte das Lächeln, doch der Vulkanier nickte nur kurz. Sie hatten eine Überraschung für die Einsatzgruppe!

»Sie meinen, nach dem, was *Sie* über die Akerianer wissen, Chakotay. Aber Sie wissen nicht alles – noch nicht. Bevor ich Mr. Kim bitte, Sie in seine Entdeckungen einzuweihen, möchte ich noch etwas sagen.« Janeways Blick wanderte über die Gesichter, verweilte bei jedem einzelnen Offizier. »Diese Worte fallen mir nicht leicht. Ich habe gründlich darüber nachgedacht: Wenn sich herausstellt, daß die Konkavität kein Wurmloch enthält – obwohl ich hoffe, daß wir dort eines finden –, schlage ich vor, den Sonnenfresser zu schließen.«

Erstauntes Schweigen herrschte, als die Anwesenden darüber nachdachten. Janeway nutzte die Stille und fuhr fort:

»Fähnrich Kim und Lieutenant Tuvok teilen meine Ansicht. Bis vor dreihundert Jahren war die Konkavität harmlos. Sie hätte nie manipuliert werden dürfen. Ich bin fest davon überzeugt, daß es richtig ist, den

Sonnenfresser zu schließen. Und ich sehe darin keinen direkten Verstoß gegen die Erste Direktive.«

»Captain, so sehr ich das auch bedauere ...« Torres rang mit sich selbst. »Ich fürchte, da muß ich Ihnen widersprechen.«

»Um Himmels willen, B'Elanna!« entfuhr es Paris. »Die Konkavität offen zu lassen ... Genausogut könnten wir den Akerianern Waffen liefern. Den Veruniern bleibt nur noch wenig Zeit ...«

»Warten Sie noch ein wenig, bevor Sie Ihre Meinungen äußern«, sagte Janeway. »Bevor wir eine Entscheidung treffen, sollen Sie alle Fakten bekommen. Mr. Kim, bitte wiederholen Sie jetzt Ihren ebenso beeindruckenden wie aufschlußreichen Vortrag.«

Kim erhob sich und grinste dabei fast vom einen Ohr bis zum anderen. Janeway nahm sich, mit dem jungen Harry darüber zu reden. Ein neutraler Gesichtsausdruck war für Offiziere am besten geeignet; in diesem Zusammenhang konnte sich Kim ein Beispiel an Tuvok nehmen. Diplomatie bedeutete nicht, daß man in den ersten fünf Minuten alle seine Trümpfe ausspielte. Allerdings hätte sie es als sehr schade empfunden, den Enthusiasmus zu dämpfen, der Harry Kims Charakter bestimmte. Vielleicht später. *Möglicherweise führen irgendwann die Umstände dazu, daß er seine Begeisterung schlagartig verliert,* dachte Janeway in einem Anflug von Niedergeschlagenheit. Sie hoffte inständig, daß so etwas nicht geschah.

Der Fähnrich begann mit seinen Darlegungen. Während er die wichtigsten Dinge erläuterte, behielt Janeway die zuhörenden Offiziere im Auge.

Kim zeigte die Position des akerianischen Sonnensystems in bezug auf das verunische, betonte die schwierigen Lebensbedingungen auf Akeras und erklärte die Entstehung des akerianischen Sternenreichs. Er wies darauf hin, wie die Akerianer die Konkavität entdeckten und hineinflogen, um die Reste einer uralten Zivilisation zu finden. Gelegentlich stellten Paris, Chakotay und Torres Fragen; die meisten davon waren auch von Tuvok und Janeway beim ersten Vortrag des jungen Fähnrichs formuliert worden.

Die Kommandantin setzte ihre aufmerksamen Beobachtungen fort und fragte sich, ob jemand vor dem Ende der Ausführungen erriet, worum es ging. Sie glaubte, in Chakotays Augen etwas zu erkennen, als Kim ein detailliertes Bild vom Waffensystem eines akerianischen Kreuzers zeigte. Der Blick des Indianers wanderte zu Janeway, und sie hob den Zeigefinger an die Lippen. Sie wollte Kim nicht das große Finale verderben.

Paris, Neelix, Kes und Torres ahnten noch immer nichts. *Ihnen geht es ebenso wie Tuvok und mir.* Kim fuhr fort, ließ im Projektionsfeld die Sklavenbereiche des Planeten erscheinen und erläuterte, warum die Akerianer Verunier verschleppten und zur Zwangsarbeit einsetzten.

Es folgten jene Bilder, die den schrumpfenden Sonnenfresser und die akerianischen Aufnahmen von der Initialisierung einer Wasserstoffbrücke zwischen der verunischen Sonne und der Anomalie zeigten. Torres war beeindruckt; Chakotay und Paris schnitten eine Grimasse. Kes erweckte den Anschein, als würde sie gleich in Tränen ausbrechen.

Kim erwähnte das akerianische Logbuch und den Umstand, daß Nelek seine Maske abnahm, offenbar in dem Glauben, die Aufzeichnung sei bereits deaktiviert.

Die Offiziere beugten sich zum Bildschirm in der Tischmitte vor. Vermutlich waren sie sich dieser Reaktion nicht einmal bewußt.

Nelek nahm die Maske ab.

Alle Anwesenden – bis auf die Kommandantin – schnappten nach Luft.

»Aber ...«, begann Paris. »Die Akerianer sind ...«

»Genau«, sagte Janeway.

13

»Wie in alten Zeiten, was?« Chakotay sah Torres an und lächelte, als sie den Konferenzraum verließen.

Die Klingonin blickte zu ihm auf, und in ihren Augen glitzerte es. »Ja«, bestätigte sie. »Und die anderen spüren es ebenfalls.«

Der Erste Offizier wußte natürlich, wen B'Elanna Torres mit ›die anderen‹ meinte: jene Besatzungsmitglieder, die einst zum Maquis gehört hatten und sich vielleicht noch immer in erster Linie als Maquisards empfanden. Die ›alten Zeiten‹ schienen sich tatsächlich zu wiederholen. Damals hatten alle gewußt, wofür sie ihr Leben riskierten – für eine gute Sache. Die Angehörigen von Chakotays früherer Crew verfügten über Kampfgeist; andernfalls hätten sie sich nie dem Maquis angeschlossen. Selbst wenn Starfleet sie manchmal als Terroristen bezeichnete: Tief in ihrem Herzen hielten sie sich für Freiheitskämpfer, jeder einzelne von ihnen. Das galt zumindest für Chakotays Leute. Es handelte sich um Frauen und Männer, die mutig genug gewesen waren, Familien, Heimat und Sicherheit aufzugeben, um gegen die tyrannischen Cardassianer zu kämpfen.

Die meisten von ihnen hatten inzwischen Janeway als ihren neuen Captain akzeptiert, aber Chakotay war sich darüber im klaren: Manchmal wußten sie nicht mehr genau, wofür sie kämpften. Inzwischen hatte sich herumgesprochen, in welcher Lage sich das verunische Volk befand, und dadurch bekam der Kampf wieder einen Sinn. Es gab erneut eine ›Sache‹, für die es sich zu engagieren lohnte.

Bei der bevorstehenden Mission war vollkommen klar, worum es ging, und dadurch fühlte sich alles leichter an. Auch für Chakotay.

»Diesmal besteht der Unterschied darin, daß die Föderation auf unserer Seite ist«, sagte er zu Torres, bevor sie die Transportkapsel des Turbolifts betrat, um sich zum Maschinenraum bringen zu lassen.

B'Elanna drehte sich um, und ihr Lächeln wurde noch ein wenig breiter. »Ich weiß. Gerade das freut mich so.«

Die Tür glitt zu. Chakotay wandte sich ab und kehrte zu seinem Platz links vom Kommandosessel zurück. Doch bevor er ihn erreichte, überlegte er es sich anders und schritt zum Navigationspult. Bei dem bevorstehenden Einsatz wurde die *Voyager* nicht von Paris gesteuert. Er befand sich bereits im Shuttle und wartete auf das Rendezvousmanöver mit den kleinen Schiffen der Verunier – der K'shikkaa, verbesserte sich Chakotay.

Er hörte, wie sich ihm Janeway näherte, und er spürte kurz ihre Hand auf seiner Schulter, eine Geste, die das Band der Kameradschaft zwischen ihnen festigen sollte. Der Erste Offizier brauchte sich nicht umzudrehen, um festzustellen, welches Erscheinungsbild die Kommandantin bot. Bestimmt hatte sie die Hände in die Hüfte gestützt, hielt die Schultern straff, den Kopf hoch erhoben, Entschlossenheit in den blauen Augen, stolz und zum Kampf bereit.

Zum Kampf bereit, wiederholte Chakotay in Gedanken. *So wie wir alle.*

Los geht's, fuhr es Janeway durch den Sinn. *Hoffen wir, daß alles glatt über die Bühne geht.*

»Alarmstufe Gelb«, sagte sie. »Janeway an Paris.«

»Hier Paris«, tönte die Stimme des Navigators aus den Lautsprechern der externen Kommunikation.

»Wie steht's mit unserer kleinen Flotte?«

»Nun, die verunischen Piloten sind ein wenig nervös, aber beim Start hat alles bestens geklappt. Ah, da kommen sie ...«

»Auf den Schirm.« Der Planet Veruna Vier erschien im zentralen Projektionsfeld.

»Vergrößerung«, sagte Janeway. Wenige Sekunden später sah sie sechs winzige Schiffe, die in einer v-förmigen Formation flogen und sich dem Shuttle näherten. Paris hatte nicht übertrieben. Die Raumer der verunischen Vorfahren wirkten tatsächlich sehr elegant.

»Ich übernehme die Führung«, teilte Paris der *Voyager* mit. »Ich bringe die Schiffe zu unserer Steuerbordseite, parallel zum Hangar.«

Das Shuttle manövrierte, und die sechs Wächterschiffe folgten ihm auf eine anmutige Weise.

»Sieht gut aus, Mr. Paris«, sagte Janeway anerkennend. »In sechzig Sekunden beschleunigen wir auf Warp zwei.« Sie sah zu Kim, der um die Bedeutung des richtigen Timings wußte. Ruhig begegnete er ihrem Blick und nickte, woraufhin sich die Kommandantin ein Lächeln gestattete.

»Alles an Ort und Stelle, Lieutenant?« fragte sie.

»Wir sind soweit«, antwortete Paris.

»Schilde hoch!« befahl Janeway.

»Deflektoren sind aktiviert, Captain«, meldete Tuvok. »Alle sechs verunischen Schiffe sowie das Shuttle befinden sind innerhalb unserer Schilde.«

»Mr. Kim?«

Der Fähnrich begann den Countdown. »Fünf ... vier ... drei ... zwei ... eins.«

»Beschleunigung«, sagte Janeway.

Die *Voyager* ging auf Warpgeschwindigkeit. »Was ist mit unseren Freunden, Mr. Paris?«

»Hier ist alles in Ordnung, Captain. Niemandem fällt es schwer, die Position zu halten.«

»Die Anomalie auf den Schirm.« Sofort erschien der

gewaltige schwarze Schlund des Sonnenfressers auf dem Hauptschirm. Janeway beobachtete das Phänomen, als sie sich ihm näherten. Mit Warp zwei – eine höhere Geschwindigkeit konnten die Wächterschiffe derzeit nicht erreichen; Torres glaubte jedoch, daß bei einer genaueren Überprüfung der verunischen Archive Möglichkeiten entdeckt werden konnten, die Leistung der Triebwerke zu erhöhen – dauerte der Flug eine Stunde.

Janeway merkte plötzlich, daß sie sich versteift hatte. Sie atmete tief durch und versuchte ganz bewußt, sich zu entspannen. Sie *wußte* natürlich, daß sie sich nicht etwa einem schwarzen Loch näherten.

Doch genau so sah es aus.

»Mr. Tuvok, bitte halten Sie mich auf dem laufenden.« Janeway hätte Platz nehmen *sollen,* als beruhigendes Signal für die Brückencrew. Doch ihre Füße schienen am Boden festzukleben, und außerdem wußte sie: Unter den gegenwärtigen Umständen hätte sie es ohnehin nicht fertiggebracht, im Kommandosessel ruhig und entspannt zu wirken.

Die Minuten verstrichen. Tuvok nannte immer wieder statistische Daten und wies darauf hin, wie stark das intensiver werdende Gravitationsfeld die Schilde belastete. Er verkündete, in welchem Ausmaß die Ortungspräzision der Sensoren nachließ, und machte auch Angaben in Hinsicht auf die Größe der Anomalie-Öffnung.

Auf einmal unterbrach er sich mitten im Satz.

»Captain, die Sensoren haben zwei akerianische Kreuzer erfaßt, die sich mit Warp sieben nähern.« Der Vulkanier sah von seiner Konsole auf und begegnete Janeways Blick. »Ihr Kurs ist null vier sechs Komma drei zwei.«

»Sie sind also direkt zur Konkavität unterwegs«, murmelte Janeway. Sie fluchte leise. »Alarmstufe Rot!«

Es wurde dunkler auf der Brücke. Rote Leuchtflächen pulsierten.

»Auf den Schirm!«

Und da waren sie: zwei große, unförmig anmutende Kriegsschiffe. Eins von ihnen erkannte Janeway als die *Sieg* – offenbar war Linneas nicht bereit, einfach so aufzugeben. Die ID-Signale des zweiten Schiffes wurden vom Computer mit *Zerstörer* übersetzt. Gemeinsam flogen die beiden Raumer zur Anomalie, zum Sonnenfresser.

»Versuchen Sie, einen Kom-Kontakt herzustellen, Mr. Kim.«

Janeways Blick blieb auf den Hauptschirm gerichtet, während der Fähnrich Schaltflächen berührte.

»Keine Antwort, Captain«, meldete Kim schließlich.

Eigentlich hatte Janeway auch nicht mit einer gerechnet, aber sie wollte keine Möglichkeit außer acht lassen. »Versuchen Sie es erneut.« *Wie geht es nun weiter?* fragte sie sich. Die Phaserkanonen konnten nicht eingesetzt werden, während die *Voyager* im Warptransit flog, und sie durften nicht riskieren, einen weiteren Photonentorpedo des bereits recht begrenzten Vorrats zu verlieren. Außerdem wußte Janeway genug über die Akerianer, um in einem Angriff nur die letzte Alternative zu sehen, wenn alle anderen Mittel versagten. Und *noch* hatten die Akerianer nicht das Feuer eröffnet.

Die *Voyager* war der Konkavität näher. Ein Beschleunigungsmanöver hätte ausgereicht, um zu garantieren, daß sie die Anomalie vor den beiden Kreuzern erreichte. Aber es würde bedeuten, sowohl das Shuttle als auch die sechs kleinen Wächterschiffe zu verlieren, die sich derzeit im Innern der Deflektorblase befanden.

Janeway verfluchte den Umstand, daß die *Sieg* so schnell repariert worden war. Sie hatte Chakotays Einsatzgruppe immer wieder darauf hingewiesen, daß der Zeitfaktor eine große Rolle spielte, aber tief in ihrem Innern war sie davon überzeugt gewesen, daß ihnen noch mindestens ein weiterer Tag blieb. Doch offenbar hatte der Sonnenfresser eine immense Bedeutung für die Akerianer. Sie griffen nicht an, schienen vor allem bestrebt zu sein, die Anomalie vor der *Voyager* zu erreichen und hineinzufliegen, um … was? Um zu verteidigen, was sich in ihrem Innern befand? Nun, Janeway würde bald feststellen, was sich in der Konkavität verbarg. Und sicher stand ihrem Schiff und den sechs kleinen Wächterraumern dann eine Konfrontation mit dem akerianischen Gegner bevor.

Sie beobachtete, wie die beiden großen Kreuzer fortrasten und in der Anomalie verschwanden.

»Schließen Sie den externen Kom-Kanal, Mr. Kim«, wies die Kommandantin den jungen Fähnrich an.

Die Akerianer befanden sich nun in der Konkavität, warteten dort auf sie.

Aber das ergibt keinen Sinn, flüsterte es in Janeway. *Bisher deutet alles darauf hin, daß im Innern der Anomalie der Einsatz von Waffen unmöglich ist. Woraus folgt: Wenn die Akerianer den Planeten mit den Ruinen verteidigen wollen, so sind entsprechende Maßnahmen nur hier draußen sinnvoll.*

Plötzlich begriff sie, warum die beiden Kreuzer darauf verzichtet hatten, die *Voyager* in einen Kampf zu verwickeln. Sie trachtete danach, sich ihr Erschrecken nicht anmerken zu lassen, als sie sich zu Tuvok umdrehte und mit fester Stimme sagte: »Phaser vorbereiten. Die Akerianer holen Verstärkung.«

Sie hatte diese Worte gerade erst ausgesprochen, als die beiden Schiffe *Sieg* und *Zerstörer* aus dem Schlund des Sonnenfressers zurückkehrten. Janeway sah ihre Befürchtungen bestätigt: Ein dritter Kreuzer kam zum Vorschein.

Und noch einer.

Und ein weiterer.

Fünf der sechs Schiffe, die den Akerianern zur Verfügung standen, traten nun gegen die *Voyager* an, kamen mit Warpgeschwindigkeit näher und schwärmten dabei halbkreisförmig aus.

»Sie wollen uns in die Zange nehmen«, sagte Chakotay.

»Das sehe ich, Commander«, erwiderte Janeway. Sie stand noch immer, blickte nach wie vor zum Hauptschirm. »Janeway an Paris. Passen Sie gut auf Ihre Begleiter auf, Tom. Sie sollen dicht beisammen bleiben. Es könnte unruhig werden.«

»Aye, Captain«, erwiderte Paris.

»Ausmanöver, Chakotay – und ich meine *Ausweichmanöver*. Die Akerianer verlieren keine Zeit.«

Die *Voyager* sprang wie ein Delphin, und die Andruckabsorber reagierten um den Bruchteil einer Sekunde zu spät. Die Sitzenden kippten nach vorn, und Janeway stolperte, hielt sich an Chakotays Sessel fest.

»Sie auch nicht«, brachte sie mit grimmigem Humor hervor und bedachte den Ersten Offizier mit einem kurzen Lächeln. Chakotay antwortete nicht, hatte sie vielleicht nicht einmal gehört. Aufmerksam sah er zum großen Projektionsfeld, und seine Finger huschten über die Schaltflächen. Das Manöver klappte: Die *Voyager* tauchte unter den herankommenden akerianischen Kreuzern hinweg und stieg hinter ihnen abrupt auf.

Angesichts der besonderen Umstände hielt es Janeway für besser, Platz zu nehmen. Sie setzte sich in den Kommandosessel und blickte wie Chakotay zum Hauptschirm.

»Heckansicht«, sagte sie.

Die Akerianer befanden sich nun hinter ihnen und verloren kostbare Zeit, indem sie in einem weiten Bogen wendeten. Unterdessen setzte die *Voyager* den Flug zum Sonnenfresser fort.

Janeway gestattete sich ein zufriedenes Lächeln. Paris bediente die Navigationskontrollen vielleicht mit größerem Geschick, aber eins stand fest: Chakotay erzielte die gewünschten Ergebnisse.

Doch die *Voyager* konnte nur mit Warp zwei fliegen, und die akerianischen Verfolger genossen den Vorteil der höheren Geschwindigkeit. Sie nutzten ihn voll aus, wodurch die Distanz rasch schrumpfte. Drei Schiffe, unter ihnen die *Sieg,* überholten die *Voyager,* während der aus zwei weiteren Kreuzern bestehende Rest der Flotte hinter ihr blieb, jeweils auf der Backbord- und Steuerbordseite. *Wie eine Eskorte,* dachte Janeway.

Dieser Gedanke erinnerte sie an die kleinen verunischen Schiffe und Paris' Shuttle – perfekte Ziele.

Janeway drehte den Kopf, um Kim eine Anweisung zu erteilen, doch der junge Mann kam ihr zuvor.

»Captain, das Schiff auf der Steuerbordseite hat seine Kapseln gestartet!«

Die Kommandantin entsann sich an die letzte Begegnung mit den fatalen Objekten. »Bringen Sie uns weg von hier, Chakotay!«

Der Erste Offizier steuerte die *Voyager* abrupt nach Backbord, zog sie gleichzeitig nach ›oben‹.

»Auf den Schirm«, sagte Janeway.

So schnell Chakotay auch reagierte – er war nicht schnell genug. Die glänzenden schwarzen Kugeln näherten sich und formten dabei das gefürchtete Sechseck. Der Kreuzer, von dem sie stammten, hatte seine Geschwindigkeit der des Starfleet-Schiffes angepaßt. Offenbar saß dort jemand an den Navigationskontrollen, der sein Handwerk verstand.

Aber dies alles hätte den Akerianern überhaupt nichts genützt, wenn die *Voyager* in der Lage gewesen wäre, ihr volles Leistungspotential einzusetzen. Die verunischen Wächterschiffe zwangen sie, langsam zu fliegen – und vielleicht mußten nun ausgerechnet die kleinen Raumer den Preis dafür bezahlen.

»Die Kapseln haben sich mit unseren Schilden verbunden«, meldete Kim. *Wie beim erstenmal* – diese Worte blieben unausgesprochen.

»Paris an Janeway.« Die Stimme klang angespannt.

»Ich höre.« Sie wußte bereits, was Paris sagen wollte. Bestimmt gefiel es ihr nicht.

»Wir sind nur etwa fünfzig Meter von der Stelle entfernt, wo die akerianischen Kapseln eine Strukturlücke in den Schilden schaffen.«

Zwar versuchte Paris, ruhig zu bleiben, aber ein subtiler Unterton wies Janeway auf zunehmende Besorgnis hin.

Sie preßte die Lippen zusammen. Es gab keine andere Möglichkeit: Sie mußten sich den Weg zur Konkavität freikämpfen.

»Paris, weisen Sie die Verunier an, auf Impulsgeschwindigkeit zu gehen. Und halten Sie diesen Kom-Kanal offen. Ich möchte wissen, was bei Ihnen passiert. Auf mein Zeichen hin beginnt ein fünf Sekunden langer Countdown für das Ende des Warptransfers. Sind Sie soweit, Chakotay?«

»Aye, Captain.«

»Also los.« Janeway nickte Kim zu, der daraufhin mit dem Countdown begann. Sie sah zum Hauptschirm und beobachtete, wie die sechs Wächterschiffe den Warptransit unterbrachen – den verunischen Piloten gelang es, mit der *Voyager* synchron zu bleiben.

Janeways Herz klopfte schneller. *Als wir das letzte Mal auf die Kapseln geschossen haben, erlebten wir eine böse Überraschung,* fuhr es ihr durch den Sinn. Die Konsequenz hatte aus einer weiteren Schwächung der Schilde bestanden, und gerade das galt es jetzt unter allen Umständen zu vermeiden. Die Deflektoren mußten einwandfrei funktionieren, um der *Voyager* einen Flug durch den Gravitationsschacht der Anomalie zu gestatten.

Die Kommandantin wollte den Einsatz von Traktorstrahlen vorschlagen, als eine Bewegung auf dem Schirm ihre Aufmerksamkeit weckte: Ein verunisches Schiff verließ die Formation. Es sauste durch die Öffnung in den Schilden – durch eine Lücke, die gerade groß genug war, um es passieren zu lassen – und raste dem akerianischen Kreuzer entgegen, von dem die Kapseln stammten.

Meine Güte, das kommt Selbstmord gleich! dachte Janeway.

Tom Paris' gepreßt klingende Stimme drang aus den Lautsprechern der externen Kommunikation.

»Das ist die *Überzeugung*, Captain. Kaavis Schiff.«

Entsetzt beobachtete Paris, wie Kaavi und ihre beiden Gefährten an Bord des kleinen Schiffes dem sicheren Tod entgegenflogen.

Rasch öffnete er einen Kom-Kanal. »Paris an die verunische Flotte. Bleiben Sie *hier!* Entfernen Sie sich nicht von der *Voyager!*«

Und dann wurde er aktiv. Er hielt sich nicht damit auf, seine Absichten der *Voyager* mitzuteilen – es bestand noch immer eine Kom-Verbindung mit ihr, was bedeutete, daß Janeway Bescheid wußte. Er steuerte das Shuttle hart nach Backbord und an den fünf Wächterschiffen vorbei, passierte dann ebenfalls die Öffnung in den Schilden.

Das Manöver der *Überzeugung* überraschte die Akerianer so sehr, daß sie zunächst nichts unternahmen. Der kleine Raumer sprang wie ein verrückter Kolibri hin und her, als er sich dem großen Kreuzer näherte. Zweimal feuerte er auf einen der rot glühenden Generatoren.

Paris sah auf die Konsolendisplays, um festzustellen, was die Sensoren anzeigten. Wie beim letztenmal, als sie sich der Konkavität genähert hatten, lieferten die Sensoren keine absolut zuverlässigen Daten mehr. Trotzdem wiesen sie darauf hin, daß die beiden von der *Überzeugung* abgefeuerten Strahlblitze die Schilde des akerianischen Kreuzers beschädigt hatten.

Plötzlich wich das Wächterschiff in einem wilden Zickzack nach Steuerbord aus. Paris vertraute Kaavis Piloteninstinkt und folgte ihrem Beispiel. Keine Sekunde zu früh: Dort, wo sich das Shuttle eben noch befunden hatte, waberte der Raum, als die Akerianer ihre Gravitationswaffe einsetzten.

»Zum Teufel, Paris, was ist in Sie gefahren?« fragte Janeway.

»Ich bin nur in die Rolle des braven Hirten geschlüpft, der versucht, ein verlorenes Schaf zurückzuholen.«

Es war eine für ihn typische, schnodderige Antwort, doch die Stimme klang völlig humorlos. Und auch sein Gesicht blieb ernst. Dort draußen flog Kaavi, brachte sich und ihre beiden Kameraden an Bord mit dem Bemühen in Gefahr, die Gravitongeneratoren des akerianischen Schiffes zu neutralisieren.

»Wenn Sie die Wölfe von uns fernhalten können, gelingt es mir vielleicht, das Schaf zur Herde zurückzubringen«, fügte Paris hinzu.

Eigentlich war Kaavis Plan gar nicht schlecht – selbst Tuvok mußte die Logik darin anerkennen. Die kleinen schwarzen Kugeln wurden von den jeweiligen Kreuzern ferngesteuert. Ohne die externe Kontrolle stellten sie vielleicht ihre Funktion ein und trieben einfach fort.

Es gab allerdings ein Problem: Um Erfolg zu haben, mußten die drei Verunier an Bord sich selbst und die *Überzeugung* opfern. Und das wollte Paris nicht zulassen.

»Captain, ich versuche, den Transferfokus auf zwei der drei Personen an Bord zu richten und sie in Sicherheit zu beamen. Können Sie das dritte Besatzungsmitglied transferieren?«

»Wir dürfen jetzt nicht die Schilde senken!«

»Das ist auch gar nicht nötig«, erwiderte Paris. Er sprach sehr schnell. »Die Deflektoren weisen bereits eine Öffnung auf. Sie ist schmal, aber ein Transporterstrahl ...«

»Ja, es könnte klappen. Wir versuchen es. Doch die Raumverzerrungen im Bereich des akerianischen

Schiffes erschweren sicher die exakte Ausrichtung des Transferfokus. Viel Glück, Tom.«

Jenseits der Fenster blitzte es rot, und Paris wußte: Janeway begann nun ihren eigenen Kampf – sie hatte gerade das Feuer auf die gegnerischen Kreuzer eröffnet.

»Paris an *Überzeugung*«, sagte Tom und behielt das kleine Wächterschiff im Auge. »Treffen Sie Vorbereitungen für einen Transfer.«

»Ausgeschlossen, Paris!« antwortete Kaavi. »Sie müssen uns gestatten, die Gravitongeneratoren des akerianischen Schiffes zu zerstören! Die *Voyager* ist in Gefahr, wenn wir nicht …«

»Die *Voyager* findet bestimmt einen anderen Weg, um ihre Probleme zu lösen«, unterbrach Paris die Verunierin. Aus den Augenwinkeln sah er eine Bewegung. »Achtung! Kurs zwei vier sechs Komma null sieben!«

Kaavi hörte die Worte und ließ die *Überzeugung* nach »unten« kippen, wodurch sie der Gravitationswelle eines zweiten akerianischen Schiffes entging, das dem ersten zu Hilfe kam. Paris schluckte und spürte die Feuchtigkeit von Schweiß auf der Stirn. Der *Überzeugung* fehlten Schilde. Ein Treffer genügte, um den kleinen Raumer zu vernichten.

»Halten Sie den Kurs, Kaavi. Ich versuche, zwei von Ihnen zu transferieren. Um das dritte Mitglied Ihrer Crew kümmert sich die *Voyager*. Und … los geht's!«

Doch die *Überzeugung* hielt nicht den Kurs, sondern raste in Richtung Bug des ersten akerianischen Schiffes zurück. Paris fluchte leise und bediente die Kontrollen des Shuttles. Da die Sensoren so unzuverlässig arbeiteten, konnte er nicht bestimmen, *wen* er aus dem Wächterschiff beamte. Falls überhaupt ein Transfer gelang. Der Fokus ließ sich einfach nicht ausrichten. Genausogut konnte man versuchen, aus Quecksilber eine Skulptur zu formen. Wenn er glaubte, den Transferfokus endlich ausgerichtet zu haben, kam es irgendwo zu starken energetischen Fluktuationen. Oder die Sensoren versagten. Oder die Koordinaten wurden ungenau.

Schließlich gelang ihm eine exakte Anpeilung.

Sofort berührte er mehrere Schaltflächen. »Paris an *Voyager*. Ich habe zwei Personen im Fokus. Können Sie den dritten Verunier erfassen?«

»Der Transporterraum hat jede Menge Schwierigkeiten, Tom«, ertönte Janeways angespannt klingende Stimme. »Und auch sonst sind wir ziemlich beschäftigt.«

Das rote Glühen wiederholte sich, war diesmal so intensiv, daß es sich nicht nur auf der Konsole vor Paris widerspiegelte, sondern die ganze Pilotenkanzel erfüllte.

»Captain, uns bleibt nicht mehr viel Zeit…« Paris' Blick klebte an der *Überzeugung* fest, die geradewegs ins Verderben flog. »Kaavi, ich beame zwei von Ihnen an Bord, *jetzt sofort!*«

Er murmelte ein schnelles Gebet und senkte die Schilde.

»Nein, Paris, noch nicht…« Kaavis Stimme verklang abrupt. Hinter sich hörte Paris das Summen eines aktiven Transporterstrahls, aber er konnte sich jetzt nicht umdrehen. Rasch betätigte er den Schalter, der die Schilde reaktivierte.

Eine Sekunde später kollidierte die leere *Überzeugung* – Paris hoffte inständig, daß sie wirklich leer war – mit dem akerianischen Kreuzer.

Die Deflektoren des Kriegsschiffs flackerten blau, und dann gaben sie nach. Ein greller Explosionsblitz zwang Paris den Blick abzuwenden; kurz darauf wurde das Shuttle von der energetischen Druckwelle erfaßt und schüttelte sich. Paris hakte die Füße hinter die Sitzverankerung und hielt sich an den Armlehnen fest.

Er blinzelte mehrmals, sah wieder nach draußen und lächelte zufrieden – die Kollision hatte genau das erreicht, was sie nach den Wünschen der verunischen Piloten erreichen sollte. Die riesige transparente Kuppel, die als Dach und Fenster der akerianischen Brücke diente, war nach innen gedrückt. Von den vier ›Augen‹ der Gravitongeneratoren ging kein rotes Leuchten mehr aus.

Durch die Wucht des Aufpralls geriet das große Kriegsschiff nun ins Trudeln. Und die von ihm gestarteten sechs schwarzen Kugeln, die eine Gefahr für die *Voyager* und ihre Begleiter, die kleinen Wächterschiffe, dargestellt hatten … Sie lösten sich nun von den Schilden und drifteten fort, ohne irgendeinen Schaden anzurichten.

»Wir haben das dritte Besatzungsmitglied nicht transferieren können, Tom. Es tut mir sehr leid.« In Janeways Stimme erklang echtes Bedauern. »Was ist mit … Kaavi? Befindet sie sich an Bord?«

Eine kalte Hand schien nach Paris' Herzen zu tasten. Er wußte: Hinter ihm standen zwei Verunier. Ein Mitglied der dreiköpfigen Crew hatte den Einsatz der *Überzeugung* nicht überlebt. Wer?

Wer war bei der Kollision mit dem akerianischen Kreuzer ums Leben gekommen?

Eine große, in langen Klauen endende Hand senkte sich auf die Schulter des Navigators hinab. Paris nahm seine ganze Kraft zusammen und hob den Kopf.

Kaavi blickte auf ihn herab, mit einer Mischung aus Kummer und Dankbarkeit. Ihre Mundwinkel neigten sich nach unten, und Tränen schimmerten in den großen Augen.

»Kaavi!« hauchte Paris. Etwas schien ihm den Hals zuzuschnüren – sicher die besondere Anspannung dieses Augenblicks.

»Wir haben Rixtu verloren«, sagte Kaavi mit belegter Stimme.

Paris' Freude verflog jäh. Der vergleichsweise kleine, lebhafte Rixtu, jüngster der achtzehn Piloten. Rixtu, der immer noch eine letzte Frage stellen wollte. Die Quasselstrippe der Gruppe. Rixtu, dem man nicht böse sein konnte, weil er immer fröhlich und freundlich war.

Rixtu lebte nicht mehr, schwieg nun für immer.

»Oh, Kaavi ...«, begann Paris – und blieb dann still. Ihm fielen keine passenden Worte ein.

Der zweite gerettete Verunier – der große, stille Takoda – berührte Paris ebenfalls an der Schulter und brachte auf diese Weise seine Dankbarkeit zum Ausdruck. Doch er blickte dabei ins All.

»Wir sollten uns besser beeilen, Par-is«, sagte er. »Das zweite Kriegsschiff nähert sich uns.«

14

Takoda hatte recht. Ein zweiter akerianischer Kreuzer flog ihnen mit hoher Geschwindigkeit entgegen.

»Haltet eure Hüte fest«, knurrte Paris und zwang das Shuttle in eine scharfe Kurve. Kaavi taumelte in den Sessel links vom Navigator: Takoda sank einfach auf den Boden und hielt sich irgendwo fest.

»Aber wir haben doch gar keine Hüte«, erwiderte Kaavi.

Paris ignorierte sie und konzentrierte sich ganz darauf, dem Moloch auszuweichen, der nur wenige Kilometer entfernt zu sein schien. Er hatte den Kurs inzwischen so geändert, daß die Raumfähre zur *Voyager* zurückkehrte. Das Loch in den Schilden wirkte viel zu klein, aber es war Paris schon einmal gelungen, das Shuttle hindurchzusteuern.

»Paris an Brücke. Ich fliege wieder durch die Strukturlücke in den Deflektoren. Captain, ich weiß, daß Sie den Angriffen dieser unfreundlichen Burschen ebenso gern ausweichen wie ich, aber Sie sollten jetzt den Kurs halten. Die Sache ist auch so schon schwer genug.«

»Kurs wird gehalten«, erklang Janeways kühle Stimme. »Aber beeilen Sie sich, Paris.«

»Aye, Captain«, erwiderte der Lieutenant. Er blickte auf die Sensoranzeigen und orientierte sich. Das Loch in den Schilden war zwar physisch vorhanden, blieb jedoch unsichtbar. Er mußte sich auf die unzuverlässigen Sensoren verlassen, um es zu lokalisieren.

Kaavi senkte den Kopf, wodurch sich ihr langer Hals wie der Leib einer Schlange bewegte. Sie beobachtete Paris mit der Aufmerksamkeit eines Falken, und ihre großen Klauenhände schwebten über der Konsole, bereit dazu, die Kontrollen zu bedienen. Paris wußte, wie schnell die Verunier neue Informationen aufnehmen und verarbeiten konnten. Hinzu kam ihr ausgezeichnetes Gedächtnis. Deshalb zweifelte er nicht daran, daß Kaavi tatsächlich imstande war, ihm nötigenfalls bei der Navigation des Shuttles zu helfen.

Takoda reckte unterdessen den langen Hals, um aus dem Fenster zu sehen. Er schnappte nach Luft.

»Par-is, die Akerianer haben das Feuer auf uns eröffnet ...«

Eine Gravitationswelle erfaßte das Shuttle, warf es hin und her. Paris wurde fast aus dem Sessel geschleudert, schüttelte die Benommenheit von sich ab und starrte auf die Anzeigen. Die Kapazität der Schilde war um sechzehn Prozent gesunken, aber sie blieben stabil. Die Gravitationswaffe der Akerianer mochte der *Voyager* nichts anhaben, aber bei kleineren Schiffen konnte sie verheerend wirken.

»Behalten Sie den Kreuzer für mich im Auge, Takoda«, wies Paris den Verunier an. Die Distanz zur *Voyager* betrug nur noch einige hundert Kilometer. Der Lieutenant reduzierte die Geschwindigkeit, und Kaavis Blick folgte jeder seiner Bewegungen.

Er zuckte unwillkürlich zusammen, als das große Kriegsschiff plötzlich nach Steuerbord abdrehte. Die *Voyager* feuerte, und ihre Phaserstrahlen rasten dicht über das Shuttle hinweg. Irgendwo hinter der Raumfähre kam es zu einer Explosion.

Paris öffnete den Mund, um eine Frage an Takoda zu richten, doch der Verunier kam ihm zuvor. »Ihr Schiff hat gerade die schwarzen Kapseln zerstört.«

»Für meinen Geschmack war das ein bißchen zu

nahe«, brummte Paris. Dann hob er die Stimme und sprach in Richtung Kommunikator: »Captain, man könnte fast glauben, Sie mögen mich nicht.«

»Vielleicht haben Sie den richtigen Eindruck gewonnen«, erwiderte Chakotay. »Wie dem auch sei: Wir halten unsere Position noch einige Sekunden lang. Beeilen Sie sich, Lieutenant.«

Paris sah einmal mehr auf die Sensoranzeigen, entdeckte das Loch in den Schilden und steuerte das Shuttle in die entsprechende Richtung. »Jetzt ist es soweit«, teilte er den beiden Passagieren mit. Vorsichtig lenkte er die Raumfähre nach Backbord, doch kurz vor dem Ende dieses Manövers erzitterte das Shuttle plötzlich und drohte, außer Kontrolle zu geraten. Mit einem kurzen Blick nach links stellte er fest, daß Kaavi ausgezeichnete Copilotenarbeit leistete. Trotz der Anspannung nahm sich Paris die Zeit, der Verunierin ein Lächeln zu schenken.

»Wir haben die Öffnung passiert, Captain«, sagte er. »Ich nehme jetzt wieder meine alte Position vor den Wächterschiffen ein.«

»Willkommen daheim, Tom«, erwiderte Janeway erleichtert.

Das Opfer der *Überzeugung* – und der Tod des fröhlichen Rixtu – hatte tatsächlich dafür gesorgt, daß die *Voyager* ein wenig Zeit gewann. Dieser Umstand vertrieb einen Teil der Anspannung aus Janeway. Hinzu kam, daß Paris, Kaavi und Takoda sicher zurückgekehrt waren.

»Brücke an Maschinenraum. Paris und seine Begleiter sind wieder innerhalb der Schilde. Torres, die Reparaturarbeiten ...«

»Ich bin dabei, Captain«, erwiderte die Chefingenieurin. »Die Schäden sind vergleichsweise gering. In einigen Minuten sollten wir volle Schildkapazität haben.«

»Gut«, sagte Janeway zufrieden und staunte einmal mehr über B'Elannas Tüchtigkeit.

»Captain.« Tuvok sah von seiner Konsole auf. »Eines der akerianischen Schiffe dreht ab und geht auf Kurs vier drei zwei Komma null fünf.«

»Es will jene Mission fortsetzen, die wir vor drei Tagen verhinderten«, stellte Chakotay grimmig fest. »Ziel ist die Vernichtung von Veruna Vier.«

Janeway preßte die Lippen zusammen und beugte sich im Kommandosessel vor. »Verfolgen Sie den Raumer, Commander. Mr. Tuvok, Phaserkanonen auf die Triebwerke richten. Wir müssen das Schiff manövrierunfähig machen, bevor es den Planeten erreicht.«

Die *Voyager* glitt fort von der Konkavität und wich den drei anderen akerianischen Kreuzern aus. Als sie am letzten vorbeikamen – an dem Schiff, dessen Kapseln sie vor kurzer Zeit neutralisiert hatten –, feuerte es seine Gravitationswaffe ab. Es war kaum mehr als eine Geste hilflosen Zorns. Die *Voyager* erzitterte nur ein wenig; ihre Schilde hielten den Gravitationswellen der Akerianer stand.

Janeway dachte über die aktuelle Situation nach. Zu Anfang hatten dem Gegner fünf Kriegsschiffe zur Verfügung gestanden. Eins war durch die Kollision mit der *Überzeugung* zerstört worden. Ein zweites konnte nicht mehr seine Kapseln einsetzen, wohl aber die Gravitationswaffe – wodurch es gefährlich werden konnte, wenn in den Schilden der *Voyager* erneut ein Loch entstand.

Es blieben drei weitere: jenes Schiff, das nun zum verunischen Sonnensystem flog, die *Sieg* und die *Zerstörer*. Die Verfolgung des ersten Schiffes kostete Zeit, doch Janeway wollte keine weiteren Angriffe auf Veruna Vier zulassen. Ihre Züge verhärteten sich, als sie beobachtete, wie der Abstand zu dem Kreuzer immer mehr wuchs. Es dauerte nicht mehr lange, bis er außer

Reichweite der Phaserkanonen geriet. Im Hintergrund hörte sie, wie Tom Paris den Veruniern Anweisungen erteilte und sie aufforderte, dicht bei ihm zu bleiben.

Janeway nahm sich vor, ihn zu belobigen, wenn dies alles überstanden war. Offiziell für die Rettung von Takoda und Kaari sowie den Umstand, daß er die ganze Zeit über einen kühlen Kopf bewahrt hatte; inoffiziell dafür, daß er seine anfänglichen Vorurteile gegenüber den Veruniern überwunden hatte.

Wenn dies alles überstanden war …

»Phaser auf die Triebwerke richten«, sagte die Kommandantin.

»Phaser ausgerichtet«, bestätigte Tuvok.

Janeway kniff die Augen zusammen. »Feuer.«

Rote Strahlbahnen zuckten durchs All.

»Direkter Treffer«, meldete Tuvok. »Die Kapazität der akerianischen Schilde ist um vierundzwanzig Prozent gesunken.«

»Feuern Sie weiter, bis die Triebwerke zerstört sind«, sagte Janeway.

Tuvok kam der Aufforderung nach. Zwei weitere Phasersalven trafen das Kriegsschiff, obwohl es auszuweichen versuchte. Beim dritten Treffer beobachtete Janeway, wie eins der großen Triebwerksaggregate explodierte.

»Erledigen Sie auch die anderen drei.« In gewisser Weise kam sich Janeway wie ein Schulrüpel vor, der einen kleineren, schwächeren Schüler schlug. Doch dieses Bild stimmte nicht ganz. Hier beabsichtigte der ›kleine, schwächere Schüler‹ die Vernichtung einer ganzen Zivilisation. Die Zerstörung der Triebwerke war die beste und rücksichtsvollste Methode, um den geplanten Völkermord zu verhindern.

Schließlich hing der Kreuzer antriebslos im All. Das orangefarbene Glühen der Triebwerksaggregate existierte nicht mehr, aber es gab andere Lichter, unter anderem bei den nach wie vor funktionsfähigen Gravitongeneratoren. Während Janeway das Schiff noch beobachtete, startete es wie trotzig seine schwarzen Kapseln. Sie brauchte Tuvok gar keine Anweisungen zu geben: Einmal mehr ließ er die Phaserkanonen sprechen, und wenige Sekunden später gab es die Kapseln nicht mehr.

»Kursumkehr«, sagte Janeway. »Fliegen wir wieder zur Konkavität.« Sie wußte, daß dort zwei weitere akerianische Schiffe auf sie warteten: die *Sieg* unter dem Kommando von Linneas und die *Zerstörer*.

»Janeway an Maschinenraum. Wie sieht's mit unseren Schilden aus, Lieutenant Torres?«

»Wir haben jetzt wieder eine Kapazität von sechsundneunzig Prozent«, erwiderte die Klingonin.

»Das reicht nicht. Für den Transfer in die Konkavität brauchen wir volles Deflektorenpotential. Bitte geben Sie mir *sofort* Bescheid, wenn Sie soweit sind, verstanden?«

»Aye, Captain.«

Janeway lehnte sich im Kommandosessel zurück, und ihre Hände schlossen sich um die Armlehnen.

»Mr. Kim, versuchen Sie noch einmal, einen Kom-Kontakt mit Commander Linneas und auch der *Zerstörer* herzustellen.« Die beiden Kreuzer befanden sich nun vor der *Voyager*. Die *Sieg* flog nach Backbord, die *Zerstörer* nach Steuerbord.

Sollen wir in die Enge getrieben werden? dachte Janeway. *O nein, diesmal nicht …*

»Keine Antwort«, sagte Kim nach einigen Sekunden.

Janeway seufzte. Sie hatte nicht mit einer Reaktion der Akerianer gerechnet, hielt jedoch an der Hoffnung fest. »Chakotay, Sie wissen, wo wir verwundbar sind. Ich möchte vermeiden, daß wir dort von Gravitationswellen getroffen werden. Achten Sie außerdem auf den eventuellen Einsatz weiterer Kapseln.«

»Aye, Captain«, bestätigte der Erste Offizier.

Solange die beiden akerianischen Kreuzer nichts

gegen die *Voyager* unternahmen, widerstrebte es Janeway, sie anzugreifen. Sie wartete angespannt, während sie sich dem Sonnenfresser näherten. Die Kriegsschiffe blieben auch weiterhin passiv, verhielten sich wie eine friedliche Eskorte.

Was hast du vor, Linneas?

Harry Kim brach das Schweigen. »Ein Angriff der Akerianer wäre mir fast lieber. Dies hier gefällt mir nicht.«

»Mir geht es ebenso, Fähnrich«, erwiderte Janeway. »Wenn man diese Uniform lange genug trägt, so lernt man, den Charakter anderer Personen zu beurteilen. Man entwickelt eine Art sechsten Sinn. Und dieser sechste Sinn teilt mir jetzt mit, daß Linneas ein As in seinem gepanzerten Ärmel hat. Ich fürchte, er plant eine unangenehme Überraschung für uns.«

Tuvok wölbte eine Braue. »Ich halte die Bezugnahme auf einen ›sechsten Sinn‹ für unnötig, wenn es um Dinge geht, die auch mit logischen Schlußfolgerungen ermittelbar sind. Bei unseren bisherigen Begegnungen mit ihm hat Commander Linneas jedesmal ein betont feindseliges Verhalten sowohl uns gegenüber als auch in Hinsicht auf die Bewohner von Veruna Vier offenbart. Deshalb kann man mit ziemlicher Sicherheit annehmen, daß er auch diesmal aggressive Absichten hegt.«

Janeway behielt die Raumschiffe auf dem Hauptschirm im Auge, aber ihre Lippen deuteten ein Lächeln an. »Sie verderben einem den Spaß, Lieutenant.«

»Ich würde es nicht als ›Spaß‹ bezeichnen, auf irgendeine Art von Angriff zu warten«, erwiderte der Vulkanier fast hochmütig.

Janeway wollte antworten, als die *Sieg* plötzlich beschleunigte und zur Konkavität flog.

»Achtung!« rief Chakotay.

»Es geht los«, entfuhr es Janeway gleichzeitig. Ihr erster Gedanke – die logische Annahme, wie es Tuvok ausgedrückt hätte – bestand in folgender Vermutung: Linneas wollte die Anomalie aufsuchen, um dort zu verhindern, daß sie die verunischen Sklaven befreiten. Vielleicht ging es ihm sogar um einen Transfer durchs Wurmloch – vorausgesetzt natürlich, es gab eins.

Doch das akerianische Schiff glitt durch die Staubwolken der Akkretionsscheibe und verharrte direkt vor der Öffnung der Konkavität.

Der Sonnenfresser war riesig, doch ein großer Teil des schwarzen Schlunds wurde von dem Materiestrom beansprucht, der die Anomalie mit dem verunischen Zentralgestirn verband. Es existierte nur ein kleiner Bereich, durch den man ins Innere der Anomalie fliegen konnte, und jener Zugang wurde nun von der *Sieg* blockiert.

Die *Zerstörer* veränderte ihre Position relativ zur *Voyager* nicht. Offenbar wartete sie auf Anweisungen.

»Öffnen Sie einen externen Kom-Kanal, Mr. Kim.« Janeway wartete das Nicken des jungen Mannes ab, stand dann auf, stützte die Hände in die Hüften und trat vor, bis sie fast direkt hinter Chakotay stand.

»Hier spricht Kathryn Janeway vom Föderationsschiff *Voyager*. Es ist unsere Absicht, in die Konkavität zu fliegen, Commander Linneas. Ich schlage vor, Sie weichen beiseite und lassen uns passieren. Ein Rückzug kommt für uns nicht in Frage.«

Keine Antwort.

Janeway wartete und spürte, wie die Anspannung auf der Brücke immer mehr zunahm.

»Commander Linneas, ich weiß, daß Sie mich hören, ob Sie antworten oder nicht. Ich wiederhole: Unsere Absicht besteht darin, in die Konkavität zu fliegen. Daran halten wir fest.«

Stille. Die Sekunden verstrichen.

Janeway hörte, wie Tom Paris mit sich selbst

sprach – oder vielleicht mit einem der verunischen Piloten. Er sagte ein Wort, das unter den gegenwärtigen Umständen überhaupt keinen Sinn zu ergeben schien.

»Kneifer«, murmelte der Lieutenant.

»Ich habe Sie nicht verstanden, Mr. Paris«, erwiderte Janeway. »Könnten Sie das bitte wiederholen?«

Eine kurze Pause folgte, und dann räusperte sich Paris. »Äh, ich habe ›Kneifer‹ gesagt, Captain.«

»Was meinen Sie damit?«

»Nun... Es geht dabei um ein Spiel, das sich bei Starfleet-Kadetten einer gewissen Beliebtheit erfreute. Zwei Schiffe fliegen einander mit voller Impulskraft entgegen. Wer als erster abdreht, hat ›gekniffen‹ und damit verloren. Ein solches Spiel treibt Linneas mit uns, Captain. Er verläßt sich darauf, daß wir im letzten Augenblick abdrehen.« Paris zögerte kurz. »Ich möchte betonen, daß *ich* mich niemals auf etwas so Dummes und Gefährliches eingelassen habe.«

»Natürlich nicht«, entgegnete Janeway. »Nun, ich glaube, Sie haben recht.« Sie holte tief Luft und wandte sich an die Brückencrew. »Vorschläge?«

»In Linneas' Denken scheint die Logik keine große Rolle zu spielen«, sagte Tuvok. »Er ist feindselig und aggressiv, aber nicht besonders logisch. Wir haben bessere Waffen, und bisher konnte Linneas noch nie beobachten, daß wir einem Konflikt auswichen – obgleich wir ganz offensichtlich großen Wert darauf legen, keinen zu provozieren. Deshalb ist es unlogisch anzunehmen, wir würden uns diesmal zurückziehen. Allem Anschein nach möchte Linneas den Planeten im Innern der Konkavität schützen, doch eine Kollision im Öffnungsbereich der Anomalie könnte bei ihr zu einem Kollaps führen. Deshalb bin ich ziemlich sicher, daß er ›blufft‹, wie es bei Ihnen heißt.«

»Ich glaube nicht, daß sich Linneas durch eine stabile Persönlichkeit auszeichnet«, warf Chakotay ein. »Viele seiner Befehle sind widersprüchlich, manche sogar gefährlich oder dumm. Wir dürfen nicht darauf vertrauen, daß er ausweicht.«

»Torres an Janeway.«

»Ich höre, Lieutenant.«

»Die Kapazität unserer Schilde liegt jetzt wieder bei hundert Prozent.«

Janeway lächelte. »Freut mich sehr, B'Elanna. Wir brauchen die Deflektoren.« Sie rieb sich das Kinn und sah zum zentralen Projektionsfeld, das die *Sieg* zeigte – allein der Name des akerianischen Schiffes kam einer Herausforderung gleich.

»Ich habe viele Halunken kennengelernt«, sagte sie und rang sich zu einer Entscheidung durch. »Angeber, die viele große Worte und schmutzige Tricks kennen. Aber diese Leute sind nicht bereit, für eine solche Sache zu sterben. Angeber sind im Grunde ihres Wesens Feiglinge. Und das gilt sicher auch für den Ersten Krieger Linneas. Öffnen Sie noch einmal einen externen Kom-Kanal, Fähnrich.«

»Kanal offen, Captain.«

»Hier spricht Captain Janeway. Zum letztenmal: Wir fliegen in die Konkavität. Ich schlage vor, Sie weichen zur Seite.« Sie erinnerte sich an Worte, die Linneas an die *Voyager* gerichtet hatte. »Wenn nicht… Dann tragen Sie die Konsequenzen.«

Sie bedeutete Kim, den Kanal zu schließen.

»Haben Sie das gehört, Mr. Paris?«

»Aye, Captain. Wir sind bereit.«

»Gut.« Janeway kehrte zum Kommandosessel zurück und setzte sich. Ihr Herz pochte schneller, und Entschlossenheit erfüllte sie. »Zur Konkavität, Commander Chakotay. Volle Impulskraft. Stellen wir fest, wer hier der Kneifer ist.«

15

Die *Voyager* näherte sich dem Sonnenfresser, und Janeways Hände schlossen sich fester um die Armlehnen des Sessels. Wenn sie die falsche Entscheidung getroffen, sich in Linneas' Wesen getäuscht hatte …

Nein, ich irre mich nicht, dachte sie. *Linneas hat tatsächlich keine stabile Persönlichkeit, aber er ist auch nicht verrückt. Er wird sicher nicht* alles *aufs Spiel setzen.*

»Wie verhält sich die *Zerstörer?*« fragte sie Tuvok.

»Sie entfaltet derzeit keine besonderen Aktivitäten«, antwortete der Vulkanier.

»Behalten Sie das Schiff im Auge«, wies Janeway ihn an.

Sie kamen immer näher. Die *Sieg* schwebte auch weiterhin in der Öffnung der Konkavität: ein graublauer, häßlicher und sturer Klumpen vor dem Hintergrund des bunten, fast schönen Waberns der Akkretionsscheibe. Jenseits davon erstreckte sich die geheimnisvolle Finsternis des Sonnenfressers.

»Phaser vorbereiten!« befahl Janeway.

»Ich möchte darauf hinweisen, daß der Einsatz unserer Phaser im Innern der Anomalie außerordentlich riskant sein könnte«, warnte Tuvok.

»Das ist mir klar«, erwiderte die Kommandantin. »Aber wir sollten imstande sein, sofort das Feuer zu eröffnen, wenn die *Sieg* oder *Zerstörer* offensive Maßnahmen ergreifen.«

»Aye, Captain«, bestätigte Tuvok und berührte mehrere Schaltflächen.

Janeway atmete tief durch und spürte jene Art von Gelassenheit, die sich immer dann auf sie herabsenkte, wenn es um Leben oder Tod ging. Sie würde erst später emotional reagieren. Das ließ sich gar nicht vermeiden; immerhin war sie ein menschliches Wesen. Aber hier und jetzt, solange die Krise andauerte, blieb sie völlig ruhig. Sie und die Brückencrew bildeten nun einen Mechanismus, bei dem alle Einzelteile aufeinander abgestimmt waren.

Ganz gleich, was Linneas und die anderen Akerianer jetzt auch anstellten: Janeway fühlte sich bereit.

Die *Sieg* wurde größer und füllte bald den ganzen Hauptschirm.

»Sowohl die *Sieg* als auch die *Zerstörer* wahren ihre relativen Positionen«, meldete Tuvok.

»Flug mit unverändertem Kurs fortsetzen«, sagte Janeway.

Immer näher rückte die Anomalie, und Linneas' Schiff verharrte auch weiterhin in ihrem Öffnungsbereich.

»Hundert Kilometer«, verkündete Kim. Die *Voyager* flog weiter. »Fünfzig Kilometer ... dreißig ...«

»Na los, beweg dich endlich«, hauchte Janeway. Offenbar hatte sie sich *doch* geirrt. Linneas schien es wirklich darauf ankommen zu lassen.

»Zwanzig Kilometer ... zehn ... fünf ... *zwei* ...«

Plötzlich sprang die *Sieg* nach Backbord, und gleichzeitig startete sie ihre sechs Kapseln. Die Brückenoffiziere wußten, worauf es nun ankam. Sie reagierten, ohne daß Janeway Anweisungen erteilen mußte. Tuvoks Hände huschten über die Kontrollen, und rote Phaserstrahlen flammten durchs All, tasteten nach den Kapseln. Wenn diese sich mit den Schilden der *Voyager* verbanden ... Es hätte eine Katastrophe bedeutet.

Chakotay handelte fast ebenso schnell wie der Vulkanier, zwang die *Voyager* nach Backbord und nach unten. Das Schiff schien wie ein Fisch zu zappeln, und mehr als ein Mitglied der Brückencrew wurde zu Boden geschleudert, darunter auch die einzige Frau im Kontrollraum.

Janeway stand rasch wieder auf.

»Haben wir sie erwischt?« fragte sie und meinte die Kapseln.

»Bestätigung«, sagte Tuvok. »Die *Sieg* wurde dabei beschädigt. Das einzige Problem, das ich jetzt noch sehe …«

Es zeigte sich, bevor der Vulkanier es beschreiben konnte. Buntes Wogen umhüllte die *Voyager* mit orangefarbenen, roten und gelben Leuchterscheinungen. Aus einem Reflex heraus hob Janeway den Arm, um ihre Augen abzuschirmen.

Sie wußte, was geschehen war. Um den gefährlichen Kapseln zu entgehen, hatte Chakotay die *Voyager* in den Strom aus brodelndem Wasserstoff gesteuert, der von der verunischen Sonne ausging und im ›Maul‹ des Sonnenfressers verschwand. Das Schiff schlingerte immer wieder, und Janeway dachte an ein kleines Spielzeugboot, das von den Stromschnellen eines reißenden Flusses erfaßt wurde.

Chakotay versuchte alles, um die Fluglage der *Voyager* zu stabilisieren.

»Kim, die Schilde!« rief Janeway.

»Keine Strukturlücken«, lautete die beruhigende Antwort des Fähnrichs.

»Paris, Bericht!«

»Wir sind noch immer hier, Captain«, klang die Stimme des Navigators aus den Kom-Lautsprechern.

»Steuern Sie uns aus der Materiebrücke heraus, Chakotay. Maschinenraum, hören Sie mich?«

»Ja, Captain.« B'Elanna schien ganz ruhig zu sein, und Janeway dankte ihr dafür.

»In einigen Sekunden erreichen wir den Gravitationsschacht.« Janeway sprach sehr schnell. »Bitte leiten Sie die gesamte zur Verfügung stehende Energie in die Schilde. Und sorgen Sie dafür, daß wir die Deflektoren an bestimmten Stellen verstärken können, wenn das notwendig wird: vorn, hinten oder an den Seiten. Wir müssen dort besonders geschützt sein, wo die Gravitation am stärksten ist. Verstanden?«

»Aye, Captain. Wenn Fähnrich Kim …«

»Ich bin schon dabei, B'Elanna.« Kim berührte Schaltelemente. »Die gesamte nicht für die Bordsysteme benötigte Energie wird dem Maschinenraum zur Verfügung gestellt.«

Eine kurze Erschütterung wies darauf hin, daß die *Voyager* den Wasserstoffstrom verließ.

»Der Transfer in die Konkavität findet *jetzt* statt!« rief Janeway. »Tuvok, überwachen Sie mit mir die Deflektoren.«

Sie bediente die Kontrollen ihrer eigenen Kommandokonsole – die Displays wiesen ganz deutlich darauf hin, daß die externen Gravitationsfelder immer mehr an Intensität gewannen. Die *Voyager* war einem enormen Druck ausgesetzt, doch Torres leitete zusätzliche Energie in die Schilde – ihre energetische Stabilität blieb gewahrt.

Zufrieden und auch erleichtert wandte sich Janeway dem Hauptschirm zu.

Sie befanden sich nun im Innern des Sonnenfressers.

Garai zweifelte allmählich an der Zurechnungsfähigkeit des Ersten Kriegers Linneas.

Er hielt sich selbst für einen wahren Akerianer. Eine tiefe Liebe verband ihn mit der Heimat und seinem Volk. Schon seit langer Zeit gehörte er zum akerianischen Militär, und das Militärische war längst Teil seines Wesens geworden. Er hatte die Disziplin in sich aufgenommen, auch unerschütterliche Entschlossenheit und die Bereitschaft, für das Richtige – die Weiterentwicklung der akerianischen Kultur – zu sterben.

Bereit zu sein, zu töten und zu sterben ... Diese Voraussetzungen der akerianischen Militärethik erfüllte Linneas zweifellos.

Aber Garai argwöhnte, daß es ihm an *Vernunft* mangelte. Er traf Entscheidungen einfach aus dem Stegreif. Ein Besatzungsmitglied der *Sieg* war von ihm erwürgt worden, weil es Linneas' Beschluß in Frage gestellt hatte, den Weg des ebenso eleganten wie gefährlichen Raumschiffs namens *Voyager* zu blockieren.

Solche Verhaltensweisen waren eines Ersten Kriegers unwürdig. Einmal mehr freute sich Garai, daß er nicht mehr zu Linneas' Crew gehörte. Andererseits: Den Befehl über ein eigenes Schiff zu führen, verursachte fast ebensoviel Streß.

Linneas hatte es immer wieder abgelehnt, mit Kathryn Janeway zu reden, dem Captain der *Voyager* – obgleich niemand von ihnen wußte, was die Fremden in der Konkavität wollten. Linneas *glaubte* nur, darüber Bescheid zu wissen: »Sie wollen stehlen, was wir uns im Lauf von Jahrhunderten angeeignet haben!« hatte er geknurrt, um anschließend zu befehlen, die Kom-Signale der *Voyager* unbeantwortet zu lassen.

Immer wieder kam es zu Widersprüchen. Einmal verkündete Linneas: »Wir müssen noch mehr Wissen auf dem Planeten sammeln, und deshalb brauchen wir Sklaven!« Und kurze Zeit später fauchte er zornig: »Wir müssen die Verunier ausrotten!«

Doch wie sollte man Tote versklaven? fragte sich Garai in einem Anflug von Zynismus.

Und wie wichtig sollte es sein, die Konkavität zu schützen, wenn Linneas bereit war, ihren Zugang zu schließen?

Doch der verwirrendste und unverzeihlichste Aspekt im Gebaren von Linneas bestand aus *Feigheit:* Er war der *Voyager* im letzten Augenblick ausgewichen, anstatt ihr auch weiterhin die Stirn zu bieten.

Wenn sich ein anderer Akerianer auf diese Weise verhalten hätte, so wäre ihm von Linneas dafür die Kehle zerfetzt worden.

Garai hörte nun die Stimme seines ehemaligen Vorgesetzten aus den Kom-Lautsprechern. Linneas sprach wirr und zusammenhanglos.

»Die Fremden sind in der Konkavität, und mein Schiff wurde beschädigt. Wir müssen unsere Schilde reparieren, bevor wir ebenfalls in die Anomalie hineinfliegen können. Verfolgen Sie die *Voyager* und halten Sie Janeway auf.«

Alles in Garai drängte danach, ablehnend und zornig zu knurren. Doch er grummelte nur.

»Wie soll so etwas möglich sein, Erster Krieger?« erwiderte er und versuchte nicht, den Sarkasmus aus seiner Stimme fernzuhalten. »Wenn wir die Gravitationswaffe einsetzen, so vernichten wir die Konkavität. Wenn wir das fremde Schiff rammen, so vernichten wir die Konkavität. Wenn wir den Transporter verwenden ...«

»Schweigen Sie!« donnerte Linneas und sprang dem Schirm entgegen.

Garai erschrak und wich instinktiv zurück. Völlige Stille herrschte nun auf der Brücke der *Zerstörer*.

Linneas faßte sich nur mit Mühe.

»Ich überlasse es Ihnen zu entscheiden, wie man Janeway und ihr Schiff aufhalten kann, Erster Krieger Garai. Aber Sie werden *nie* wieder in einem solchen Ton mit mir reden.«

»Verstanden, Erster Krieger Linneas.« Garai sprach sehr ernst. »Ich führe jetzt Ihren Befehl aus.«

Er unterbrach die Verbindung und wandte sich den Brückenoffizieren zu. »Schilde auf volle Stärke. Treffen Sie Vorbereitungen für den Transfer in die Konkavität. Versuchen wir, Janeway zu finden und sie aufzuhalten – was auch immer sie vorhat.«

Vor einigen Tagen hatte Paris scherzhaft die Stelle aus Carrolls berühmter Erzählung zitiert, wo Alice in den Kaninchenbau fällt. Jetzt ahnte Janeway, was jenes fiktive Mädchen dabei empfand. Zwar zitterte fast so etwas wie Furcht in ihr, aber gleichzeitig staunte sie über das, was sich nun ihren Augen darbot.

Licht stellte kein Problem dar – die glühende Materie von der sterbenden Sonne stellte genug zur Verfügung. Den größten Teil des Gravitationsdrucks hatten sie beim Passieren der Anomalie-Öffnung überstanden. Als sie nun weiter hineinflogen, ließ die Intensität der Gravitationsfelder nach, bis sie kaum stärker waren als im gewöhnlichen interstellaren All. Janeway fragte sich, *wo* sie sich nun befanden. Es sah nach einem Tunnel oder einer Art Tasche aus.

Die visuelle Wahrnehmung unterlag natürlich Verzerrungen. Der Planet, dem sich die *Voyager* nun schnell näherte, sah so aus, als betrachtete man ihn durch eine Zerrlinse. Janeway wußte: Je mehr die Distanz schrumpfte, desto geringer wurden die scheinbaren Verformungen. Wer zum Landeanflug ansetzte, erblickte eine ganz normale Welt.

»Es scheint eine Art Tasche zu sein«, sagte die Kommandantin leise. »Was den Wasserstoff betrifft … Die Gravitation zieht ihn zu den … ›Wänden‹ der Anomalie. Mr. Kim, orten Sie noch immer Verteron-Emanationen?«

»Ja, Captain. Hier findet sogar eine ziemlich ausgeprägte Verteron-Aktivität statt.« Der Fähnrich berührte Schaltflächen und runzelte die Stirn. »Ich versuche festzustellen, woher die Emissionen kommen.«

Janeway seufzte. »Denken Sie daran, die Störungen der Sensorerfassung zu kompensieren. Tuvok, deutete irgend etwas darauf hin, daß wir Gesellschaft haben?«

»Negativ, Captain. Offenbar sind alle akerianischen Kreuzer nach draußen beordert worden, um uns an einem Flug ins Innere der Konkavität zu hindern. Es befinden sich einige Schiffe auf dem Planeten, aber keins von ihnen ist auch nur annähernd so groß wie ... Ich berichtige mich. Ein Kreuzer hat sich gerade in die Anomalie transferiert. Es handelt sich um die *Zerstörer*.«

»Verdammt!« fluchte Janeway leise. »Sorgen wir dafür, daß die verunischen Schiffe den Planeten erreichen. Anschließend versuchen wir, die *Zerstörer* abzulenken.«

»Aye, aye, Captain«, sagte Chakotay und steuerte die *Voyager* in den Orbit. Inzwischen war die Entfernung so gering geworden, daß die optischen Verzerrungen auf ein Minimum beschränkt blieben.

Janeway dachte einige Sekunden lang voller Anteilnahme an jene Wesen, die Ruinen auf dem Planeten zurückgelassen hatten. Wer mochten sie gewesen sein? Und was war mit ihnen geschehen? Aus welchem Grund befand sich ihre einstige Heimatwelt ausgerechnet hier, in einer bizarren Mischung aus schwarzem Loch und Wurmloch?

Auf die ersten beiden Fragen bekam Janeway vielleicht nie eine Antwort. Bei der dritten sah die Sache ein wenig anders aus. Vielleicht gelang es ihnen irgendwie, das Rätsel zu lösen.

»Janeway an Paris. Wir senken jetzt die Schilde, aber nur für kurze Zeit – immerhin befindet sich auch die *Zerstörer* in der Konkavität. Wir deaktivieren die Deflektoren nur lange genug, um den Wächterschiffen Gelegenheit zu geben, zum Planeten zu fliegen.«

»Verstanden, Captain.« Man konnte deutlich hören, wie Paris tief Luft holte. »Bitte um Erlaubnis, die Verunier bei ihrer Mission begleiten zu dürfen.«

»Abgelehnt, Lieutenant«, erwiderte Janeway sofort. »Wir haben ihnen versprochen, sie zum Planeten zu bringen und anschließend bei der Rückkehr nach Veruna Vier zu helfen. Der Rest liegt bei ihnen.«

»Bei allem Respekt, Captain ... Von den sechs Wächterschiffen sind jetzt nur noch fünf übrig, was bedeutet: An Bord gibt es nicht genug Platz, um alle Sklaven zu transportieren. Ich weiß nicht, wie Sie die Sache sehen, aber ich möchte vier unschuldigen Personen nicht mitteilen müssen, daß sie leider zurückbleiben müssen.«

Janeway nickte betroffen. Paris hatte recht. Sie wollte sich keineswegs auf Aktionen einlassen, die als feindselig interpretiert werden konnten – immerhin bestand ihr Ziel darin, Frieden zwischen Veruniern und Akerianern zu schaffen. Aber sie mußte Paris zustimmen. Sie konnte nicht einige Verschleppte auf dem Planeten lassen und die anderen in Sicherheit bringen.

Und was war mit Tom Paris selbst? Janeway hatte ihn nur aus einem Grund beauftragt, die Führung der verunischen Flotte zu übernehmen: weil es weit und breit keinen besseren Piloten gab – worauf er immer wieder hinwies. Doch damit nicht genug. Er sollte auch Freundschaft mit den Veruniern schließen, seinen anfänglichen Abscheu überwinden und lernen, sich nicht zu sehr vom äußeren Schein beeinflussen zu lassen. Auch in dieser Hinsicht hatte er alle Erwartungen Janeways erfüllt. Sie konnte nicht von ihm verlangen, instinktiven Argwohn durch Vertrauen zu ersetzen und für die Verunier einen Platz in seinem Herzen zu finden – um sich dann einfach von ihnen abzuwenden.

Sie entsann sich an ihre schlaflose Nacht, bevor diese ganze Sache begann. Schon seit einer ganzen Weile fiel es ihr schwer, nachts Ruhe zu finden. Wenn sie jetzt die verunischen Sklaven im Stich ließ und Paris einen entsprechenden Befehl gab … Dann mußte sie in Zukunft mit vielen Alpträumen rechnen.

»Wer A sagt, muß auch B sagen.« Janeway seufzte. »Na schön, Lieutenant. Sie haben gute Arbeit geleistet, indem Sie die Verunier bis hierher führten. Begleiten Sie Ihre Freunde auch auf dem Rest des Weges. Aber seien Sie vorsichtig, Tom. Spielen Sie nicht den Helden.

Befreien Sie die Verschleppten und kehren Sie anschließend so schnell wie möglich zurück.«

»Aye, Captain«, erwiderte Paris, und man konnte sein freudiges Lächeln *hören*.

Tom Paris hätte es nie für möglich gehalten, daß er sich einmal darüber *freute,* in den Kampf – oder einen *möglichen* Kampf – zu ziehen. Aber akerianische Soldaten zu überwältigen, um verunische Sklaven zu befreien ... Das erschien ihm attraktiver als die Aussicht, auch weiterhin neben Kaavi zu sitzen, deren reptilienartiges Gesicht kaum mehr Kummer zum Ausdruck bringen konnte.

Bei dem von ihm erzwungenen Transfer von Bord der *Überzeugung* hatten Kaavi und Takoda Schutzanzüge getragen. Allerdings ohne Helme; die wurden erst im letzten Augenblick aufgesetzt. Jetzt an Bord des Shuttles hätten die beiden Verunier genausogut nackt sein können: Mit den Helmen der für Menschen bestimmten Raumanzüge konnten sie natürlich nichts anfangen.

Kaavi und Takoda hatten kein Schiff mehr, um ihre versklavten Artgenossen zu transportieren. Und jetzt mußten sie sich auch der bitteren Erkenntnis stellen, daß sie ihnen nicht einmal zu Hilfe eilen konnten. Kaavi war erst sehr niedergeschlagen gewesen und freute sich dann, als Paris vorschlug, das Shuttle solle die verunische Flotte begleiten. Ihre Reaktion bewies ihm, daß er die richtige Entscheidung getroffen hatte. Glücklicherweise war es ihm gelungen, Janeway die Erlaubnis abzuringen. Kaavi hätte natürlich verstanden, daß er einem direkten Befehl nicht zuwiderhandeln konnte, aber der Kummer wäre in ihrem Gesicht geblieben. Und Paris konnte ihn einfach nicht mehr ertragen, weil er sich dadurch viel zu schuldig fühlte.

Die Verunierin vertrat ihn an den Navigationskontrollen, während er rasch einen Schutzanzug überstreifte. Es fiel ihr nicht schwer, an der Flanke des größeren Schiffes zu bleiben, als die *Voyager* in die Umlaufbahn schwenkte. Als Paris zurückkehrte, gab sie seinen Sessel sofort frei. Mit einem zufriedenen Nicken nahm er Platz und aktivierte den Kommunikator.

»Paris an die verunische Flotte«, sagte er. »Die *Voyager* senkt gleich kurz ihre Schilde. Damit öffnet sich ein Startfenster für uns, und wir dürfen keine Zeit verlieren. Alle folgen mir. Ich bin mit der Leitung dieses Einsatzes beauftragt worden, doch abgesehen davon läuft alles wie besprochen. Halten Sie sich in Bereitschaft. Ich gebe Ihnen Bescheid, wenn es soweit ist.«

Er beobachtete die fünf kleinen Schiffe, die darauf warteten, daß es losging. Als er hinter ihnen ein kurzes blaues Schimmern bemerkte, sagte: »Die Schilde sind jetzt gesenkt. Wir brechen auf!«

Das Shuttle setzte sich in Bewegung und glitt dem Planeten entgegen. »Was ist mit den anderen?« erkundigte sich Paris.

»Sie folgen uns in perfekter Formation und achten darauf, daß der Abstand nicht zu groß wird«, antwortete Kaavi sofort.

»Gut.« Das blaue Schimmern wiederholte sich, deutlicher Hinweis auf die Reaktivierung der Deflektoren. »Paris an die verunische Flotte. Die *Voyager* wird versuchen, das akerianische Schiff abzulenken, so daß wir in der Lage sind, unsere Mission zu erfüllen. Es dauert noch etwas, bevor wir landen können. Ich rate allen, sich noch einmal die Karte der betreffenden Region und den Einsatzplan anzusehen. Wenn jemand eine Frage hat… Jetzt ist genau der richtige Zeitpunkt, sie zu stellen. Es darf keine unklaren Punkte geben.«

Stille herrschte, als sich die Entfernung zum Planeten verringerte. Paris dachte daran, wie sich an Bord der fünf Wächterschiffe fünfzehn Verunier ihre Anweisungen rekapitulierten. Fragen blieben aus. Im Alpha-Quadranten hätte dieses Volk hoffen dürfen, sofort in die Föderation aufgenommen zu werden, wodurch es den Schutz von Starfleet in Anspruch nehmen durfte.

Der Alpha-Quadrant. Mehr als jemals zuvor sehnte er sich dorthin zurück.

Die optischen Verzerrungen ließen immer mehr nach, je weiter sie sich dem Planeten näherten. Sie konnten bereits die Ruinen erkennen, letzte Überbleibsel einer uralten Zivilisation. Alles war grau. Nirgends erstreckten sich Ozeane, und es gab auch keine klar erkennbaren Gebäude. Nur grauen Staub, Krater, verwitterte Felsen und Schutt.

Paris überprüfte die Atmosphäre. Schutzanzüge waren nötig, denn es fehlte atembare Luft. Glücklicherweise betrug die Schwerkraft an der Planetenoberfläche nur etwa 1,4 G – die verunischen Schiffe und das Shuttle konnten dort also fast auf die gewohnte Weise manövrieren. Nun, immerhin etwas.

Die Verunier verfügten über eigene Strahlwaffen, und Paris wollte sich mit einem Phasergewehr ausrüsten. Angesichts einer mehr oder weniger ›normalen‹ Gravitation auf dem Planeten war dort der Einsatz von Energiewaffen nicht annähernd so riskant wie im All. Jeder Pilot verfügte über einen Tricorder – sie hatten versprochen, die Geräte später zurückzugeben. Paris erinnerte sich an die Diskussion über ›technologische Kontamination‹, die er im großen und ganzen für sinnlos hielt: Die Verunier hatten bereits Tricorder in Aktion gesehen. Und wenn es um Leben und Tod ging … Dann sollten *alle* den Vorteil haben, Verunier zu lokalisieren.

In Gedanken ging auch Paris noch einmal die Einzelheiten des Einsatzplans durch, als sie sich einer Art Landefeld näherten. Ihnen standen eine genaue Karte und auch der Dienstplan zur Verfügung – die betreffenden Daten stammten aus dem Bordcomputer der *Eroberung*. Derzeit fand gerade ein Schichtwechsel statt, was bedeutete: Wahrscheinlich trugen die meisten Gefangenen noch ihre Schutzanzüge, was sie in die Lage versetzte, sofort zu den gelandeten Schiffen zu laufen. Sie wußten genau, wo die Verschleppten untergebracht waren. Im besten Fall sollte der Einsatz nicht länger als zwanzig Minuten dauern. Doch Paris ahnte, daß die akerianischen Wächter alles unternehmen würden, um einen reibungslosen Ablauf der Mission zu verhindern.

Er setzte den Helm auf und vergewisserte sich, daß die Verbindungsstellen versiegelt waren. Anschließend überprüfte er die NTE beziehungsweise Nottransporteinheiten – er hatte sie einmal scherzhaft ›Leichensäcke für Lebende‹ genannt. Es handelte sich um große, beutelartige Behälter, deren Ambientenkontrollen aktiviert wurden, sobald sich eine Person im Innern befand. Das betreffende Individuum mußte getragen werden, aber es durfte wenigstens hoffen zu überleben. Auf dem öden Planeten herrschten ziemlich strenge Umweltbedingungen. Die Sklaven wurden alles andere als gut behandelt, und es mußte mit der Möglichkeit gerechnet werden, daß einige von ihnen nicht aus eigener Kraft zurückkehren konnten.

Paris holte tief Luft, sah zu Kaavi und lächelte. Sie winkte kurz.

»Also gut, Leute«, sagte er zu den wartenden verunischen Piloten. »Jetzt beginnt der Landeanflug. Die Gravitation ist einigermaßen erträglich, und deshalb dürften die Schiffe wie gewohnt reagieren.«

Eine plötzliche Bewegung weckte seine Aufmerksamkeit: Das weite, flache und tiefe Landefeld geriet nun in Sicht. Etwas abseits davon erhob sich ein Gebäude, in dem die Sklaven untergebracht waren. Hier und dort bemerkte Paris weitere Bauten, in denen vermutlich Wissenschaftler und Forscher arbeiteten. Alle Objekte wirkten in erster Linie funktionell und wiesen keine Verzierungen auf. In dieser Hinsicht ähnelten sie den akerianischen Raumschiffen, die kaum mehr waren als häßliche Kuppeln.

Doch Paris interessierte sich mehr für das, was sich eben bewegt hatte. Kurz darauf sah er es noch einmal. Und wußte Bescheid.

Die akerianischen Wächter hatten Verteidigungsstellungen hinter Felsen und Schürfgeräten bezogen.

»Achtung, an die verunische Flotte«, sagte Paris ruhig. »Ich glaube, ein Begrüßungskomitee erwartet uns.«

16

»Seien Sie vorsichtig, Paris!« mahnte Kaavi. »Ach, wenn ich Sie doch nur begleiten könnte …«

Bevor das Innenschott der Luftschleuse zuglitt, sah Paris noch ihr besorgtes Gesicht. Er versuchte, aufmunternd zu lächeln, wußte aber nicht, ob es ihm gelang.

Er überprüfte noch einmal sein Phasergewehr und holte dann den Tricorder hervor. Die Berührung einiger Schaltflächen genügte, um auf dem Display die Positionen der akerianischen Wächter und verschleppten Verunier erscheinen zu lassen. Auch der Aufenthaltsort der Rettungsgruppe wurde anzeigt.

Jetzt geht's los, dachte Paris und trat nach draußen.

Ein roter Energiestrahl raste an ihm vorbei. Er duckte sich im letzten Augenblick, verlor dadurch das Gleichgewicht und stolperte. Zum Glück. Ein zweiter Strahl kochte dort übers Felsgestein, wo er eben noch gestanden hatte. Paris hob das Phasergewehr und feuerte in die Richtung, aus der die beiden Schüsse gekommen waren. Doch der verantwortliche Akerianer – er trug eine einfache Version von Linneas' Körperpanzer – verbarg sich hinter einem Felsen und wurde nicht getroffen.

Es blitzte auch an anderen Stellen. Paris riskierte es, den Kopf zu heben und sich umzusehen. Die fünf verunischen Raumer waren sicher gelandet. Zehn Besatzungsmitglieder verließen sie. Fünf blieben zurück, um die Schiffe zu schützen. Ein Verunier, den Paris kaum kannte, ging praktisch sofort zu Boden. Die anderen hoben die Gestalt hoch und trugen sie in die Sicherheit des Wächterschiffes zurück. Dabei konnte Paris kurz das Gesicht hinter der Helmscheibe sehen und erkannte Miweni. Der Echsenmann wirkte erschrocken, aber auch entschlossen. Die Mienen der übrigen Verunier sahen sicher ähnlich aus.

Paris winkte, und daraufhin liefen die Verunier los. In der höheren Schwerkraft bewegten sie sich nicht mit der gleichen Eleganz wie auf Veruna Vier, und ausgerüstet waren sie mit Waffen, die sie nie zuvor gegen einen Feind eingesetzt hatten. Sie wußten natürlich um ihre Unerfahrenheit, doch sie wollten Paris – und vor allem ihre verschleppten Artgenossen – nicht im Stich lassen.

Dem Plan gemäß rückten sie in geordneter Formation vor, und einem von ihnen gelang es, einen akerianischen Soldaten zu treffen, der leichtsinnigerweise seine Deckung verließ. Er blieb an Ort und Stelle liegen; die anderen Akerianer kümmerten sich nicht um ihn. Für Paris kam in diesem Verhalten der grundsätzliche Unterschied zwischen Veruniern und Akerianern zum Ausdruck.

Er zählte und nickte langsam: Sie hatten es mit insgesamt vier Gegnern zu tun, und einer von ihnen stellte keine Gefahr mehr dar. Aber es ging nicht in erster Linie darum, die Akerianer zu überwältigen, erinnerte sich Paris. Er mußte die verunische Gruppe zusammenhalten und mit ihr die Gefangenen erreichen.

Als ein weiterer Strahl dicht vor ihm durch den toten Staub des Planeten kochte, verzichtete er darauf, das Feuer zu erwidern. Einige Meter weiter vorn sah er einen Bunker – dorthin führte sein Weg. Er lief, so schnell es Schwerkraft und Schutzanzug zuließen. Neun Verunier folgten ihm.

Wenige Sekunden später ragte die Tür vor ihm auf: eine große Platte aus schwarzem Metall. Paris holte den Tricorder hervor und aktivierte jenen Code, den Kim bei den Daten aus dem Computer der *Eroberung* gefunden hatte. Er erreichte die Tür, keuchte und hielt nach einem Sensorfeld Ausschau. Ein rascher Blick zurück teilte ihm mit, daß die Akerianer noch immer feuerten. Die Verunier genossen den Vorteil der zahlenmäßigen Überlegenheit und ließen sich nicht zurückdrängen.

Paris hoffte, daß die akerianischen Energiestrahlen nicht die gelandeten Schiffe beschädigten.

Er gab den Code ein und wartete atemlos.

Nichts geschah.

Schweiß perlte auf seiner Stirn, und der Helm hinderte den Lieutenant daran, ihn fortzuwischen. Er gab den Code noch einmal ein und achtete darauf, daß jedes einzelne Symbol stimmte.

Diesmal erfolgte eine Reaktion. Ein fast zorniges Piepen erklang.

Paris fluchte. Miweni – der sich inzwischen von seinem Schreck erholt hatte – sah ihn an. »Was ist los, Paris?«

»Die Akerianer haben den verdammten Code geändert. Sorgen Sie dafür, daß uns die akerianischen Soldaten nicht zu nahe kommen. Ich versuche, den neuen Code mit Hilfe des Tricorders zu entschlüsseln.«

Natürlich konnte er das Phasergewehr benutzen, um sich mit Gewalt Zugang zu verschaffen, aber Kim hatte ihm die Konstruktionspläne gezeigt, und daher wußte Paris: Die schwarze Metallplatte vor ihm stellte das Außenschott einer Luftschleuse dar. Wenn er ein Loch in die Tür brannte und anschließend das Innenschott öffnete … Dann gerieten alle Personen, die sich ohne Schutzanzug im Innern des Gebäudes aufhielten, in akute Lebensgefahr.

Wir sind hier, um die Verschleppten zu retten, dachte Paris. *Wir wollen sie nicht umbringen.*

Hastig nahm er die notwendigen Rejustierungen am

Tricorder vor, richtete ihn aufs Sensorfeld und betätigte die Aktivierungstaste.

Fremde Symbole glitten über das Display, so schnell, daß das menschliche Auge sie nicht voneinander zu unterscheiden vermochte. Doch für Paris ging es nicht schnell genug.

»Na los, na los«, zischte er und widerstand der Versuchung, den Tricorder zu schütteln – dadurch arbeitete das Gerät bestimmt nicht schneller. Die Prozessoren brauchten eine gewisse Zeit für die Datenelaboration. Bisher hatten sie zwei der sieben Zahlen gefunden, aus denen der Öffnungscode bestand.

Paris kauerte sich an der Tür zusammen, wandte den Blick vom Display ab und sah in Richtung Landefeld. Eine gewisse Beklommenheit dehnte sich in ihm aus. Die akerianischen Soldaten hatten inzwischen gemerkt, daß die Verunier durch irgend etwas aufgehalten wurden, und dadurch nahmen sie ihre Gegner mit noch größerer Entschlossenheit unter Beschuß. Ein greller Blitz schleuderte einen von Paris' Gefährten zu Boden. Der verunische Pilot neben dem Getroffenen wirbelte verblüffend schnell herum und feuerte auf den Akerianer, von dem der Schuß gekommen war.

»Wie geht es ihm?« fragte Paris. Der Helmkommunikator trug seine Stimme zu den anderen Angehörigen der Einsatzgruppe.

Der andere Verunier feuerte auch weiterhin auf die Akerianer. »Nicht gut. Er lebt noch, muß aber so schnell wie möglich behandelt werden.«

Einmal mehr verfluchte Paris den Umstand, daß sie bei dieser Mission niemanden in Sicherheit beamen konnten. Die *Voyager* befand sich nicht einmal in der Nähe, und es dauerte noch eine Weile, bis sie zurückkehrte. Die unerfahrenen Verunier und er waren auf sich allein gestellt.

Er traf eine Entscheidung. »Wenn wir diese Luftschleuse hier geöffnet haben... Bringen Sie ihn hinein und bleiben Sie bei ihm. Wir anderen befreien die Sklaven. Auf dem Rückweg nehmen wir Sie mit. Verstanden?«

»Ja, Par-is«, bestätigte der Verunier. Er sah noch immer nicht zum Menschen, feuerte nach wie vor auf die Akerianer.

Der Lieutenant warf einen neuerlichen Blick auf die Anzeigen des Tricorders – inzwischen hatte er fünf der sieben Zahlen gefunden. Paris versuchte, nicht auf das Zischen der Strahlwaffen zu achten.

Sechs Zahlen.

Sieben.

Es klickte, und die Tür öffnete sich.

»Es ist soweit, ins Gebäude!« rief Paris und winkte mit dem einen Arm, während er mit der anderen Hand das Phasergewehr festhielt. Sieben Verunier näherten sich rasch, und zwei blieben ein wenig hinter den anderen zurück, um erneut auf die akerianischen Soldaten zu schießen. Jener verunische Pilot, der seinen verletzten Kameraden geschützt hatte, hob ihn nun hoch und trug ihn in die Schleuse.

Paris wartete, bis sich alle in der Kammer befanden, betätigte dann erneut die Kontrollen des Tricorders. Als ein Akerianer seine Deckung verließ und heranstürmte, reagierte er aus einem Reflex heraus. Er ließ sich fallen und feuerte durch die schnell schmaler werdende Lücke zwischen Boden und Tür. Er wußte nicht, ob er den Soldaten getroffen hatte, aber eins stand fest: Dem Gegner gelang es nicht, die Luftschleuse zu erreichen. Wenige Sekunden später war der Zugang geschlossen.

Fast sofort vernahm Paris leises Klicken – draußen versuchte der Akerianer, die Tür wieder zu öffnen. Paris sah sich nach einer manuellen Blockiervorrichtung um. Es gab bestimmt eine, um den Zugang im Fall eines Angriffs zu versperren.

Im nächsten Moment bemerkte er einen großen

Hebel. Mit seiner ganzen Kraft zerrte er daran, aber das Ding rührte sich nicht von der Stelle. Es war nicht nötig, daß er die Verunier um Hilfe bat. Zwei von ihnen traten an seine Seite und zogen an dem Hebel, der daraufhin keinen Widerstand mehr leistete. Der Blockiermechanismus wurde in dem Augenblick aktiv, als draußen der Akerianer die letzte Zahl des Codes eingab.

Paris wartete kurz, um sich zu vergewissern, daß die Tür tatsächlich geschlossen blieb. Anschließend wandte er sich dem Äquivalent des Innenschotts zu.

Er verlor keine Zeit, indem er es mit dem alten Code versuchte – bestimmt hatten die Akerianer auch hier die Zahlenkombination geändert. Ein Tastendruck genügte, um das Entschlüsselungsprogramm des Tricorders zu starten.

Während erneut Symbole übers Display huschten, wandte sich Paris an seine Begleiter.

»Wir sind hier in einer Luftschleuse«, erklärte er. »Wenn sich diese Tür hier öffnet, so finden wir ein Ambiente vor, das den Verhältnissen auf Veruna Vier ähneln sollte. Dann fällt es Ihnen bestimmt leichter, sich zu bewegen. Allerdings müssen wir damit rechnen, auf weitere akerianische Soldaten zu stoßen. Seien Sie also bereit. Weichen Sie zu den Wänden zurück und halten Sie die Waffen schußbereit. Miweni, lokalisieren Sie die Sklaven, während mein Tricorder den Code entschlüsselt.«

Miweni nickte und aktivierte seinen eigenen Tricorder. »Ich habe die Verschleppten gefunden. Sie halten sich genau dort auf, wo wir es vermuteten. Wir müssen durch einen langen Korridor, an zwei Räumen links und rechts vorbei, und dort, wo sich zwei Korridore treffen, rechts. Dann der erste Raum auf der linken Seite.«

Paris nickte und beobachtete die fremden Symbole im Display. Sechs Zahlen entschlüsselt.

»Achtung, wir sind gleich soweit.«

Sieben Zahlen ...

Die Tür öffnete sich, und Paris hakte seinen Tricorder an den Gürtel des Schutzanzugs, nahm dafür wieder das Phasergewehr zur Hand. Rasch gesellte er sich den Veruniern hinzu, wartete ebenfalls an der Wand.

Die Tür glitt nach oben, gab den Zugang ins Innere des Gebäudes frei. Nirgends zeigten sich Wächter. Paris runzelte argwöhnisch die Stirn, und Unbehagen regte sich in ihm. Diese Sache gefiel ihm nicht. Zugegeben, es hatte kaum eine nennenswerte Vorwarnung für die Akerianer gegeben. Nach dem Kampf gegen die *Voyager,* durch den die *Eroberung* zu einem Wrack wurde, war die *Sieg* nach Akeras zurückgekehrt. Die akerianischen Truppen im Innern der Konkavität hatten vor etwa einer Stunde zum erstenmal von der *Voyager* gehört, als die *Sieg* und *Zerstörer* in die Anomalie flogen, um Verstärkung zu holen.

Paris rief sich ins Gedächtnis zurück, was er über das Wesen der Akerianer wußte. Linneas hatte mehrmals eine Arroganz offenbart, die ans Absurde grenzte. Vermutlich war es ihm nie in den Sinn gekommen, daß es der *Voyager* trotz allem gelingen mochte, den Sonnenfresser zu erreichen. Selbst wenn Linneas die Akerianer auf dem Planeten gewarnt hatte, woran Paris zweifelte: Die Zeit genügte nicht, um eine Verteidigung zu organisieren.

Die erste Warnung kam vermutlich erst, als die fünf verunischen Schiffe und das Starfleet-Shuttle durch die Atmosphäre flogen und zur Landung auf der öden Ruinenwelt ansetzten.

Die Zeit reichte gerade aus, um einige Soldaten zwischen den Felsen in Stellung gehen zu lassen. Und um den Code der Türen zu ändern, damit die Angreifer zumindest ein wenig aufgehalten wurden. Aber komplizierte Fallen und dergleichen erforderten größere Vorbereitungen.

Wahrscheinlich lagen die Akerianer in den beiden von Miweni erwähnten Zimmern auf der Lauer. Paris wandte sich mit entsprechenden Worten an die Verunier, und sie nickten. Dann atmete er noch einmal tief durch und trat in den Korridor.

Auch ihm fiel es jetzt wesentlich leichter, sich zu bewegen, und dafür war er dankbar. Allerdings hatte der Gegner den Vorteil, nicht durch schwerfällige Raumanzüge behindert zu sein. Mit dem Phasergewehr in den Armen sah er sich um.

Er erinnerte sich daran, während des Landeanflugs mehrere Gebäude auf dem Planeten gesehen zu haben. Bei den meisten von ihnen handelte es sich um wissenschaftliche Stationen, wo man (von den verschleppten Veruniern gewonnene) Daten sammelte und auswertete. Dafür hatten Paris und seine Gruppe kein Interesse. Ihnen kam es nur auf den ›Bunker‹ an, in dem sie sich jetzt befanden – in dem die Sklaven gefangengehalten wurden und die akerianischen Soldaten untergebracht waren.

Vor dem inneren Auge sah Paris das Gebäude noch einmal von außen: groß, grau und rein funktionell.

Der Korridor erwies sich als lang und breit. Seine ›Decke‹ bestand aus unverkleideten Metallträgern – auch hier hatte niemand versucht, etwas zu verschönern. Rechts und links bemerkte Paris große Fenster. Er fragte sich kurz, warum ein so pragmatisches Gebäude Fenster haben sollte, und die Antwort fiel ihm ein, als er draußen schwere Maschinen sah: Diese dienten dazu, Felsen und Schutt zu bewegen. Solche Aggregate konnten recht gefährlich werden, und deshalb hielten es die Akerianer für nötig, ihren Einsatz nicht nur von Soldaten vor Ort überwachsen zu lassen, sondern auch von Wächtern im Innern des Gebäudes. Für den Fall, daß die verschleppten Verunier auf den Gedanken kamen, die Maschinen als Waffen zu verwenden.

Allem Anschein nach hatten die Akerianer noch immer nicht die verunische Natur begriffen. Wie sehr sie ihre Sklaven auch schindeten und quälten: Die Verunier wären nie auf den Gedanken gekommen, mit den baggerartigen Monstren alles plattzuwalzen.

Langsam schritt Paris durch den Korridor und behielt dabei die Zugänge der beiden großen Räume weiter vorn im Auge. Wenn die Akerianer einen Hinterhalt vorbereitet hatten – und davon ging der Lieutenant aus –, so kamen nur jene beiden Zimmer in Frage.

Er gab den Veruniern ein Zeichen, woraufhin sie ausschwärmten und die Waffen hoben. Paris' Herz klopfte so heftig, daß das Pochen laut in seinen Ohren widerhallte.

Sie näherten sich den Räumen. Sie wiesen keine Türen auf, nur offene Zugänge. Paris drückte sich an die Wand und bedeutete den anderen, seinem Beispiel zu folgen. Er nahm das Gewehr in die linke Hand, hob die rechte und zählte mit den Fingern die Sekunden ab: *drei … zwei … eins.*

Von einem Augenblick zum anderen sprang er vor und feuerte. Der Phaser war auf starke Betäubung justiert – die Akerianer sollten außer Gefecht gesetzt, aber nicht getötet werden. Diese Konfiguration galt auch für die verunischen Strahler; noch im Orbit des Planeten hatten sie die Waffen entsprechend programmiert.

Paris sah seine Annahmen bestätigt. Es warteten tatsächlich Akerianer auf sie, sechs in jedem Raum. Ihre Gesichter blieben hinter den Masken verborgen, aber der Lieutenant vermutete, daß sie sehr überrascht waren. Einen Hinterhalt zu planen und dann gewissermaßen selbst in einen zu geraten …

Paris schoß auf drei Soldaten und taumelte zurück, als ihm heißer Schmerz durch den linken Arm brannte. Ein Akerianer hatte ihn getroffen. Zwar war der Schutzanzug so beschaffen, daß sich kleine Risse darin von selbst wieder schlossen, doch dem Arm half das nicht: Er ließ sich kaum mehr bewegen.

Wieder fauchte ein Strahl. Paris warf sich zu Boden und rollte zur Seite, entging der Entladung nur knapp.

Unmittelbar darauf hörte er ein anderes Geräusch, ein dumpferes Zischen als von den akerianischen Strahlern. Die Verunier kamen ihm mit ihren eigenen Waffen zu Hilfe und erledigten die anderen drei Soldaten. Eine starke und doch sehr vorsichtig zugreifende Hand schob sich unter Paris' rechten Arm, zog ihn langsam hoch.

Als er wieder auf die Beine kam, hörte er weiter vorn Kampfgeräusche. Die Wächter im zweiten Raum hatte das Fauchen der Strahlwaffen gehört und beschlossen, nicht länger zu warten. Zwei weitere Verunier gingen zu Boden: einer von ihnen nur leicht verletzt, der andere mit einem großen Loch in seiner – oder ihrer? – Brust. Ganz offensichtlich waren die akerianischen Waffen *nicht* auf Betäubung justiert. Entsetzen erfaßte Paris, und er versuchte, es in Entschlossenheit zu verwandeln. Wer auch immer gerade das Leben verloren hatte: Er oder sie wollte bestimmt nicht umsonst gestorben sein.

Paris konnte den linken Arm nicht mehr bewegen, hielt das Phasergewehr in der rechten Hand und feuerte. Es waren noch zwei Akerianer übrig, und beide wurden von verunischen Strahlern betäubt.

Miweni hob den Tricorder. »Sie sind direkt vor uns! Nach rechts, nach rechts!«

»Halt, warten Sie!« rief Paris, aber es war bereits zu spät. Die erste Gruppe – jene Verunier, die den Weg fortgesetzt hatten, ohne auf Paris zu warten – befand sich bereits hinter der Ecke.

Der Lieutenant konnte den Kampf nicht sehen, wohl aber hören. Er mobilisierte seine Kraftreserven, wandte sich von dem Helfer ab und schloß mit schußbereitem Phaser zu den anderen auf. Doch die Verunier waren keineswegs überwältigt worden, wie Paris zunächst befürchtet hatte. Nicht sie lagen am Boden, sondern die reglosen Gestalten von zwei Akerianern. Er freute sich darüber, daß seine Mündel noch lebten, aber tief in seinem Innern flüsterte auch eine mahnende Stimme. *Sie haben schnell gelernt, auf wirkungsvolle Weise anzugreifen.*

»Die Verschleppten befinden sich da drin«, sagte Miweni aufgeregt. »Aber wie öffnen wir die Tür? Mit den Waffen?«

Paris hielt nach dem Sensorfeld Ausschau, erkannte dort ein Symbol und schüttelte den Kopf. »Der Soldat da drüben«, schnaufte er mühsam. »Er hat einen Schlüssel. Damit meine ich ein Stück Metall, das in die Öffnung dort paßt.«

Ein verunischer Pilot kniete neben dem Akerianer und durchsuchte seine Taschen. Nach wenigen Sekunden fand er den Schlüssel und zeigte ihn Paris, bevor er ihn in die dafür vorgesehene Öffnung schob.

Es klickte, und eine Kontrollampe glühte. Die Verunier stemmten sich mit den Schultern gegen die Tür, und daraufhin öffnete sie sich.

Siebzehn Verschleppte, die meisten von ihnen noch in Schutzanzüge gekleidet, starrten sie groß an. In ihren Augen glomm ein Mißtrauen, das sich noch verstärkte, als sie Paris sahen. Sie schnappten nach Luft und wichen zurück, hielten den Menschen vielleicht für den Angehörigen einer akerianischen Subspezies und erwarteten Schlimmes von ihm.

Dann erkannten einige von ihnen Miweni.

»Miweni! Mein Lebensgefährte!« Eine schluchzende Verunierin lief dem Geliebten entgegen.

Aufgeregte Stimmen erklangen, doch Paris hob die Hand.

»Wir müssen so schnell wie möglich von hier fort«, sagte er. »Behalten Sie Ihre Schutzanzüge an. Diejenigen von Ihnen, die keinen tragen … Ich habe Nottransporteinheiten mitgebracht. Wie viele von Ihnen können allein losgehen?«

Vierzehn Verunier gaben zu verstehen, daß sie keine Hilfe benötigten.

»Brechen Sie sofort auf.« Paris wandte sich an Miweni und zwei andere. »Schließen Sie sich ihnen an. Achten Sie auf weitere Wächter – wir wissen nicht, wer durch unsere Ankunft alarmiert wurde. Sie beide... Helfen Sie mir bei den Verletzten. Und vergessen Sie nicht, die übrigen Piloten mitzunehmen. Einige von ihnen wurden verwundet.« Eigentlich war ein solcher Hinweis unnötig, doch Paris wollte keinen Punkt unberücksichtigt lassen.

Die siebzehn Verschleppten und ihre Begleiter eilten los. Wenige Sekunden später hörte Paris das Fauchen von Strahlwaffen.

»Verdammt!« fluchte er und fragte sich, wer gerade angegriffen hatte. Die Soldaten von draußen? Oder war Verstärkung eingetroffen?

Paris legte das Phasergewehr beiseite und suchte nach den mitgenommenen NTE. Der Umstand, daß er den linken Arm nach wie vor nicht benutzen konnte, behinderte ihn sehr. Die verunischen Piloten kümmerten sich unterdessen um die Verletzten und boten ihnen Worte des Trostes an. Paris war voller Anteilnahme. Die Akerianer hielten es ganz offensichtlich nicht für nötig, auf ihre Gefangenen Rücksicht zu nehmen. Die Verunier hatten so sehr an Gewicht verloren, daß sich unter ihrem Körperpelz deutlich die Rippen abzeichneten. Jene drei von ihnen, die keine Schutzanzüge trugen, konnten ganz offensichtlich nicht mehr arbeiten. Bei einem von ihnen stellte Paris eine Verletzung am Bein fest, die wenigstens behandelt worden war. Die beiden anderen schienen krank zu sein – der Glanz in ihren bernsteinfarbenen Augen hatte sich getrübt. Sie atmeten schwer, und einer lag am Boden, rührte sich kaum. Nur ein gelegentliches leises

Schnaufen wies darauf hin, daß noch Leben in ihm steckte.

»Dies hier sind Nottransporteinheiten«, erklärte Paris und hantierte umständlich mit dem rechten Arm. Einer der zurückgebliebenen Piloten näherte sich, um ihm zu helfen. Der Mensch lächelte dankbar. »Gewissermaßen handelt es sich dabei um Schutzanzüge für den Notfall. Darin sind die Verletzten geschützt, bis wir die Schiffe erreichen.«

Er erläuterte die Einzelheiten und beobachtete anschließend, wie die Verschleppten versuchten, ihren Rettern Hilfe zu leisten. Im großen und ganzen mußten sie sich darauf beschränken, passiv zu bleiben, während ihre Artgenossen sie in den NTE unterbrachten. Er sah Neugier und Dankbarkeit in ihren Gesichtern, entdeckte hier und dort auch einen Hauch von Furcht, als die Transporteinheiten versiegelt wurden. Diese Verunier kannten ihn nicht, schienen aber trotzdem bereit zu sein, ihm zu vertrauen.

Schließlich befanden sich die drei Verletzten in den Schutzhüllen. Die Schmerzen im linken Arm des Lieutenants ließen nicht nach. Ganz im Gegenteil: Sie gewannen an Intensität und beeinträchtigten seine Konzentration. Er versuchte, die Pein zu ignorieren, sie aus seiner Wahrnehmung zu verbannen. Die Verunier waren bestimmt fähig, die Mission auch allein zu einem erfolgreichen Abschluß zu bringen – so sah es der ursprüngliche Plan vor –, aber Paris wollte nicht, daß sie auf seine Hilfe verzichten mußten.

Sie sahen ihn an und warteten darauf, daß er das Zeichen für die Rückkehr zu den kleinen Raumschiffen gab. Er lauschte – Stille.

Dann ertönte ein Geräusch, das für Paris' Ohren wie Musik klang.

»Par-is!« rief Miweni durch den zentralen Korridor. »Die anderen sind alle an Bord. Die meisten Soldaten haben wir außer Gefecht gesetzt…« Die Stimme wurde immer lauter, und einige Sekunden später hastete Miweni um die Ecke. »Nur einige wenige Akerianer sind nicht betäubt, haben sich jedoch zurückgezogen.«

Paris spürte jähe Besorgnis, als er diese Worte vernahm, aber er verscheuchte sie. *Einem geschenkten Gaul schaut man nicht ins Maul,* dachte er. »Na schön. Verschwinden wir von hier!«

Sie liefen durch den Flur, vorbei an einigen bewußtlosen Akerianern. Die gefallenen Verunier, ob tot oder verwundet, waren von ihren Kameraden mitgenommen worden. Zwar stellten die Schutzanzüge eine nicht unbeträchtliche Behinderung dar, aber für die langen verunischen Beine schien der Korridor ein ganzes Stück kürzer zu sein als für Paris. Miweni und ein weiterer verunischer Pilot blieben an seiner Seite, obwohl sie imstande gewesen wären, wesentlich schneller zu laufen – eine Geste, die der Mensch sehr rührend fand.

Draußen zeigten sich tatsächlich keine Akerianer. Paris zögerte nicht, eilte sofort zum Shuttle und ging an Bord. Hinter ihm schloß sich die Luke.

Er sah sich in der Luftschleuse um und bemerkte vier Verunier. Einem von ihnen half man gerade aus dem NTE. Plötzlich erschien Kaavi, half Paris dabei, den Helm abzunehmen – und umarmte ihn.

Dadurch explodierte der Schmerz im linken Arm, doch das spielte keine Rolle. Er sah zu Kaavi auf und lächelte, wankte dann zur Pilotenkanzel und öffnete einen Kom-Kanal zu den verunischen Schiffen.

»Sind alle an Bord?« fragte er. Sofort trafen Bestätigungen ein. »Dann verlassen wir jetzt diesen unfreundlichen Planeten!«

Er berührte mehrere Schaltflächen, und das Shuttle hob ab. Ein kurzer Blick aus dem Fenster teilte ihm mit, daß die Wächterschiffe ebenfalls starteten.

Kurze Zeit später befand sich die Flotte wieder in der ewigen Nacht des Alls.

Tom Paris seufzte schwer, lehnte sich zurück und schloß die Augen. Sie waren dem Zeitplan ein wenig voraus. Wenn den Akerianern auf dem Planeten die Möglichkeit fehlte, sie zu verfolgen... Dann konnten sie hier in aller Ruhe auf die *Voyager* warten.

Die Schmerzen im linken Arm wurden langsam unerträglich. Paris wollte sich so schnell wie möglich vom holographischen Arzt behandeln lassen.

»Paris?«

»Ja, Kaavi?« antwortete er mit noch immer geschlossenen Augen.

»Ich glaube, wir bekommen Schwierigkeiten.« Er hob die Lider und erlebte einen jähen Adrenalinschub, der das Herz schneller schlagen ließ.

Kaavi hatte recht. Die Displays der Navigationskonsole wiesen ganz deutlich darauf hin, daß sich ihnen die *Zerstörer* näherte.

17

Janeway trug eine Starfleet-Uniform, weil sie sich als junge Frau verliebt hatte: in die Wissenschaft. Seit zwanzig Jahren bestand diese Liebesbeziehung nun schon, und sie hatte nichts von ihrem Reiz verloren. Noch immer konnte sie neugierig und fasziniert sein, über Geheimnisvolles staunen.

Doch jetzt wich jene Romantik zunehmender Frustration. Janeway fühlte sich wie verraten und enttäuscht. Der Sonnenfresser wahrte seine Geheimnisse, verspottete sie mit Fakten, die einander widersprachen; echte Erkenntnisse waren nicht möglich. Auf diese besondere Weise hatte sie sich zum letztenmal geärgert, als ihr Hund Molly Malone aus Eifersucht Marks Bettvorleger beschmutzte.

Der Versuch, das Wurmloch zu lokalisieren und die Natur der Konkavität zu klären, wäre schon schwierig genug gewesen. Hinzu kam ein akerianischer Kreuzer, der sie wie ein stummer Schatten begleitete, sowie der Umstand, daß ein Mitglied ihrer Crew auf dem Planeten weilte und sich vermutlich in Gefahr befand.

Wenigstens hat das Ablenkungsmanöver funktioniert, dachte Janeway. Die *Zerstörer* folgte der *Voyager* und schien sich für das, was auf dem Planeten geschah, überhaupt nicht zu interessieren. Wer auch immer das Kriegsschiff kommandierte: Er oder sie glaubte offenbar nicht, daß sechs kleine Raumer etwas gegen die planetaren Truppen ausrichten konnten.

Janeway hoffte, daß sich der akerianische Kommandant irrte. Immerhin ging es dabei um das Leben ihres Navigators Tom Paris.

Was sie und die Crew bisher in Erfahrung gebracht hatten, reichte nicht aus, um die Anomalie und ihre Hintergründe zu verstehen. Sie traten noch immer auf der Stelle. Bisher deutete alles darauf hin, daß die Konkavität wie ein Ballon geformt war: vorn ein relativ kleiner Zugang, dahinter ein weiter, kugelförmiger Bereich. Die starken Gravitationsfelder sorgten dafür, daß die Materie von der sterbenden verunischen Sonne zu den »Wänden« der Anomalie geleitet wurde.

»Haben Sie inzwischen den Ursprung der Verteron-Emissionen feststellen können, Fähnrich Kim?«

»Negativ, Captain. Sie scheinen von überall herzukommen.« Plötzlich fiel dem jungen Mann etwas ein. »Wäre es möglich, daß der Sonnenfresser *selbst* ein Wurmloch ist?«

»Da muß ich Sie leider enttäuschen, Mr. Kim«, erwiderte Janeway. »An diese Möglichkeit habe ich bereits gedacht. Nun, den Zugang kennen wir inzwischen, und wir wissen auch, daß er für ein schwarzes Loch viel zu groß ist. Doch einen Ausgang müssen wir erst noch finden.«

»Captain…« Tuvok richtete sich auf und sah zur Kommandantin. »Vor einigen Jahrzehnten kam es zu einem Zwischenfall, der ein wissenschaftliches vulkanisches Schiff betraf. Während der Erforschung eines Wurmlochs in der Nähe von Garus Prime kam es zu einem Warpkern-Kollaps. Die Explosion ließ das Wurmloch kollabieren, aber nicht sofort. Zuerst schloß sich nur eine Seite und erst *später* die andere.«

Janeway musterte den Vulkanier. »Wollen Sie andeuten, die Konkavität sei einst ein Wurmloch gewesen? Und daß es hier zu einer Explosion kam?«

Es ergab einen gewissen Sinn. Zumindest wurden dabei alle bisher bekannten Fakten berücksichtigt. Aber *was* war explodiert? Und wieso befand sich der

Planet im Innern der Anomalie? Neue Fragen, auf die es bisher keine Antworten gab.

»In der Tat, Captain. Nur diese Theorie bietet logische Erklärungen für alle Aspekte der hier beobachteten Realität.«

»Kim, beauftragen Sie jemanden damit, dieser Sache auf den Grund zu gehen…«

Sie wollte noch etwas hinzufügen, aber der junge Fähnrich unterbrach sie.

»Captain!« platzte es verblüfft aus ihm heraus. »Die *Zerstörer* setzt sich mit uns in Verbindung!«

»Mr. Tuvok, Bereitschaft für alle Verteidigungssysteme, deren Einsatz uns hier in der Konkavität nicht in Gefahr bringt«, sagte Janeway sofort. »Mr. Kim – auf den Schirm.«

Das gespenstische Glühen der Anomalie verschwand aus dem zentralen Projektionsfeld und wich der Darstellung eines Akerianers. Das Gesicht verbarg sich natürlich hinter einer Maske. Sein – ihr? – Körperpanzer schien genauso beschaffen zu sein wie der des Ersten Kriegers Linneas, aber die gewölbten Hörner wiesen weniger Kerben auf.

»Ich bin Garai, Erster Krieger des Reichsexplorationskorps und Kommandant der *Zerstörer*. Im Namen der ruhmreichen Kaiserin Riva verlange ich Auskunft darüber, was Sie in unserem stellaren Territorium beabsichtigen.«

Janeway hoffte, daß dieser Akerianer im Gegensatz zu Linneas bereit war, auf die Stimme der Vernunft zu hören. »Ich bin Captain Kathryn Janeway vom Föderationsschiff *Voyager*. Wir sind hier, um zu forschen, um neue Erkenntnisse zu gewinnen. Feindselige Absichten liegen uns fern.«

»Warum haben Sie dann sechs Schiffe zum Planeten geschickt?« fragte Garai. »Geht es bei ihrem Einsatz ebenfalls um Forschungen?«

Eine Herausforderung vibrierte in der Stimme, doch

es fehlten die Arroganz und der brodelnde Zorn, den Janeway in Linneas' Worten gehört hatte. Garai klang ruhig und rational.

Die Kommandantin beschloß, ein Risiko einzugehen. »Einer jener sechs Raumer stammt von uns«, sagte sie. »Die anderen fünf sind verunische Schiffe.«

Garai schwieg. Nicht zum erstenmal wünschte sich Janeway, das Gesicht ihres akerianischen Gesprächspartners zu sehen. Sie nahm an, daß ihre Antwort Garai erstaunte.

Innerhalb weniger Sekunden erholte er sich von der Überraschung. »Die Verunier verfügen nicht über eine derartige Technologie«, entgegnete Garai, und erneut klang seine Stimme völlig ruhig. »Sie belügen mich, Captain Janeway.«

»Nein, ich belüge Sie nicht. Die Verunier sind nicht so primitiv, wie Sie offenbar glauben. Sie sind gekommen, um ihre verschleppten Artgenossen zu befreien.«

»Wenn das so ist, müssen wir sie vernichten«, sagte Garai kühl. »Die kleinen Schiffe können es sicher nicht mit der *Zerstörer* aufnehmen. Allem Anschein nach brauchten sie Ihre Hilfe, um überhaupt das Innere der Konkavität und den Planeten Segen zu erreichen. Wollen Sie für die Verunier kämpfen, oder sind Sie zu feige?«

So einfach ließ sich Janeway nicht ködern.

»Es geht hier nicht um Feigheit, Erster Krieger. Wir würden es vorziehen, wenn das akerianische Reich und die Verunier ihre Probleme selbst lösen, ohne daß wir uns einmischen. Wie dem auch sei ... Bitte erlauben Sie mir, Ihnen einen Rat zu geben. Verzichten Sie darauf, weitere Soldaten gegen die sechs Schiffe in den Einsatz zu schicken. Evakuieren Sie statt dessen Ihre Wissenschaftler.«

Janeway sprach im gleichen kühlen Tonfall wie zuvor Garai.

Der Akerianer zögerte kurz.

»Ich wiederhole meine Frage: Mit welcher Absicht sind Sie hier? Ihre letzten Worte klangen fast wie eine Drohung, und so etwas erwartet man nicht von einem *Forschungs*schiff.«

»Von eine Drohung kann keine Rede sein. Es handelt sich vielmehr um eine Freundschaftsgeste. Ich möchte nicht für das Leben von Personen verantwortlich sein, die keine Schuld auf sich geladen und nur wissenschaftliche Arbeit für das akerianische Reich geleistet haben.«

Garai hob den Kopf, und Janeway achtete darauf, nicht zu lächeln. *Jetzt habe ich dich,* dachte sie. Sie wartete noch zwei oder drei Sekunden länger, bevor sie ihren Worten eine Erklärung hinzufügte.

»Wir sind interstellare Reisende, die nicht aus diesem Teil der Galaxis stammen und nach einem Weg in die Heimat suchen. Wir glaubten, daß es in der Konkavität ein Wurmloch gibt, einen Dimensionstunnel zu der galaktischen Region, in der wir zu Hause sind. Bisher ist unsere Suche ohne Erfolg geblieben. Wenn hier tatsächlich ein Wurmloch existiert, so bitten wir Sie, uns davon zu berichten, Erster Krieger.«

Garai schnaubte abfällig. »Selbst wenn ich von so etwas wüßte – warum sollte ich Ihnen davon erzählen?«

»Den Grund dafür nenne ich Ihnen gern.« Janeways Stimme gewann nun einen gefährlich sanften Ton. Sie schob das Kinn ein wenig vor, und in ihren blauen Augen blitzte es. »Wenn es kein Wurmloch in der Konkavität gibt, wenn sich uns hier keine Möglichkeit einer Rückkehr nach Hause bietet... Dann feuere ich einen Photonentorpedo in die Öffnung der Anomalie. Der Zugang hätte sich schon vor langer Zeit schließen sollen. Sie halten ihn mit Hilfe der Materie einer Sonne offen, die sich dadurch vorzeitig in einen roten Riesen verwandelt und stirbt. Was wiederum den Tod eines unschuldigen Volkes zur Folge hat. Ihnen dürfte klar sein, daß wir so etwas nicht zulassen können.«

Janeway legte eine kurze Pause ein und gab Garai Gelegenheit, über ihre Ausführungen nachzudenken. »Sind Sie jetzt bereit, mir Auskunft zu geben, Erster Krieger? Gibt es hier ein Wurmloch, das wir aus irgendeinem Grund übersehen haben?«

Der Akerianer schwieg eine Zeitlang. Die in Handschuhen steckenden Finger zuckten mehrmals, einziger Hinweis auf Garais Anspannung.

»Ich halte nichts von Lügen«, sagte er schließlich. »In der Konkavität gibt es kein Wurmloch. Sie bekleiden einen ähnlichen Rang wie ich, Captain Janeway, sind ebenfalls Raumschiffkommandant eines stolzen Volkes, und deshalb möchte ich folgenden Appell an Sie richten: Bitte überdenken Sie Ihre Entscheidung, all das zu vernichten, was wir hier errungen haben.«

Garais Stimme zitterte jetzt ein wenig – vermutlich war es ihm sehr schwer gefallen, solche Worte zu formulieren. Ein Hauch Mitgefühl regte sich in Janeway. Nur ein Hauch, mehr nicht.

»Ich weiß Ihre Ehrlichkeit zu schätzen. Lassen Sie es mich noch einmal betonen: Es ist an der Zeit, Leben zu bewahren, anstatt es auszulöschen. Holen Sie Ihre Leute von dem Planeten.«

Der Akerianer antwortete nicht. Schließlich knurrte Garai, hob die geballte Faust, senkte sie und unterbrach den Kom-Kontakt.

Das Bild auf dem Hauptschirm wechselte, und Janeway starrte wieder in das Glühen solarer Materie.

In dem bunten Wabern bewegte sich etwas.

Die *Zerstörer* beschleunigte, entfernte sich von der *Voyager* und flog mit hoher Geschwindigkeit zum Planeten.

Hoffentlich ist es mir gelungen, ihn zu überzeugen, dachte Janeway grimmig. Laut sagte sie: »Wir folgen ihm. Volle Impulskraft.«

Paris spürte pulsierenden Schmerz im linken Arm, doch er bemühte sich, nicht darauf zu achten. Er stand in Kom-Kontakt mit den fünf Wächterschiffen und beobachtete, wie sich der akerianische Kreuzer näherte.

»An alle – folgen Sie mir!«

Der Einsatz von Energiewaffen konnte einen Kollaps der Konkavität bewirken. Hoffentlich wußten das auch die Akerianer. Daraus ergab sich eine seltsame Situation: Man sah den Feind ganz deutlich vor sich, doch man durfte nicht auf ihn feuern.

Paris überlegte, ob er versuchen sollte, eine Kommunikationsverbindung zu dem Kreuzer herzustellen. Er entschied sich dagegen, weil er keinen Sinn darin sah.

Erneut trachtete er danach, den linken Arm zu bewegen, und wieder bestand das Resultat aus heißer Pein. Es blieb ihm nichts anderes übrig, als den rechten die Arbeit von zwei Armen verrichten zu lassen.

Das Shuttle drehte nach Steuerbord ab. Die fünf verunischen Raumer folgten ihm, wahrten dabei eine perfekte Formation. Paris schaltete den Bildschirm auf Heckansicht um, denn er wollte die *Zerstörer* im Auge behalten.

Das akerianische Kriegsschiff änderte seinen Kurs nicht, setzte den Flug ungerührt fort. *Es will zum Planeten,* begriff Paris. Er beobachtete, wie sich ein Hangar öffnete: Vier kleine Schiffe kamen zum Vorschein und begannen sofort mit dem Landeanflug.

»Wenn sie die verschleppten Verunier abholen wollen, so haben sie Pech«, murmelte Paris im Selbstgespräch. »Wenn nicht ...« Aus welchem anderen Grund sollte die *Zerstörer* zum Planeten fliegen und Shuttles ausschleusen?

Tiefe Erleichterung durchströmte ihn, als auch die *Voyager* eintraf.

»Hatten Sie Erfolg mit Ihrer Mission, Lieutenant?«

Paris glaubte, nie etwas Angenehmeres gehört zu haben als die knappe, kühle Stimme der Kommandantin.

»Aye, Captain. Mehrere Verunier wurden getötet oder verletzt. Bitte weisen Sie den Doktor darauf hin, daß ich ihm einige...« Paris unterbrach sich gerade noch rechtzeitig, bevor er *Echsen* sagte. »...Patienten bringe«, beendete er den Satz.

»Verstanden. Ich möchte die Konkavität möglichst schnell verlassen und...«

Janeway sprach nicht weiter, und eine Sekunde später sah Paris den Grund dafür. Ein zweiter akerianischer Kreuzer passierte gerade den Zugang der Anomalie und zog einen Wasserstoffschweif hinter sich her.

Die reparierte *Sieg* näherte sich.

»*Verräter!*« donnerte Linneas, und seine tiefe Stimme schien die Knochen in Garais Leib vibrieren zu lassen. Der Erste Krieger des Kriegsschiffs *Zerstörer* war froh, daß er Linneas' Gesicht nicht sehen konnte. Andernfalls hätte seine Entschlossenheit vielleicht zu sehr gelitten.

»Captain Janeway beabsichtigt, die Konkavität mit einem Photonentorpedo zu zerstören«, sagte Garai kühl. Er schloß die Hände etwas fester um die Armlehnen des Kommandosessels, damit sie nicht mehr zitterten. »Sie hat uns geraten, die Wissenschaftler zu evakuieren. Die Sklaven sind bereits von den verunischen Schiffen befreit und fortgebracht worden. Außerhalb der Anomalie können wir die *Voyager* noch einmal angreifen, aber ich hielt es für angebracht, Vorsichtsmaßnahmen zu ergreifen...«

»Verdammter Verräter! Mit meinen eigenen Händen würde ich Sie erwürgen, wenn nicht der leere Raum zwischen uns wäre! Wie können Sie überhaupt von den Absichten der Fremden wissen? Sie hatten doch den Befehl, auf keinen Fall mit ihnen zu kommunizieren.«

»Ich bekleide jetzt den gleichen Rang wie Sie, Erster

Krieger«, erwiderte Garai und versuchte, ganz ruhig zu sprechen. »Nur mein Schiff befand sich in der Nähe. Es war mein Recht, die Situation zu bewerten und zu entscheiden.«

Weitere Flüche flogen von Linneas' Lippen. Erstaunlicherweise fühlte sich Garai davon nicht mehr eingeschüchtert. Er sah – und hörte – seine schlimmsten Befürchtungen bestätigt: Linneas verlor allmählich den Verstand. Diese Erkenntnis erfüllte ihn nicht etwa mit Zorn, sondern weckte Kummer. Linneas war einmal ein guter Raumschiffkommandant gewesen. Garai hatte ihn bewundert und viel von ihm gelernt. Stumm trauerte er, aus Respekt vor Linneas' glorreicher Vergangenheit.

Doch er gab nicht nach. Er wartete, bis dem Kommandanten der *Sieg* keine weiteren Flüche einfielen.

»Ich habe mit der Evakuierung begonnen«, verkündete er dann ruhig.

»Sie sind an einen Eid gebunden!«

»Das gilt für uns *beide,* Erster Krieger!« Garai hörte, wie der Ärger seinen Worten zusätzliche Schärfe verlieh. »Wir haben geschworen, unser Volk zu schützen! Darin besteht die Aufgabe des Militärs in der Konkavität. Die Wissenschaftler auf Segen sind nicht durch einen Eid dazu verpflichtet, ihr Leben den Launen eines Ersten Kriegers unterzuordnen. Nein, es ist vielmehr *unsere* Aufgabe, sie zu *schützen*. Sie auf dem Altar des Stolzes zu opfern … Das läßt sich wohl kaum mit dem Ehrenkodex eines Ersten Kriegers vereinbaren!«

Linneas antwortete nicht. Garai wandte den Blick von ihm ab und sah zum Planeten. *So sei es,* dachte er und fühlte seine Überzeugung bekräftigt, die richtige Entscheidung getroffen zu haben.

»Sollen wir die Evakuierung unterbrechen?« fragte der erste Assistent.

Garai schüttelte den Kopf.

»Nein, wir setzen sie fort. Und anschließend verlassen wir Segen. Der Erste Krieger Linneas ist auf sich allein gestellt.«

Die *Voyager* senkte ihre Schilde, und sechs kleine Raumschiffe näherten sich rasch, um den von ihr versprochenen Schutz zu genießen. Anschließend gab Janeway den Befehl, die Deflektoren zu reaktivieren.

»Verlassen wir die Konkavität«, sagte sie müde. Sie glaubte dem Ersten Krieger Garai – es gab kein Wurmloch in der Anomalie. Die Sensorsondierungen, Datenanalysen und Korrelationen bestätigten diesen Hinweis. Die Konkavität mochte einmal ein Wurmloch gewesen sein. Oder vielleicht existierten in den ›Wänden‹ Milliarden von mikroskopisch kleinen Wurmlöchern, die wie Ventile funktionierten und den gestohlenen Wasserstoff ableiteten. Kim arbeitete an einer Theorie, aber sie mußte warten, bis alle – auch die Verunier – die verwirrende, absurde Konkavität verlassen hatten und in Sicherheit waren.

»Versuchen Sie, einen Kom-Kontakt mit der *Sieg* herzustellen, Mr. Kim«, sagte Janeway.

Kurz darauf: »Keine Antwort, Captain.«

»Welch eine Überraschung«, kommentierte Janeway voller Sarkasmus. »Nun, treffen Sie Vorbereitungen dafür, folgende Nachricht auf allen möglichen Frequenzen zu senden. Hier spricht Captain Kathryn Janeway. Ich fordere alle akerianischen Raumschiffe auf, unverzüglich in den Normalraum zurückzukehren. Die Konkavität wird in Kürze vernichtet. Ich wiederhole. Evakuieren Sie Ihr Personal und verlassen Sie die Anomalie. Ihr Zugang wird sich bald schließen.«

Janeway nickte Kim zu, der daraufhin ein Schaltelement berührte und die aufgezeichnete Nachricht sendete.

»Brücke an Maschinenraum. Es dauert nicht mehr lange, bis wir die Öffnung der Konkavität noch einmal passieren. Sie haben uns gut in die Anomalie hineingebracht. Bringen Sie uns auch in einem Stück nach draußen.«

»Aye, Captain«, antwortete Torres.

»Sind Ihre Freunde soweit, Mr. Paris?« fragte sie den Lieutenant im Shuttle.

»Aye, Sir. Wir können es gar nicht abwarten, wieder die Sterne zu sehen.«

In Janeways Mundwinkeln zuckte es kurz. »Ich verstehe. Nun, wir sind bald draußen, und dann …« Und dann was? »Und dann bringen wir alles in Ordnung. Der Erste Krieger Garai scheint zu wissen, was hier auf dem Spiel steht. Hoffentlich gilt das auch für Linneas.«

Verräter!

Wie ein Brandmal glühte dieses Wort in Linneas' Bewußtsein. Er war betrogen worden und hatte sich in diesem Zusammenhang als ebenso leichtgläubig erwiesen wie ein dummer Verunier. Die Entscheidung, Garai zum Ersten Krieger zu befördern … Welch ein Fehler! Innerhalb weniger Sekunden reifte eine bittere Erkenntnis in Linneas heran. Alle Dinge, für die er gekämpft, gelogen und getötet hatte, sollten nun vernichtet werden. Und warum? Weil es Janeway so wollte – eine fremde Frau, die von Gerechtigkeit und dergleichen faselte.

Linneas atmete schwer, während sich seine Klauenhände mehrmals öffneten und schlossen. Oh, er würde es dem Verräter zeigen. Und auch den anderen, ihnen *allen*. Und wie? Indem er jene Werkzeuge verwendete, die eines Ersten Kriegers würdig waren: Tapferkeit und die Bereitschaft, sich selbst zu opfern.

Er beobachtete, wie sich die *Voyager* dem Zugang der Konkavität näherte, begleitet von sechs kleinen Raumern, die sich von den Schilden des größeren Raumers schützen ließen. Die *Zerstörer* – sie verdiente ihren Namen nicht, wie Linneas inzwischen wußte – hatte die ängstlichen Wissenschaftler von Segen aufgenommen und folgte der *Voyager*.

»Das fremde Schiff setzt sich mit uns in Verbindung, Erster Krieger«, ertönte die Stimme des ersten Assistenten.

»Reagieren Sie nicht.«

Kurze Zeit später wandte sich der erste Assistent erneut an den Kommandanten. »Ich bitte um Entschuldigung, Erster Krieger. Der *Voyager*-Captain sendet jetzt eine Nachricht auf allen Frequenzen.«

Linneas nickte. Einer solchen Botschaft wollte er zuhören, so wie auch den anderen, die Janeway gesendet hatte.

»Hier spricht Captain Kathryn Janeway. Ich fordere alle akerianischen Raumschiffe auf, unverzüglich in den Normalraum zurückzukehren. Die Konkavität wird in Kürze vernichtet. Ich wiederhole. Evakuieren Sie Ihr Personal und verlassen Sie die Anomalie. Ihr Zugang wird sich bald schließen.«

Linneas atmete mehrmals tief durch. Eine besondere Art von Zufriedenheit keimte in ihm, und er gestattete sich ein Lächeln, das die Maske verbarg.

»Bereiten Sie die Gravitationswaffe für den Einsatz vor«, knurrte er.

»Erster Krieger?« erwiderte der erste Assistent fassungslos.

»Sie haben mich gehört.« Linneas drehte den Kommandosessel und durchbohrte den Assistenten mit einem finsteren Blick. »Janeway will die Konkavität vernichten. Ich kann weder sie aufhalten noch den verräterischen Garai. Nun, um der Ehre willen … Öffnen Sie einen Kom-Kanal zur *Zerstörer*. Ich sollte meinem früheren ersten Assistenten wenigstens mitteilen, was ich vorhabe.«

Er wartete, bis Garais Gesicht auf dem Bildschirm erschien.

»Ich gebe Ihnen eine letzte Chance, Ihre Fehler zu korrigieren, Erster Krieger Garai. Wenn Janeway all das zerstören will, wofür wir gearbeitet haben, so soll sie Zerstörung bekommen.« Linneas beugte sich vor. »Aber ich nehme sie und alle anderen mit.«

Garai konnte sich nicht mehr beherrschen. »Sie ... Sie sind ja verrückt!« brachte er hervor.

»Nein. Ich lasse mich nur von wahrer Loyalität meinem Volk gegenüber leiten. Sie können noch auf den rechten Weg zurückkehren, Garai. Feuern Sie auf die *Voyager*. Dann sterben wir alle zusammen!«

Speichel klebte auf Linneas' Lippen, rann ihm übers Kinn. Die Maske hinderte ihn daran, die lästige Feuchtigkeit fortzuwischen.

Mit rasendem Puls wartete er auf Garais Antwort.

Sie klang völlig anders, als er vermutet hatte.

»Ich trauere um Sie und alle anderen, die mit Ihnen sterben werden. Hiermit verspreche ich Ihnen, Ihre Witwen zu benachrichtigen.«

Und damit verschwand sein Bild vom Schirm. Einfach so. Einige Sekunden lang saß Linneas reglos und verblüfft im Kommandosessel. Dann brüllte er: zornig, enttäuscht, beleidigt. Es klang nicht nach einem Akerianer, sondern nach einem primitiven Tier.

»Die Verfolgung aufnehmen!« ordnete er an.

»Die *Zerstörer* setzt sich mit uns in Verbindung, Captain«, meldete Kim.

»Auf den Schirm.«

Garai erschien im Projektionsfeld und verlor keine Zeit.

»Uns verbindet keine Allianz, Captain. Und wenn wir beide in Sicherheit sind ... Glauben Sie nur nicht, daß wir uns dann Ihrer Gnade ausliefern. Aber die Ehre gebietet es mir, Sie vor einer großen Gefahr zu warnen. Linneas ist verrückt. Er hat vor, die Konkavität zu zerstören, bevor wir Gelegenheit haben, sie zu verlassen. Ist Ihr Schiff imstande, schneller zu fliegen?«

»Wir sind mit Höchstgeschwindigkeit unterwegs«, erwiderte Janeway.

»Dann bleiben Sie dabei.« Garai unterbrach die Verbindung wieder.

Die Anspannung im Kontrollraum der *Voyager* nahm zu, doch Janeway blieb gefaßt. »Geschwindigkeit und Kurs halten, Chakotay.«

Der Erste Offizier nickte. Sein Blick blieb auf den Bildschirm gerichtet, während er die Kontrollen bediente.

»Wo sind die beiden akerianischen Kreuzer?«

»Direkt hinter uns, Captain«, antwortete Tuvok. »Sie haben ein Bremsmanöver eingeleitet. Die *Zerstörer* befindet sich zwischen uns und der *Sieg*. Ich glaube, unser Fast-Verbündeter namens Garai versucht, Zeit für uns zu gewinnen.«

Janeway hoffte, daß der Erste Krieger Garai und seine Crew nicht sterben mußten, um der *Voyager* die Flucht aus der Konkavität zu ermöglichen. Die Entfernung zum Öffnungsbereich schrumpfte immer mehr, wenn auch nicht so schnell, wie es sich Janeway wünschte. Wie zuvor verstärkte B'Elanna Torres die Schilde, und zwar auf allen Seiten. Allerdings hielten sie sich diesmal von der Materiebrücke fern, als sie den Zugang passierten. Auf der Steuerbordseite glühte sie, orangefarben und gelb. Voraus erschienen die ersten Sterne ...

Und dann flog die *Voyager* wieder im Normalraum.

»Paris, leiten Sie den Warptransfer auf mein Zeichen hin ein. Drei, zwei, eins – und los!«

Das große Starfleet-Schiff und seine sechs kleinen Begleiter rasten fort von der Anomalie. Janeway sah zum Hauptschirm und beobachtete, wie ein weiteres Schiff aus dem Schlund des Sonnenfressers kam: die *Zerstörer*.

»Photonentorpedo vorbereiten, Tuvok«, sagte die Kommandantin scharf. »Auf meinen Befehl hin abfeuern, auf keinen Fall vorher. Maximale Energie für die Schilde.« Sie wollte Linneas eine Chance geben, ebenfalls die Konkavität zu verlassen und vernünftig über alles zu reden.

Doch an einer solchen Chance lag ihm überhaupt nichts. Die *Zerstörer* hatte den Öffnungsbereich gerade hinter sich gebracht, als es im Rachen des Sonnenfressers plötzlich blitzte. Brodelnder Wasserstoff und solare Materie eruptierten aus dem Zugang; aus der Ferne betrachtet sah es wie ein Feuerwerk aus. Orangefarbene, rote und gelbe Feuerblumen blühten. Für ein oder zwei Sekunden zeichnete sich hinter diesem Schimmern und Gleißen die Konkavität ab – und dann war sie so schnell verschwunden, als hätte sie nie existiert.

Linneas' Befehl, die Gravitationswaffe der *Sieg* einzusetzen, hatte zu einer Explosion geführt, die den Normalzustand der Raumzeit-Struktur wiederherstellte.

Der große Kreuzer *Zerstörer* flog zwar außerhalb des Kollaps-Wirkungsbereichs, aber er wurde nun von der Schockwelle erfaßt. Janeway beobachtete, wie das große Schiff hin und her geworfen wurde, einem Stück Treibholz auf einem reißenden Fluß gleich. Ein Schwarm aus großen Asteroiden erschien – die Überbleibsel des Planeten Segen.

»Auf Kollisionen vorberei ...!«

Die *Voyager* schüttelte sich, noch bevor Janeway den Satz beenden konnte. Sie hielt sich an den Armlehnen des Kommandosessels fest, um nicht zu Boden geschleudert zu werden. Das Licht flackerte, erlosch, glühte und verblaßte ganz. Das Sicherheitssystem reagierte sofort und aktivierte die Notbeleuchtung.

Erneut wurde die *Voyager* von heftigen Erschütterungen heimgesucht. Janeway vernahm einige schmerzerfüllte Schreie, als Angehörige der Brückencrew den Halt verloren und unliebsame Bekanntschaft mit dem harten Deck machten.

Schließlich stabilisierte sich die Fluglage der *Voyager* wieder.

»Bericht!« rief Janeway.

Auf der rechten Wange von Fähnrich Kim zeigte sich ein langer Striemen, und das eine Auge war fast zugeschwollen. Doch die Stimme des jungen Mannes klang völlig normal.

»Alle Abteilungen melden verletzte Besatzungsmitglieder. Die Kapazität unserer Schilde ist auf sechsundfünfzig Prozent gesunken. Eines der verunischen Schiffe wurde stark beschädigt, aber glücklicherweise kam niemand ums Leben.« Kim sah zur Kommandantin. »Es scheint soweit alles in Ordnung zu sein.«

Janeway nickte. »Wo ist die *Zerstörer?*«

Das akerianische Kriegsschiff erschien auf dem Schirm. Als es zur Explosion kam, war es der Konkavität wesentlich näher gewesen als die *Voyager* – was nicht ohne Folgen blieb. »Die *Zerstörer* hat ihre Deflektoren verloren und ist stark beschädigt, Captain«, sagte Kim.

»Öffnen Sie einen Kom-Kanal und bieten Sie Hilfe an. Ich schätze, der Erste Krieger Garai hat jetzt die Lust auf einen Kampf verloren.«

Während Kim die Anweisungen ausführte, sah Janeway dorthin, wo sich bis vor kurzer Zeit der Sonnenfresser befunden hatte. Ein Asteroidenschwarm markierte jetzt den betreffenden Raumbereich; hier und dort glühten Reste von solarer Materie. Mit der Zeit entwickelte sich hier vielleicht ein planetarer Nebel. Für die Bewohner von Veruna Vier würde es rund ein halbes Jahr dauern, bis sie die Leuchterscheinungen der Explosion am Himmel ihrer geretteten Welt beobachten konnten.

Für die verunische Sonne ging die unmittelbare Gefahr nun zu Ende. Das glühende Band der Materiebrücke, die ihr energetisches Blut abgezapft hatte, schrumpfte und verschwand.

Der Sonnenfresser existierte nicht mehr.

18

CAPTAINS LOGBUCH: STERNZEIT 43897.1

Meine Vermutungen haben sich bestätigt. Da die akerianische Flotte praktisch nicht mehr einsatzfähig ist, hat der Erste Krieger Garai Verhandlungsbereitschaft signalisiert. Er erwies sich als intelligent und nachdenklich. Meine kurzen Gespräche mit ihm lassen mich hoffen, daß mein Plan Erfolg haben wird.

Die *Zerstörer* ist tatsächlich stark beschädigt worden, aber ihre Lebenserhaltungssysteme funktionieren noch. Wir haben alle Akerianer von den verschiedenen Schiffen an Bord gebeamt und einen Traktorstrahl auf die *Zerstörer* gerichtet. Erfreulicherweise hat es viele Überlebende gegeben. Vielleicht ist das ein gutes Omen; vielleicht ist die Zeit des Sterbens endlich vorbei.

Nach einem kurzen Zwischenaufenthalt im Orbit von Veruna Vier fliegen wir nun zum akerianischen Heimatsystem. Wir erreichen Akeras in siebenundvierzig Minuten. Die Viha Nata und eine kleine verunische Delegation begleiten uns. Ich möchte an dieser Stelle darauf hinweisen, daß die Bewohner von Veruna Vier durch die Zerstörung der Konkavität – von ihnen Sonnenfresser genannt – Zeit gewonnen haben. Ihre Welt wird nicht schon in fünfundzwanzig Jahren unbewohnbar, sondern erst in gut hundert.

Janeway zögerte und fragte sich, ob sie die Neuigkeiten in Hinsicht auf Kaavi und Anahu hinzufügen sollte. Die Sache erfüllte sie mit einer gewissen Zufriedenheit und hatte Tom Paris gerührt, obgleich er versuchte, sich nichts anmerken zu lassen. Ganz deutlich erinnerte sie sich an seine Reaktion, als Nata ihm davon erzählte. Später behauptete der Lieutenant, ihm sei ›etwas ins Auge geraten‹, was natürlich Unsinn war.

Doch im offiziellen Logbuch hatte so etwas vermutlich nichts zu suchen. *Mein privates Logbuch ist besser dafür geeignet,* dachte Janeway und beschloß, auf folgendes hinzuweisen. Da es nun wieder eine Zukunft für sie gab, hatten Kaavi und Anahu beschlossen, Ehepartner zu werden. Sie waren zur Brutgrube gegangen, um dort darauf zu warten, daß ein Junges schlüpfte. Was auch geschah. Es dauerte keine drei Stunden, bis sich der kleine Verunier – ein Junge – geistig auf seine Eltern fixierte. Kaavi und Anahu nannten ihn … Tom Paris.

Janeway lächelte und setzte den offiziellen Logbucheintrag fort.

Lieutenant Paris hat bei dieser besonderen Mission nicht nur viel Initiative und gute Führungsqualitäten bewiesen, sondern auch Anteilnahme und Anpassungsfähigkeit. Auch Harry Kim hat unter sehr schwierigen Umständen außergewöhnlich gute Arbeit geleistet. Mit seinen Nachforschungen und den Korrelationen von Daten aus unterschiedlichen Quellen – dazu gehören auch Gespräche mit einem Captain, der früher als wissenschaftlicher Offizier tätig war – leistete er einen wichtigen Beitrag zum Verständnis der Situation. Wir glauben nun zu wissen, was in diesem Raumsektor vor einigen Jahrhunderten geschah. Und unsere Informationen bilden mög-

licherweise das Fundament für einen dauerhaften Frieden zwischen Veruniern und Akerianern.

Fähnrich Kim hat mein Angebot abgelehnt, die Ergebnisse seiner Arbeit selbst darzulegen. Nach einer Beratung mit dem Ersten Offizier Chakotay trafen wir die Entscheidung, die Informationen gemeinsam zu präsentieren, Nata und der akerianischen Kaiserin Riva eine Überraschung zu bereiten.

Der entscheidende Augenblick steht nun kurz bevor, und ich glaube, das seltsame Gefühl in meiner Magengrube ist nichts anderes als Lampenfieber.

Eine Stunde nach der Aufzeichnung dieses Logbucheintrags stand Janeway mit der Viha Nata und dem Ersten Krieger Garai auf dem leeren Holodeck. Wenn sie nicht benutzt wurde, präsentierte sich die holographische Projektionskammer als leerer Raum, mit gelben Gittermustern an den dunklen Wänden.

Nata verlagerte das Gewicht immer wieder vom einen Bein aufs andere. Sie trug die Zeremonienfarben, die ihr Volk bei sehr wichtigen Anlässen verwendete. Die Kleidung hingegen blieb schlicht. Helles Blau umgab die großen, klug blickenden Augen. Gelbe und rote Symbole schmückten den gesprenkelten Pelz. Die Viha hielt den Kopf hoch erhoben, brachte auf diese Weise Stolz zum Ausdruck. Gleichzeitig verriet ihre Haltung eine gewisse Anspannung.

Garai stand starr und stumm, rührte sich kaum. In seinem Körperpanzer bot er einen sehr beeindruckenden Anblick. Er hatte angeboten, seine Maske für die Friedensverhandlungen abzunehmen. Janeway sah darin eine Geste des guten Willens, doch sie bat ihn, das Gesicht bis zum Eintreffen der Kaiserin bedeckt zu halten.

Schweigend warteten sie. Zuviel vergossenes Blut

und alte Feindschaft hinderten Verunierin und Akerianer daran, ein höfliches Gespräch zu führen. Janeway hoffte, daß sich diese Situation bald änderte. Wenn Kaiserin Riva zugegen und die Vorführung beendet war ... Dann wurden bestimmt viele Fragen gestellt.

Das Schott öffnete sich mit einem leisen Zischen, und Janeway versteifte sich unwillkürlich. Chakotay trat ein, mit dem Schatten eines Lächelns auf den Lippen. In seinen Augen glühte ... was? Heiterkeit?

»Captain Janeway, Viha Nata, Erster Krieger Garai ... Ich möchte Ihnen Ihre Exzellenz vorstellen, die Kaiserin Riva, Gebieterin von Akeras und Herrscherin über das akerianische Sternenreich, Königin des Tals der Sonnen, Herrin der Tikkari-Inseln, Hüterin des Glaubens und Bewahrerin des Wortes.«

Chakotay wich beiseite, und die Kaiserin kam herein. Nata schnappte verblüfft nach Luft, und selbst Janeway wölbte eine Braue.

Riva hatte große, gelbe Augen, die in ihren kühlen Tiefen eine gewisse Besorgnis zeigten. Ihr Pelz glänzte beigefarben, gewann im schnauzenartigen, sich nach vorn hin verjüngenden Gesicht einen dunkleren Ton. Die Zähne schimmerten in reinem Weiß, ebenso wie das lange Haar, das fast einer Mähne gleichkam. Kleine Edelsteine und dünne Metallstreifen funkelten darin. Noch mehr Metall zeigte sich am langen, schlangenartigen Hals. Ein nicht zu prunkvolles Spitzengewand umhüllte den schlanken Leib, und hinzu kam ein Schal. Zwar gab sich die Kaiserin ruhig und gelassen, doch das wiederholte Zucken des weißen Schweifes – der ebenso sorgfältig geschmückt war wie die Mähne – wies auf Nervosität hin.

Nun, mit einem solchen Erscheinungsbild hatte Janeway im großen und ganzen gerechnet. Doch Rivas Alter überraschte sie. Die Herrscherin des akerianischen Sternenreichs war nur etwa anderthalb Meter groß und das Äquivalent eines zehn Jahre alten menschlichen Kinds.

Die Kaiserin sah Nata, riß die Augen auf und wirkte mindestens ebenso verblüfft wie zuvor die Viha.

»Aber … Ihr seid ja gar keine Ungeheuer!« staunte sie. Ihre Stimme klang sanft und melodisch.

Viha Nata faßte sich wieder. »Und ihr auch nicht.«

Es kam für sie beide einer Offenbarung gleich. Garai hob ein Instrument an den Hals, aktivierte es und nahm dann die Maske ab. Anschließend sank er auf ein Knie und wandte sich mit feierlichem Ernst an die junge Akerianerin.

»Erhabene Kaiserin, bitte vergeben Sie Ihrem demütigen Diener. Sie hätten schon viel früher die Wahrheit über Segen erfahren sollen. Die Verunier sind keine dummen Monstren. Ich weiß es schon seit einer ganzen Weile und wollte es Ihnen mitteilen, nach dem Sieg über Janeway und ihr Schiff.«

Riva sah verwirrt von Garai zu Janeway, und dann verharrte ihr Blick bei der Viha. »Man erzählte uns, daß ihr … Ungeheuer seid. Nur für die Arbeit zu gebrauchen. Wir sehen euch nun zum erstenmal.«

»Deshalb die Zeremonienmasken«, fuhr Garai fort. »Die Verunier sollten nicht erfahren, daß sie von einem Volk versklavt werden, das ihnen so sehr ähnelt.«

»Erster Krieger … Soll das heißen, daß meine Untertanen mich belogen haben? Und nicht nur mich, sondern alle Bewohner von Akeras?« Bestürzung zeichnete sich in den Zügen der Kaiserin ab.

Garai nickte kummervoll. »Genau das meine ich. Wir, die Krieger, kennen die Wahrheit seit Jahrhunderten. Und wir haben Akeras ganz bewußt getäuscht. Das Militär wollte sich nicht von der Macht trennen, die uns Segen gab. Ich weiß jetzt, wie falsch das war. Und es tut mir sehr, sehr leid.«

»Sie … Sie haben uns betrogen! Und auch das Volk!«

»Das entspricht mehr der Wahrheit, als Sie ahnen,

Euer Majestät«, warf Chakotay ein. »Die Akerianer und Verunier sind ein Volk.«

»Unmöglich!« entfuhr es Nata. Sie schien beleidigt zu sein.

»Es gibt eindeutige Hinweise. Kaiserin, Ihr Volk lebt seit vielen tausend Jahren auf einem Wüstenplaneten. Im Lauf der Zeit hat die Evolution Sie mit leichterem, hellerem Pelz ausgestattet, der sich für eine derartige Umwelt eignet. Viha, die Verunier leben im Dschungel. Daher das gesprenkelte Fell und die stumpferen Zähne – sie eignen sich besser für den Verzehr von Pflanzen. Es gibt noch viele andere Unterschiede, aber trotzdem besteht kein Zweifel daran, daß Sie gemeinsame Vorfahren haben.«

»Aber ...«, begann Nata und unterbrach sich. »Das Kolonieschiff ... Handelt es sich bei Akeras um eine weitere Kolonie?«

»Um eine Kolonie?« entfuhr es Riva. »Wir sind die Gründer eines Sternenreichs, keine einfachen *Kolonisten!*«

Janeway hob beschwichtigend die Hand. »Bestimmt ist diese Angelegenheit für Sie beide sehr beunruhigend. Wie dem auch sei: Wir haben hart daran gearbeitet, Ihre Geschichte und die der Konkavität zu rekonstruieren. Von Commander Chakotay weiß ich, daß bei Ihnen historische Informationen in Form von Geschichten weitergegeben werden, Viha Nata. Ich nehme an, so etwas ist auch bei den Akerianern üblich, nicht wahr, Kaiserin?«

Riva hatte sich inzwischen wieder gefaßt und nickte würdevoll. »Wir sind die Hüterin des Glaubens und Bewahrerin des Wortes«, sagte sie und erinnerte Janeway damit an zwei ihrer Titel. »Doch alle Akerianer kennen die großen Geschichten.«

»Chakotay und ich möchten Ihnen unsere Entdeckungen in einer solchen Form präsentieren – als Geschichte«, sagte Janeway. Zufrieden nahm sie das

Interesse in den Gesichtern der Fremden fest, in Gesichtern, die sich trotz ihrer Unterschiede ähnelten. »Wir nennen diesen Raum ›Holodeck‹. Hier können wir holographische Bilder verwenden, um unsere Geschichte zu illustrieren. Sind Sie mit einer solchen Kommunikationsmethode einverstanden?«

Nata sah zur Kaiserin. Die junge Akerianerin vollführte eine zustimmende Geste, und daraufhin nickte die Viha widerstrebend.

Janeway spürte, wie sich das Prickeln in ihrer Magengrube verstärkte. »Dann lassen Sie uns beginnen. Computer, Programm Kim Sieben starten.«

Von einem Augenblick zum anderen wurde es dunkel. Janeway hörte, wie Riva zischend Luft holte. Sie vernahm auch das Geräusch von schweren Schritten und stellte sich vor, wie Garai zu der jungen Kaiserin trat, um sie zu schützen. *Hoffentlich machen wir alles richtig*, dachte sie.

Wie vorgesehen begann Chakotay. Seine volltönende Stimme hallte durch den Raum.

»Vor langer Zeit – vor dem Anfang Ihrer historischen Aufzeichnungen – lebten die K'shikkaa auf einer weit von hier entfernten Welt.«

Eine Gestalt formte sich, und Janeway erkannte sie als den holographischen Wächter aus dem Kolonieschiff, das Chakotay und Nata auf Veruna Vier erforscht hatten. Das Holo-Geschöpf vereinte verunische und akerianische Merkmale in sich, obwohl es noch ein ganzes Stück größer war als Garai und reptilienartiger wirkte. Ein Kamm aus Hornspitzen zierte den Kopf und reichte auch über einen Teil des Rückens. Ein K'shikkaa – der bereits erwähnte gemeinsame Vorfahr von Veruniern und Akerianern.

»Aber alles geht einmal zu Ende, und das galt auch für die Welt der K'shikkaa«, fuhr Chakotay fort. Ein Planet und eine rotglühende Sonne formten über Natas Kopf. Als sich die Aufmerksamkeit der Zuschauer darauf richtete, verblaßte die Gestalt des holographischen Wächters.

»Die K'shikkaa wußten vom baldigen Tod ihrer Sonne, und sie trafen Vorbereitungen. Sie schickten Kolonieschiffe zu allen bewohnbaren Planeten, die sich in ihrer Reichweite befanden.«

Raumschiffe verließen den holographischen Planeten, und als sie an den Zuschauern vorbeiglitten …

Nata und die Kaiserin schnappten einmal mehr nach Luft.

»Der Erste Ort!« hauchte die Viha.

»Der Große Palast«, flüsterte Riva.

Janeway hatte sowohl die *Seele* der Verunier gesehen als auch jenes ›Bauwerk‹, das auf Akeras als Sitz der Regierung diente. In beiden Fällen handelte es sich um Kolonieschiffe.

»Ein Schiff landete auf Veruna Vier, der primären Kolonie. Der Planet bot hervorragende Lebensbedingungen und kam für die K'shikkaa einem Paradies gleich. Eine ausgeprägte verbale Tradition bewahrte zwar die Geschichten, aber im Lauf der Zeit gewannen sie immer mehr den Status von Mythen und galten nicht mehr in dem Sinne als historische Aufzeichnungen. Die Verunier verließen das Kolonieschiff, besiedelten den Planeten und vergaßen ihren Ursprung.

Ein zweites Schiff erreichte Akeras. Dort waren die Umweltbedingungen nicht so günstig, aber wenigstens ermöglichten sie ein Überleben. Auch jene Siedler vergaßen, woher sie kamen. Es ist durchaus denkbar, daß man noch weitere Schiffe durch dieses Portal sandte.«

Zwischen dem Planeten und der Sonne erschien ein schimmernder, pulsierender Tunnel.

»Nata, Riva … Vielleicht haben Sie Verwandte in einem fernen Teil der Galaxis.«

Chakotay trat zurück und nickte Janeway zu.

»Als das Überleben der Spezies auf diese Weise sichergestellt war, warteten die K'shikkaa auf das Ende«, fuhr die Kommandantin fort. »Und es kam.«

Die Sonne schwoll an und wurde zur Nova, mit einer gewaltigen Explosion, deren Licht die Zuschauer blendete. Janeway brauchte den Vorgang nicht zu kommentieren; er erklärte sich von allein. Die energetische Druckwelle raste durchs All, erreichte die Öffnung des Wurmlochs und setzte sich darin fort. Der Tunnel durch Zeit und Raum saugte Energie an, bot dadurch ein bizarres Spektakel. Janeway fühlte ihr Interesse für die Wissenschaft stimuliert und bedauerte, daß sie den Vorgang nur in Form einer Simulation sahen, nicht in Wirklichkeit. Vermutlich stellte er etwas wahrhaft Einzigartiges dar. Vielleicht würde sich so etwas im Universum nie wiederholen.

Janeway zögerte noch ein wenig und setzte den Vortrag dann fort.

»Die Explosion der Sonne verformte und erweiterte das Wurmloch. Es dehnte sich aus, bis das eine Ende einen ganz bestimmten Bereich der Galaxis erreichte und dort einen Planeten verschlang.«

Janeway legte eine neuerliche Pause ein und beobachtete die holographische Szene. Jener Planet... Die Akerianer nannten ihn später Segen. Doch die damaligen Ereignisse waren für das auf dem Planeten lebende Volk sicher kein Segen gewesen. Janeway versuchte, sich das Geschehen vorzustellen: das Entsetzen der Bewohner, als ihre Welt plötzlich von einem entarteten Wurmloch verschluckt wurde; das jähe Ende in Finsternis...

»Das ferne Ende des Wurmlochs kollabierte. Die Anomalie wurde zu einer Tasche im All, und darin befand sich der Planet, den die Akerianer Segen nannten. Jahrhunderte verstrichen, und die Konkavität blieb zunächst stabil. Doch irgendwann begann sie zu schrumpfen. Wenn sich dieser Vorgang fortgesetzt hätte, wäre Segen von der enormen Gravitation zerfetzt und in Form einer Gesteinswolke ausgestoßen worden. Anschließend hätte sich das normale Raumzeit-Gefüge wiederhergestellt. Doch es kam zu einer Intervention.«

Janeway überließ wieder Chakotay das Wort.

Der Computer des Holodecks projizierte einen anderen Planeten. »Zum damaligen Zeitpunkt betrieben die Akerianer Raumfahrt unterhalb der Lichtgeschwindigkeit. Die recht strengen Lebensbedingungen auf Akeras zwangen sie praktisch dazu, nach anderen Ressourcen Ausschau zu halten und ein Sternenreich zu gründen. Sie begannen damit, diesen Sektor zu erforschen, und dabei entdeckten sie die Konkavität.«

Ein von Akeras gestartetes Raumschiff erreichte die Anomalie. Es war wesentlich primitiver als die derzeitigen Schiffe. Janeway wußte längst, daß ein großer Teil der akerianischen Technik direkt auf die Entdeckungen im Innern der Anomalie zurückging.

»Die Akerianer trafen eine mutige Entscheidung und wagten sich in die Konkavität, ohne zu wissen, was sie darin erwartete. Ihre Tapferkeit wurde belohnt. Sie fanden den Planeten und darauf die Ruinen einer uralten Zivilisation. Sofort begannen sie damit, von den Hinterlassenschaften jenes Volkes zu lernen. Sie entwickelten neue Techniken, zum Beispiel Gravitongeneratoren und bessere Triebwerke, mit denen Raumschiffe schneller als Licht fliegen konnten.«

Chakotays Stimme wurde jetzt etwas schärfer.

»Und sie entdeckten die Verunier: sanfte, aber körperlich sehr starke Wesen, freundlich und waffenlos. Durch Segen waren die Akerianer arrogant geworden. Sie hatten es sich angewöhnt, einfach zu nehmen, was sie brauchten, und deshalb versklavten sie die Verunier.«

Garai reagierte mit offensichtlicher Verlegenheit, und Riva schien den Tränen nahe zu sein. Sie tat Janeway leid. Das Mädchen wurde nun mit einer sehr bitteren Realität konfrontiert. Es hatte immer an den Ruhm des Reiches und ans Glück der Untertanen geglaubt. Jetzt mußte es erfahren, daß der ›Ruhm‹ auf die gnadenlose Ausbeutung von Unschuldigen zurückging.

Janeway ergriff wieder das Wort.

»Vor etwa dreihundert Jahren stellten die Akerianer fest, daß die Konkavität mit dem Planeten namens Segen schneller schrumpfte. Sie hatten verunische Zwangsarbeiter für ihre Zwecke eingesetzt und schreckten nicht davor zurück, auch die verunische Sonne zu mißbrauchen.«

Die nächste Szene war eine dreidimensionale Darstellung der Aufzeichnungen, die Harry Kim aus dem Computer der *Eroberung* kopiert hatte. Erneut beobachtete Janeway, wie Gravitationswellen fokussiert wurden, wie eine Materiebrücke entstand, die Wasserstoff von der verunischen Sonne zur Konkavität transportierte.

»Es hat funktioniert«, sagte die Kommandantin. »Die Anomalie schrumpfte nicht mehr. Aber der Preis dafür war sehr hoch.«

»Die Konkavität wurde zum Sonnenfresser.« Schmerz vibrierte in Natas Stimme. »Dies ist der Beweis. Jetzt wissen wir, daß die Akerianer ganz bewußt unsere Sonne ermordeten, für ihre eigenen Zwecke!«

Selbst im Halbdunkel sah Janeway das Aufblitzen in Rivas Augen. Sie kam einer zornigen Bemerkung der Kaiserin zuvor.

»Das ist die Vergangenheit«, sagte sie ernst. »Sie läßt sich nicht ändern. Aber wir können die Zukunft beeinflussen. Wenn Sie einen Schlußstrich unter das ziehen wollen, was geschehen ist, wenn Sie Frieden wollen … Dann müssen Sie bereit sein, dem jeweils anderen und sich selbst zu verzeihen. Commander?«

»An dieser Stelle wird aus der Vergangenheit Gegenwart«, sagte Chakotay. »Die Verunier haben ihre

Vergangenheit wiederentdeckt und von ihr gelernt zu kämpfen. Die jüngsten Ereignisse kennen Sie alle. Viha Nata, Sie gehören zu den Oberhäuptern Ihres Volkes. Kaiserin Riva, die Bevölkerungen ganzer Welten hören zu, wenn Sie sprechen. Den Sonnenfresser gibt es nicht mehr, Nata. Und das gilt auch für Segen, Kaiserin.

Aber Sie beide und Ihre beiden Völker existieren nach wie vor«, betonte Chakotay. Janeway musterte ihn und stellte fest, wie die Nachfahren der K'shikkaa auf ihn reagierten. Er schien genau die richtigen Worte zu wählen.

»Nata, das Kolonieschiff *Seele* kann reaktiviert werden. Riva, Sie haben die Technik, um den Veruniern bei der Suche nach einer neuen Heimat zu helfen. Der Tod der verunischen Sonne bleibt unvermeidlich, doch Veruna Vier stirbt nicht in fünfundzwanzig, sondern erst in gut hundert Jahren. Sie haben die gleichen Ahnen. Sie sollten keine Feinde sein, sondern Freunde, sogar Brüder und Schwestern.«

Kaiserin und Viha wechselten einen von Unbehagen geprägten Blick.

»Es ... es ist schwer, den Haß zu überwinden«, sagte Nata.

Riva zögerte kurz. »Noch schwerer ist es, um Vergebung zu bitten.«

Die Bedeutung dieser Bemerkung traf Janeway fast wie ein Schlag. Hoffnung ließ ihre Augen brennen. Sie waren klug, Nata ebenso wie Riva. Und das bedeutete: Ihre Völker würden überleben.

»Wir, meine Crew und ich selbst, sind Mitglieder der Vereinten Föderation der Planeten«, sagte Janeway. »Viele verschiedene Welten, Völker und Personen gehören zu unserer Gemeinschaft. Manchmal kommt es zu Problemen. Einige von uns ...« Sie blickte zu Chakotay, der kurz lächelte. »... waren sogar einmal Gegner. Bitte glauben Sie mir: Sie ahnen nicht, zu welchen Schwierigkeiten es kommen kann, wenn man Frieden zwischen vielen unterschiedlichen Völkern vermitteln will, deren einzige Gemeinsamkeit aus erbitterter Feindschaft besteht. Und eine Zusammenarbeit ist noch schwieriger zu erreichen.«

»Aber es ist möglich«, meinte Chakotay und trat etwas näher an Janeway heran. »Wir sind jetzt eine Crew. Und es ist uns gelungen, viele Probleme zu lösen. Sie genießen wenigstens den Vorteil, gemeinsame Vorfahren zu haben, ein gemeinsames Erbe.«

»In diesem Zusammenhang erinnere ich mich an die Geschichte vom Hungernden«, warf Nata ein. »Er geht von Haus zu Haus, bittet um etwas zu essen.«

»Doch nur der Ärmste gibt ihm etwas, überläßt ihm seine letzte *Yisski*-Frucht«, sagte Riva. Sie ist die Bewahrerin des Wortes, dachte Janeway und spürte, wie sie eine Gänsehaut bekam. »Armer und Hungernder speisen zusammen, und von der gemeinsam verspeisten Frucht bleiben Samenkörner übrig. Ein prächtiger Obstgarten wächst aus ihnen und ernährt schließlich die ganze Stadt.«

Akerianerin und Verunierin starrten sich an, in den reptilienhaften Zügen so etwas wie angenehme Überraschung. Janeway und Chakotay wechselten einen Blick. Die Kommandantin der *Voyager* war keine Betazoidin, aber in diesem Fall mußte man gar nicht mit telepathischen Fähigkeiten ausgestattet sein, um die emotionale Brücke zwischen Nata und Riva wahrzunehmen.

Janeway sah zu Garai, und der große Krieger nickte. Endlich senkten sich Ruhe und Frieden auf seine gequälte Seele herab.

Die *Voyager* setzte den Flug zum Alpha-Quadranten fort. Janeway hatte sich einen Kräutertee aus ihrer persönlichen Ration genehmigt. Stumm blickte sie aus dem Fenster und sah zu den vorbeigleitenden Sternen, während die dampfende Tasse unbeachtet auf dem Tisch stand.

Der Türmelder summte, und Janeway runzelte erstaunt die Stirn. Es war spät. Eigentlich sollte sie schon seit zwei Stunden im Bett liegen.

Sie streifte einen Morgenmantel über. »Herein«, sagte sie dann.

Chakotay betrat ihr Quartier. »Hoffentlich störe ich Sie nicht.«

»Natürlich nicht«, erwiderte Janeway sanft. »Sie kennen mich gut genug, um zu wissen, daß ich eine Nachteule bin.« Sie deutete auf einen Sessel, und der Erste Offizier nahm Platz.

»Ich konnte nicht schlafen«, gestand er. »Wir haben einiges hinter uns, nicht wahr?«

Janeway nickte und strich ihr Haar zurück. »Und ob. Insbesondere Sie, nehme ich an.«

Chakotay musterte sie einige Sekunden lang, bevor er ebenfalls nickte. »Ich verstehe die Verunier. Sie haben fast die gleichen Traditionen wie mein Volk.«

»Aber mehr Pelz«, scherzte Janeway.

Der Erste Offizier lächelte, und dadurch erhellte sich seine Miene. Kurz darauf verblaßte das Schmunzeln ein wenig. »Sie mußten ebensoviel durchmachen wie die nordamerikanischen Indianer. Damit meine ich nicht nur die Verunier, sondern auch die Akerianer. Es erstaunt mich, daß sie tatsächlich zur Zusammenarbeit bereit sind.«

»Wir haben uns ebenfalls zusammengerauft«, sagte Janeway.

»Uns blieb keine Wahl.«

»Auch den Nachfahren der K'shikkaa bleibt nichts anderes übrig.«

»Wie man's nimmt. Sie hätten getrennte Wege beschreiten können. Es wäre *eine* Lösung des Problems gewesen, wenn auch nicht die beste. Ich glaube, Nata und Riva haben in der jeweils anderen Person etwas von sich selbst entdeckt. Und das… Nun, ich hätte nicht gewagt, mir so etwas zu erhoffen.«

»Chakotay…« Janeway starrte auf ihre Hände hinab. »Erheben Sie noch immer Vorwürfe gegen uns? Und speziell gegen mich?«

»Warum?« fragte der Erste Offizier verwirrt.

»Weil wir mit den Cardassianern Frieden geschlossen haben. Und weil wir Ihren Vorfahren das Land wegnahmen. Damals sind wir Feinde gewesen.«

Chakotay überlegte kurz und schüttelte dann den Kopf. »Nein. Das alles ist ferne Vergangenheit. Selbst die Sache mit dem Maquis. Eines Tages könnte so etwas wieder wichtig werden, aber hier und heute… Dinge entfalten sich auf die eine oder andere Weise. Das ist alles. Es kommt in erster Linie auf Gegenwart und Zukunft an.« Er richtete einen durchdringenden Blick auf Janeway. »Was auch immer geschieht, Captain: Ich hoffe, daß wir weiterhin Freunde bleiben.«

Sie dachte daran, was sie während der bereits recht langen Reise durch den Delta-Quadranten von dem unerschütterlichen Indianer gelernt hatte. Von Anfang an war sie bereit gewesen, ihm zu vertrauen, und sie hatte nicht eine einzige Enttäuschung hinnehmen müssen. Sie dachte an die herrliche Welt der Schutzgeister und Seelenfreunde, die sie durch ihn kennengelernt hatte. Sie verdankte es Chakotay, jetzt auf eine ganz neue Weise zu denken. Ohne ihn wäre ihr bei den Kontakten mit den Veruniern sicher der eine oder andere Fehler unterlaufen. Er hatte ihr gezeigt, wie man richtig und respektvoll mit den Angehörigen dieses interessanten und faszinierenden Volkes umging. Tuvok war Janeways ältester Freund an Bord der *Voyager*, und vielleicht konnte man Chakotay als ›neuesten ältesten Freund‹ bezeichnen. Manchmal glaubte sie, ihn schon seit vielen, vielen Jahren zu kennen.

»Ja, Chakotay«, versprach sie ihm. »Ich kann mir gar nicht vorstellen, daß wir etwas anderes sind als

Freunde. Selbst wenn wir Feinde sein sollten«, fügte sie bedeutungsvoll hinzu.

Er musterte sie eine Zeitlang, und sein aufmerksamer Blick suchte nach nicht ausgesprochenen Worten. Schließlich nickte der Erste Offizier – er hatte verstanden.

»Nun, ich überlasse Sie jetzt besser Ihrer Schlaflosigkeit«, sagte er und stand auf. »Übrigens: Es hilft nicht gerade, wenn Sie um diese Zeit ein anregendes Getränk genießen.«

»Glucke«, scherzte Janeway. »Es ist Kräutertee. Ohne Thein.«

Chakotay nickte anerkennend. »Dann ist ja alles in Ordnung. Gute Nacht, Captain.«

»Gute Nacht, Commander.«

Er verließ das Quartier, und hinter ihm glitt das Schott zu. Janeway blickte wieder ins All hinaus zu den Sternen, doch diesmal vergaß sie den Tee nicht und trank einen Schluck. Das Gespräch mit Chakotay hatte sie beruhigt und ihr dabei geholfen, die eigenen Gedanken zu sortieren. Sie blieb noch eine Zeitlang am Fenster sitzen, bevor sie den Morgenmantel auszog, unter die Bettdecke kroch und den Computer anwies, das Licht zu löschen. Fast sofort spürte sie angenehme Mattigkeit. Sie hatte etwas Gutes vollbracht, eine Brücke zwischen zwei Völkern gebaut, die nicht voneinander getrennt sein sollten. Sie konnte guten Gewissens schlafen.

Und wenige Minuten später schlief die Kommandantin des Raumschiffs *Voyager* tatsächlich. In einer anderen Kabine an Bord träumte der Erste Offizier davon, mit seiner Seelenfreundin durch eine Landschaft zu laufen, die nur in der inneren Welt existierte.

STAR TREK™

in der Reihe
HEYNE SCIENCE FICTION & FANTASY

STAR TREK: CLASSIC SERIE

Vonda N. McIntyre, Star Trek II: Der Zorn des Khan · 06/3971
Vonda N. McIntyre, Der Entropie-Effekt · 06/3988
Robert E. Vardeman, Das Klingonen-Gambit · 06/4035
Lee Correy, Hort des Lebens · 06/4083
Vonda N. McIntyre, Star Trek III: Auf der Suche nach Mr. Spock · 06/4181
S. M. Murdock, Das Netz der Romulaner · 06/4209
Sonni Cooper, Schwarzes Feuer · 06/4270
Robert E. Vardeman, Meuterei auf der Enterprise · 06/4285
Howard Weinstein, Die Macht der Krone · 06/4342
Sondra Marshak & Myrna Culbreath, Das Prometheus-Projekt · 06/4379
Sondra Marshak & Myrna Culbreath, Tödliches Dreieck · 06/4411
A. C. Crispin, Sohn der Vergangenheit · 06/4431
Diane Duane, Der verwundete Himmel · 06/4458
David Dvorkin, Die Trellisane-Konfrontation · 06/4474
Vonda N. McIntyre, Star Trek IV: Zurück in die Gegenwart · 06/4486
Greg Bear, Corona · 06/4499
John M. Ford, Der letzte Schachzug · 06/4528
Diane Duane, Der Feind – mein Verbündeter · 06/4535
Melinda Snodgrass, Die Tränen der Sänger · 06/4551
Jean Lorrah, Mord an der Vulkan Akademie · 06/4568
Janet Kagan, Uhuras Lied · 06/4605
Laurence Yep, Herr der Schatten · 06/4627
Barbara Hambly, Ishmael · 06/4662
J. M. Dillard, Star Trek V: Am Rande des Universums · 06/4682
Della van Hise, Zeit zu töten · 06/4698
Margaret Wander Bonanno, Geiseln für den Frieden · 06/4724
Majliss Larson, Das Faustpfand der Klingonen · 06/4741
J. M. Dillard, Bewußtseinsschatten · 06/4762
Brad Ferguson, Krise auf Centaurus · 06/4776
Diane Carey, Das Schlachtschiff · 06/4804
J. M. Dillard, Dämonen · 06/4819
Diane Duane, Spocks Welt · 06/4830
Diane Carey, Der Verräter · 06/4848
Gene DeWeese, Zwischen den Fronten · 06/4862
J. M. Dillard, Die verlorenen Jahre · 06/4869
Howard Weinstein, Akkalla · 06/4879
Carmen Carter, McCoys Träume · 06/4898
Diane Duane & Peter Norwood, Die Romulaner · 06/4907
John M. Ford, Was kostet dieser Planet? · 06/4922

STAR TREK™

J. M. Dillard, Blutdurst · 06/4929
Gene Roddenberry, Star Trek (I): Der Film · 06/4942
J. M. Dillard, Star Trek VI: Das unentdeckte Land · 06/4943
David Dvorkin, Die Zeitfalle · 06/4996
Barbara Paul, Das Drei-Minuten-Universum · 06/5005
Judith & Garfield Reeves-Stevens, Das Zentralgehirn · 06/5015
Gene DeWeese, Nexus · 06/5019
D. C. Fontana, Vulkans Ruhm · 06/5043
Judith & Garfield Reeves-Stevens, Die erste Direktive · 06/5051
Michael Jan Friedman, Das Doppelgänger-Komplott · 06/5067
Judy Klass, Der Boacozwischenfall · 06/5086
Julia Ecklar, Kobayashi Maru · 06/5103
Peter Norwood, Angriff auf Dekkanar · 06/5147
Carolyn Clowes, Das Pandora-Prinzip · 06/5167
Diana Duane, Die Befehle des Doktors · 06/5247
V. E. Mitchell, Der unsichtbare Gegner · 06/5248
Dana Kramer-Rolls, Der Prüfstein ihrer Vergangenheit · 06/5273
Michael Jan Friedman, Schatten auf der Sonne · 06/5179
Barbara Hambly, Der Kampf ums nackte Überleben · 06/5334
Brad Ferguson, Eine Flagge voller Sterne · 06/5349
Gene DeWeese, Die Kolonie der Abtrünnigen · 06/5375
Michael Jan Friedman, Späte Rache · 06/5412
Peter David, Der Riß im Kontinuum · 06/5464
Michael Jan Friedman, Gesichter aus Feuer · 06/5465
Peter David/Michael Jan Friedman/Robert Greenberger, Die Enterbten · 06/5466
L. A. Graf, Die Eisfalle · 06/5467
John Vornholt, Zuflucht · 06/5468
L. A. Graf, Der Saboteur · 06/5469
Melissa Crandall, Die Geisterstation · 06/5470
Mel Gilden, Die Raumschiff-Falle · 06/5471

STAR TREK: THE NEXT GENERATION
David Gerrold, Mission Farpoint · 06/4589
Gene DeWeese, Die Friedenswächter · 06/4646
Carmen Carter, Die Kinder von Hamlin · 06/4685
Jean Lorrah, Überlebende · 06/4705
Peter David, Planet der Waffen · 06/4733
Diane Carey, Gespensterschiff · 06/4757
Howard Weinstein, Macht Hunger · 06/4771
John Vornholt, Masken · 06/4787
David & Daniel Dvorkin, Die Ehre des Captain · 06/4793
Michael Jan Friedman, Ein Ruf in die Dunkelheit · 06/4814
Peter David, Eine Hölle namens Paradies · 06/4837

STAR TREK™

Jean Lorrah, Metamorphose · 06/4856
Keith Sharee, Gullivers Flüchtlinge · 06/4889
Carmen Carter u. a., Planet des Untergangs · 06/4899
A. C. Crispin, Die Augen der Betrachter · 06/4914
Howard Weinstein, Im Exil · 06/4937
Michael Jan Friedman, Das verschwundene Juwel · 06/4958
John Vornholt, Kontamination · 06/4986
Mel Gilden, Baldwins Entdeckungen · 06/5024
Peter David, Vendetta · 06/5057
Peter David, Eine Lektion in Liebe · 06/5077
Howard Weinstein, Die Macht der Former · 06/5096
Michael Jan Friedman, Wieder vereint · 06/5142
T. L. Mancour, Spartacus · 06/5158
Bill McCay/Eloise Flood, Ketten der Gewalt · 06/5242
V. E. Mitchell, Die Jarada · 06/5279
John Vornholt, Kriegstrommeln · 06/5312
Laurell K. Hamilton, Nacht über Oriana · 06/5342
David Bischoff, Die Epidemie · 06/5356
Diane Carey, Abstieg · 06/5416
Michael Jan Friedman, Relikte · 06/5419
Michael Jan Friedman, Die Verurteilung · 06/5444
Simon Hawke, Die Beute der Romulaner · 06/5413
Rebecca Neason, Der Kronprinz · 06/5414
John Peel, Drachenjäger · 06/5415
Diane Duane, Dunkler Spiegel · 06/5417
Susan Wright, Der Mörder des Sli · 06/5438

STAR TREK: DIE ANFÄNGE
Vonda N. McIntyre, Die erste Mission · 06/4619
Margaret Wander Bonanno, Fremde vom Himmel · 06/4669
Diane Carey, Die letzte Grenze · 06/4714

STAR TREK: DEEP SPACE NINE
J. M. Dillard, Botschafter · 06/5115
Peter David, Die Belagerung · 06/5129
K. W. Jeter, Die Station der Cardassianer · 06/5130
Sandy Schofield, Das große Spiel · 06/5187
Lois Tilton, Verrat · 06/5323
Diane Carey, Die Suche · 06/5432
Esther Friesner, Kriegskind · 06/5430
Melissa Scott, Der Pirat · 06/5434
Nathan Archer, Walhalla · 06/5512
Greg Cox/John Gregory Betancourt, Der Teufel im Himmel · 06/5513

STAR TREK™

STAR TREK: STARFLEET KADETTEN
John Vornholt, Generationen · 06/6501
Peter David, Worfs erstes Abenteuer · 06/6502
Peter David, Mission auf Dantar · 06/6503
Peter David, Überleben · 06/6504
Brad Strickland, Das Sternengespenst · 06/6505
Brad Strickland, In den Wüsten von Bajor · 06/6506
John Peel, Freiheitskämpfer · 06/6507
Mel Gilden & Ted Pedersen, Das Schoßtierchen · 06/6508
John Vornholt, Erobert die Flagge! · 06/6509
V. E. Mitchell, Die Atlantis Station · 06/6510
Michael Jan Friedman, Die verschwundene Besatzung · 06/6511
Michael Jan Friedman, Das Echsenvolk · 06/6512
Diane G. Gallagher, Arcade · 06/6513
John Peel, Ein Trip durch das Wurmloch · 06/6514

STAR TREK: VOYAGER
L. A. Graf, Der Beschützer · 06/5401
Peter David, Die Flucht · 06/5402
Nathan Archer, Ragnarök · 06/5403
Susan Wright, Verletzungen · 06/5404
John Betancourt, Der Arbuk-Zwischenfall · 06/5405

DAS STAR TREK-UNIVERSUM, 2 Bde.,
überarbeitete und aktualisierte Neuausgabe!
von *Ralph Sander* · 06/5150

DAS STAR TREK-UNIVERSUM, Ergänzungsband
von *Ralph Sander* · 06/5151

William Shatner/Chris Kreski, Star Trek Erinnerungen · 06/5188
William Shatner/Chris Kreski, Star Trek Erinnerungen: Die Filme · 06/5450

Phil Farrand, Cap'n Beckmessers Führer durch
STAR TREK – DIE NÄCHSTE GENERATION · 06/5199
Phil Farrand, Cap'n Beckmessers Führer durch
STAR TREK – DIE CLASSIC SERIE · 06/5451

Ralph Sander, Star Trek Timer 1997 · 06/1997

Diese Liste ist eine Bibliographie erschienener Titel
KEIN VERZEICHNIS LIEFERBARER BÜCHER!

HEYNE BÜCHER

Wild Cards

»Die wohl originellste und provozierendste Shared World-Serie.«

Peter S. Beagle in OMNI

Gemischt und ausgegeben von George R. Martin

06/5604

Vier Asse
1. Roman
06/5601

Asse und Joker
2. Roman
06/5602

Asse hoch!
3. Roman
06/5603

Schlechte Karten
4. Roman
06/5604

Wilde Joker
5. Roman
06/5605

Heyne-Taschenbücher